ient's Confession

클라이언트의 고백

문희 장편소설

YEWONBOOKS
ROMANCE STORY

클라이언트의 고백

초판 1쇄 찍은 날 | 2017년 12월 22일
초판 1쇄 펴낸 날 | 2017년 12월 29일

지은이 | 문희
펴낸이 | 예경원

편집 | 유경화 · 주승아

펴낸곳 | 예원북스
등록번호 | 제396-2012-000132호
등록일자 | 2012. 7. 25
YRN | 제1-0206호

주소 | 경기도 고양시 일산동구 호수로 646-24 위너스21-Ⅱ 206A호 (우) 10401
전화 | 031-819-9431 팩스 | 031-817-9432
http://cafe.naver.com/yewonromance
E-mail | yewonbooks@naver.com

ISBN 979-11-6098-717-1 03810

※ 이 도서의 국립중앙도서관 출판시도서목록(CIP)은 서지정보유통지원시스템 홈페이지(http://seoji.nl.go.kr)와 국가자료공동목록시스템(http://www.nl.go.kr/kolisnet)에서 이용하실 수 있습니다.

클라이언트의 고백

Client's Confession

남자가 자신의 호흡을 훅하고 들이마셨다. 놀랍도록 섹시한 여자의 몸은 당분간 자신을 바라보는 남자의 기억에서 지워지지 않기 위해 노력을 하고 있었다. 남자는 자신의 손으로 여자의 몸을 마치 피아노 건반을 누르듯이 더듬어 내려갔다.

남자는 손가락만으로 여자의 몸을 선을 따라 느릿하게 그려 나갔다. 그 작은 스침에 여자는 몸을 부르르 떨었다. 남자의 투박한 손은 여자의 부드러운 살결을 그대로 연주하고 있었다.

"아!"

아름다운 신음 소리가 피아노의 선율과 묘하게 섞이고 있었다. 곡선의 아름다움이 무엇인지를 보여주는 여자의 엉덩이를 지나 매혹적인 등 라인을 타고 점점 더 위로 올라온 남자의 손이 여자의 풍성한 머리카락을 꼬며 멈추었다.

"환상적인 라인이야."

그의 손짓과는 달리 남자는 아주 건조하게 말했다. 여자의 노력에도 남자는 건조하고 마른 소리를 내고 있었다. 여자는 우리나라 최고의 섹시배우였다. 보는 것 자체만으로 모든 남자를 녹일 수 있는 여자였다. 하지만 그녀의 앞에서 블랙슈트를 입은 남자의 생각은 다른 것 같았다.

그녀는 남자를 유혹하는 데 성공한다면 당분간 돈 걱정 없이 살 수 있을 액수를 제안받았다. 조건은 단 하나, 남자의 본능을 깨워

프롤로그

피아노 재즈 선율이 방 안을 감싸며 묘한 자극을 주고 있었다. 피아노의 선율에 맞춰 마치 무용을 하듯이 부드럽게 움직이고 있는 여자의 벌거벗은 몸은 바라보는 남자의 눈을 만족시키고 있었다.

"으으음."

차가운 실크 감촉의 시트가 여자의 벗은 몸을 가리며 감기자 남자는 그녀의 몸을 가리는 게 싫은지 부드러운 시트를 거칠게 치워버렸다. 하지만 여자는 놀라지도 않고 남자를 욕망이 가득한 눈으로 바라보았다.

"훅!"

C · O · N · T · E · N · T · S

주라는 주문이었다. 처음엔 이해가 가지 않았지만 지금은 왜 그런 거액을 이런 일에 제시했는지 알 것 같았다. 남자는 여자에게 반응하지 않았다.

다급해진 여자의 손이 남자의 슈트 안으로 들어가 그의 심장이 있는 곳에서 멈추었다.

"뛰네요?"

하지만 이 남자의 차가운 건조함은 사이보그 같은 느낌을 주기에 충분했다.

"그만."

남자가 갑자기 그녀의 몸에서 손을 떼며 자리에서 일어나자 여자도 침대에서 몸을 일으켰다.

"아주 어렵네요. 저처럼 경험 많은 여자가 이 정돈데 이쯤이면 큰일 아닌가?"

자신의 유혹에도 넘어오지 않는 남자에게 여자는 화가 났다.

"닥쳐."

그녀는 불같이 화를 내는 그의 기에 눌려 더 이상의 말은 하지 않았다. 무섭고 두려운 남자였다. 그가 가진 것 때문에 두려운 것이 아니라 타고난 카리스마에 기가 눌리는 것이었다.

하지만 그녀의 눈은 이내 그의 남성으로 향했다. 그의 남성도 반응이 없기는 마찬가지였다. 그녀의 눈이 어디를 향하고 있는지를 안 남자의 눈과 마주친 여자는 바로 눈길을 돌려 버렸다.

"갈게요."

남자의 살벌한 표정에 빛의 속도로 자신이 스트립쇼를 하면서 벗어놓은 옷을 입은 여자는 남자의 집을 빠르게 빠져나왔다.

"헉헉헉, 믿기지 않아."

엘리베이터 안에서 여자는 혼자서 미친 듯이 중얼거렸다.

지하 주차장으로 내려온 그녀는 검은색 양복을 입은 남자들에게 붙들려 차에 올랐다.

"오늘 일은 잊는 게 좋을 거야."

남자의 비서가 그녀에게 경고를 보냈다.

"그럼요, 저한테 무슨 일이 있었나요?"

남자들은 올 때와 마찬가지로 그녀의 눈을 안대로 가렸다.

"돈은 계좌로 송금이 될 거야. 그리고 만약에 오늘 누구를 봤고 만났는지를 발설한다면 세상에 태어난 걸 후회하게 될 거야."

"네."

그녀의 아파트 앞에 내려준 그들은 그렇게 사라졌다.

이곳에 오기 전까지 그녀는 자신의 인생에 최고의 날이 될 줄 알았었다. 재벌가 후계자와의 하룻밤을 빛나는 기대하고 고대했다. 그러나 그건 어디까지나 그가 불감증 환자인지 모를 때의 일이었다.

돈을 받고 스폰을 만나기는 했지만 오늘 남자를 본 순간, 오빛나 인생에서 가장 빛나는 하루가 될 것이고 그를 잘 꼬시기만 한다면 팔자도 고칠 수 있겠다고 생각했었다.

"황태식이 고자?"

진짜 기절할 노릇이었다.

"어떻게 나를 보고 안 설 수가 있어?"

아파트로 걸어가면서도 빛나는 미친 여자처럼 구시렁거리고 있었다.

탕!

책상을 내리치는 소리에 옆에 서 있던 비서가 깜짝 놀라 거의 껑충 뛰다시피 하고는 자세를 가다듬었다.

"왜 자꾸 이런 기사들이 나지?"

"죄송합니다."

올해의 섹시한 남자 1위로 해성그룹의 후계자인 황태식, 그가 선정되어 있었다. 아주 차가운 눈빛으로 기자들을 보고 있는 사진이 올라와 있었다. 벌써 2년째였다. 사람들은 그를 조용히 살게 놔두질 않았다.

"후~"

태식의 입에서 짧은 한숨이 흘러나왔다. 이런 사람들의 주목이 싫었다. 그의 사업적인 모습이 아닌 사적인 모습이 세간의 관심을 받는 건 달갑지 않았다. 특히 연예인들과의 기사는 그리 기분 좋은 일이 아니었다.

그와 슈퍼스타 장미와의 일이 있은 후부터 사람들은 그에게 더 관심을 가지기 시작했다.

배신은 한번으로 족했다. 그는 이제 더 이상 여자에 흥분하지 않았다. 불같은 사랑은 엿이나 먹으라고 했다. 그런데 섹시남이라니 웃음이 나올 지경이었다.

"내일 양평에 가실 겁니까?"

그의 비서실장인 최 실장이 걱정스런 얼굴로 물었다.

"……."

태식은 답을 하지 않고 창밖을 내려다보았다. 다섯 번째 기일이었다. 그와 백일간의 불같은 사랑을 하다가 스스로 목숨을 끊기까지 스물다섯 백장미는 그렇게 그의 모든 걸 빼앗아 한 줌의 재가 되어버렸다. 지금도 그 일을 생각하면 그는 손으로 허벅지를 잡아야 했다.

눈물이 다시 차오르려 하고 있었다. 평생 흘릴 눈물은 5년 전에 다 흘렸다고 생각했는데 그는 아직도 흘릴 눈물이 남아 있음이 신기했다.

일뿐이던 그의 삶에 장미는 오아시스 같은 존재였다. 걷잡을 수

없이 빠져들었고 만난 지 한 달 만에 결혼을 결심했었다. 아버지의 반대가 그의 사랑에 휘발유를 부은 결과를 낳았고, 그는 온 마음을 다해 장미를 사랑했었다.

지금 생각해 보면 사랑도 사랑이지만 아버지에 대한 반항심도 컸던 것 같았다. 그래도 아직 그의 마음속의 여자는 장미였다.

"장미……."

태식은 자신의 책상 의자에 머리를 기대고 앉았다. 그의 아파트에서 와인에 취해 춤을 추던 장미는 그에게 짙은 키스를 하고는 30층에서 몸을 날렸다. 그때 장미는 '나도 재벌은 싫어' 라는 말과 '넌 날 죽을 때까지 못 잊을 거야' 라는 말을 마지막에 남겼었다.

얇은 슬립 차림의 그녀는 그에게 입을 맞추고는 그대로 밖으로 뛰어내려 산산이 부서져 버렸다. 약물과다라는 부검 결과가 나오긴 했지만 지금도 태식은 그날의 장미를 이해할 수가 없었다.

"왜?"

태식은 이 한마디를 내뱉고는 의자에 기대 눈을 감았다. 잊고 싶은 그날의 기억들이 몰려왔기 때문이었다.

다음날 어김없이 봄비가 추적이며 내리고 있었다. 그녀가 죽던 날도 비가 이렇게 조용히 내렸었다. 그리고 매년 기일에도 비가 어김없이 내렸다. 마치 그에게 그녀를 기억하라고 명령하는 것 같았다.

양평의 공기 좋고 풍경이 좋은 공원묘지는 그 규모가 상당했다. 납골 묘지들도 수없이 많았고 납골당의 건물도 호텔만큼이나 높고 화려했다. 죽은 이들의 작은 도시 같은 곳이었다.

수많은 납골 묘지들을 지나면 공원의 끝에 커다란 납골당 건물이 있었다. 회색의 건물은 굉장히 현대적인 느낌을 주기도 했지만 차갑고 외로운 느낌을 주기도 했다. 그는 건물 안에 들어가서 엘리베이터를 타고 장미가 있는 납골당으로 향했다.

가나다순으로 공간이 정비가 되어 있는 게 꼭 아파트 같은 느낌이 들었다. 너무나도 아름다운 장미 한 다발을 든 태식의 걸음이 무거웠다. 그리운 사람을 사진으로밖에 볼 수 없는 안타까움이 이곳에 오면 더 절절히 느껴지기 때문이었다.

납골당에서 가장 아름다운 장미는 오늘도 그를 보고 환하게 웃고 있었다. 그녀의 팬들이 가져다 놓은 꽃다발이 오늘도 그녀의 납골당 앞을 가득 채우고 있었다. 가장 사랑받던 아이돌의 죽음은 세상을 놀라게 했고 모두가 슬픔에 젖었었다. 그녀가 삶을 등진 지 5년이 지난 지금도 그녀를 찾는 사람들이 있었다.

해성그룹은 태식과 그녀가 연관되었던 모든 일들을 지우기 위해 필사적인 노력을 다 했었다. 하지만 그의 기억에서만큼은 그녀를 지울 수 없었다.

"그만 가시죠. 보는 눈이 많습니다."

"……."

태식이 백장미 한 다발을 무심하게 그녀의 묘 앞에 툭하고 던져 놓고는 몸을 돌렸다.

"더 이상은 슬퍼하고 싶지 않다. 그만 떠나."

그는 매번 이렇게 독한 말을 하고 나오지만 다음 해에 또 이렇게 그녀를 찾곤 했다. 처음으로 마음을 허락한 여자였다. 그리고 그 마음을 지독하도록 아프게 만든 여자였다.

"부회장님……."

최 비서가 다시 한 번 재촉을 하고 나서야 태식은 발길을 돌렸다.

그의 검은색 벤츠리무진이 양평의 납골당을 빠져나왔다. 추적이는 비는 이제 제법 굵어지고 있었다.

밖의 풍경은 고요했지만 그의 마음은 여전히 복잡하기만 했다. 이렇게 한번 오고 나면 며칠간은 마음을 잡지 못하는 그였다.

키이익!

갑자기 차가 멈추고 태식은 의자에 머리를 세게 부딪쳤다. 안전벨트를 했기에 망정이지 안 했다면 다칠 뻔한 상황이었다.

"괜찮으십니까?"

최 실장은 그를 먼저 챙겼지만 김 기사는 차 문을 열고는 그대로 밖으로 튀어나갔다.

"무슨 일이야?"

"아이를 칠 뻔했습니다."

"뭐?"

밖을 보니 아이 엄마가 비를 맞으며 아이를 안고 있었다. 많이 다친 것일까? 그는 차에서 내렸다. 최 실장이 그에게 우산을 씌우려 했지만 그가 치우라고 손짓했다. 아이가 다친 상황에서 우산이나 쓰고 있을 그가 아니었다.

"장미야, 괜찮아?"

아이의 이름이 장미인 모양이었다. 아주 묘한 인연이었다. 장미의 납골당에 다녀오는 길에 이 무슨 기막힌 인연인지 태식은 아이와 아이의 엄마를 바라보았다. 비 맞은 생쥐 꼴이긴 했지만 아이의 엄마는 상당한 미인에다가 어려 보이기까지 했다. 아이 엄마의 눈은 아이를 살피느라 정신이 없어 보였다.

"괜찮아?"

"으아앙."

아이가 놀랐는지 울기 시작했다. 아이 엄마가 아이를 꼭 끌어안으며 괜찮다는 말을 계속했다.

"괜찮으십니까?"

"지금 괜찮아 보이세요!"

작은 체구의 여자는 예상외로 목소리가 아주 우렁찼다. 눈빛도 보통이 아니었다. 남자가 셋인데도 그녀는 두려워하지 않고 소리를 질렀다. 이게 바로 엄마의 힘인 것 같았다.

"아아앙."

아이가 놀랐는지 계속해서 울음을 터트리고 있었다.

"장미야, 괜찮아."

여자가 아이를 자신의 품에 안았다.

"구급차가 곧 도착할 겁니다."

기사가 어쩔 줄을 모르고 있었다. 횡단보도에서 아이를 보지 못하고 지나가다가 큰일이 날 뻔했다고 최 실장이 그에게 말해주었다. 여자가 아이를 재빠르게 안아서 그나마 다행이었다고 했다. 여자를 보니 흙탕물을 완전히 뒤집어쓴 상황이었다.

태식이 차 안에서 자신의 명품코트를 꺼내 여자의 어깨에 둘러주었다.

"이러실 필요는……."

완전히 물에 빠진 생쥐의 모습이었다. 머리는 빗물에 젖어 늘어진 상태였고 아무리 봄이라곤 하지만 쌀쌀한 날씨에 오돌오돌 떨고 있는 여자였다.

"괜찮습니다. 그냥 덮으세요."

아이가 그를 두려운 눈으로 바라보았다. 보통 남자들보다 큰 체격의 태식이니 아이가 보기엔 거인 같을 것이었다.

"미안하구나."

태식은 불안한 눈의 아이에게 사과했다.

"아이에게 무슨 일이 있으면 어떻게 하죠?"

아이 엄마는 눈물을 참으며 이성적으로 접근하려 노력하고 있었다. 그 모습이 상당히 인상적이었다.

"너무 걱정하지 마십시오."

그는 비서에게 명함을 주라 하고는 차에 올랐다. 아이 엄마는 생각보다 어려 보였다. 다른 건 모르겠지만 아이 때문에 걱정이 가득 담긴 눈이 잊혀지지 않았다.

최 실장을 두고 그는 서울로 향했다. 상황을 마무리 짓고 아이가 괜찮은지 끝까지 봐주라는 말을 잊지 않았다. 그런 일은 최 실장이 아주 잘 처리했다.

돌아오는 내내 김 기사는 걱정이 태산이었다. 아이가 차에 치이지는 않아서 그나마 다행이었지만 놀란 것 같아 걱정인 것 같았다. 아이를 키우는 아버지이다 보니 더 그런 것 같았다.

서울에 도착해서도 그는 최 실장에게 전화를 걸어 아이의 상태를 확인했다. 다행히 괜찮은 것 같다고 했다. 다만 정밀 촬영 결과 뭔가 다른 게 보이는데 그건 따로 보고하겠다고 했다.

태식은 최 실장에게 아이의 건강에 관한 모든 걸 지원해 주라고 했다. 그래야 조금은 찜찜한 마음이 덜 들 것 같았기 때문이었다. 그리고 어린 아이 엄마의 얼굴에서 걱정스런 표정이 사라질 것 같았다.

"내가 오지랖이 상당했군."

그는 전화를 끊고 중얼거렸다.

평범한 하루였다. 밖에 비가 내리기는 했지만 그냥 평범한 수요일 오전이었다. 곰돌이반 아이 중에 엄마가 계시지 않는 장미가 감기 기운이 있어서 장미 아빠가 병원에 좀 대신 다녀와 줄 수 있냐는 말을 전해 들은 것 말고는 오늘 오전은 평소와 다름없는 그냥 그런 날이었다.

하지만 지금은 최악의 날로 변해 버린 상황이었다. 병원을 다녀오는 길에 비옷을 입고 신이 나서 가던 장미의 옆으로 검은색 차가 달려들면서부터 말이다.

은수는 생각이란 걸 하지 않고 장미를 온몸으로 끌어안았다. 그 결과 차의 진흙탕 물을 그녀가 온몸에 뒤집어쓰고 말았다. 다행히 아이는 다치지 않았고 차 주인이 부자인지 아이 몸 전체의 이상 유무를 체크하라고 말했다. 비용이 많이 들어도 상관없다고 말했다.

장미가 검사를 받으러 들어간 사이에 응급실 앞에서 원장 선생님께 죽도록 혼이 나고 있는 중이었다.

"김 선생님, 병원 하나 제대로 못 다녀옵니까?"

원장의 쭈글쭈글한 얼굴에 주름이 하나 더 늘었다.

"죄송합니다."

"장미 아버님께는 뭐라고 하실 거예요?"

"죄송합니다."

이 상황에선 변명보다는 잘못했다고 말하는 게 더 나았다. 그게 까칠한 원장과 3년째 일을 하면서 얻은 결론이었다. 될 수 있으면 원장의 눈에 띄지 않기가 그녀의 좌우명이었는데 오늘은 운이 없는 날이었다.

"진짜 김 선생 하나 때문에 우리 어린이집이 문 닫으면 어쩌려고 그래요?"

원장은 모든 게 그녀의 잘못이라며 거듭 강조하고 있었다. 이 상황을 피하기 위한 꼼수였다. 잘되면 내 탓 안 되면 남의 탓이었다.

"죄송합니다."

그때 장미의 아버지가 달려 들어왔다. 작은 체구의 장미 아버진 트럭으로 과일을 팔러 다니는 사람이었다. 오늘 비가 와서 장사도 안 됐을 텐데 이렇게 아이까지 병원에 있으니 정신이 없어 보였다.

"장미는요?"

"지금 잠들었어요. 놀란 것 이외에는 외상은 없습니다."

옆에 있던 의사 선생님이 말씀해 주셨다.

"김 선생님이 온몸으로 아이를 지켰어요."

일부러 원장이 들으라는 식으로 의사가 말했다. 아마 원장이 그녀에게 못되게 군 게 싫었던 모양이었다.

"김 선생님 감사합니다."

"음, 음."

원장은 옆에 서서 자신도 있다는 표시를 했지만 장미 아버지는 그녀에게만 고맙다는 인사를 반복했다.

학부모들 사이에서 원장은 그리 좋은 이미지가 아니었다. 워낙 마을이 작고 어린이집이 하나도 없다 보니 보내는 것이지, 한군데라도 더 있으면 원장을 보고 보낼 부모는 하나도 없을 것 같았다.

병원에서 어린이집으로 돌아오는 길에 원장이 그녀에게 물었다.

"그 옷은 뭐예요? 아주 좋아 보이는데?"

아까부터 코트에 눈독을 들이는 원장이었다.

"돌려줄 옷이요."

"남자 옷인데 우리 신랑에게 딱 맞겠구만."

"……."

은수가 들은 척도 하지 않자 원장은 입을 삐쭉거렸다. 아주 욕심이 많은 아줌마였다. 은수는 아까 받은 명함을 장미의 아버지에게 주었다. 병원비는 그쪽에서 해결해 준다고 했기 때문이었다.

온몸이 젖은 그녀는 어린이집 옆에 있는 자신의 집으로 가서 옷을 갈아입기로 하고 원장에게 잠시 집에 다녀오겠다고 말했다.

"엄마."

집에는 엄마가 있었다. 몸이 약한 엄마는 병치레가 심해서 이제는 일을 하지 않고 집에서 작은 텃밭만 일구고 계셨다.

"이게 뭐야?"

그녀를 본 엄마가 깜짝 놀라 물었다.

"뭐긴 진흙탕에 빠진 거지."

"왜?"

"장미 데리고 병원에 갔다가 오는 길에 뒤집어썼지."

그녀가 어린이집의 이야기를 많이 해서 엄마는 그녀가 가르치는 아이들의 이름을 모두 알고 있었다.

"엄마가 없으니 장미도 힘이 들 거야."

그녀는 얼른 샤워를 하고 옷을 갈아입고 나왔다. 그녀가 나올 때까지 엄마는 소파에 누워 있었다.

"아직도 아파?"

잔기침을 하는 엄마를 보며 물었다.

“어, 감기가 오래 가네.”

“내일 큰 병원에 가봐. 엄마 살이 너무 많이 빠졌어.”

감기가 거의 두 달째 가고 있었다. 평소에도 허약한 엄마가 더 말랐다. 은수는 소파에 누워 TV를 보고 있는 엄마의 이마에 뽀뽀를 했다.

“갔다 올게.”

“그래, 우산 쓰고 다녀.”

“알았어요.”

「해성전자 사장으로 김덕훈 부사장이 승진 발령 되었습니다.」

엄마가 서둘러 전원을 꺼버렸다. 은수는 모른 척 집을 나왔다. 아빠의 소식이 가끔 이렇게 전파를 타고 나올 때면 엄마는 오물을 피하는 것처럼 빠르게 TV의 전원을 꺼버렸다. 엄마를 배신한 아빠를 아직도 용서할 수가 없는 것이었다.

은수는 아직도 세 살 때를 기억하고 있다. 그날 엄마는 가방을 가지고 집을 나가는 아빠의 바짓가랑이를 잡으며 매달렸었다. 어린 나이의 은수에게도 엄마를 다리에 매달고 질질 끌고 가는 아빠의 모습이 굉장히 충격적이었다.

“은수 아빠, 제발…….”

엄마의 절규가 아직도 귓가에 맴돌았다. 은수는 자신이 가장 아끼는 곰돌이 인형을 안고 엄마와 아빠의 모습을 멍하게 보았다.

"김 서방, 왜 이러나? 어떻게 우리 미숙이한테 이럴 수 있어. 여태 고시공부 뒷바라지 다하고 이제 직장생활 시작해서 고생 좀 덜 하나 했더니 이제 살 만하니까 딴 년을 만나?"

"놓으십시오."

"김 서방."

"전 김 서방이 아닙니다. 혼인신고도 안 했는데 어떻게 김 서방입니까?"

"뭐야? 그럼 우리 은수는? 은수는 어쩔 거야?"

"은수는 제 호적에 두기로 했습니다. 그게 제가 할 수 있는 최선입니다."

외할머니는 아빠의 차갑게 돌아선 마음을 알고는 그 자리에 주저앉아서 땅을 치며 우셨다.

"배은망덕한 놈! 우리 딸 인생을 망친 이 원수는 내가 죽어서도 갚는다. 이놈!"

"마음대로 하십시오."

아빠가 차갑게 한마디를 하고 우는 여자들을 뒤로하고 대문을 나가려 했다. 동네 사람들까지 구경을 와서 집 안이 북적거렸다.

"야! 어딜 가, 새끼야!"

외삼촌이 낫을 들고 집 안에서 뛰어나왔다. 그러자 검은 양복을 입은 남자들이 차에서 내려 삼촌을 두들겨 패기 시작했다. 그래도 아빠는 눈 하나 깜짝하지 않았다. 어린 마음에 은수는 아빠를 잡아야 한다는 생각을 했다.

"아빠."

은수가 곰돌이 인형을 안고서 아빠의 다리를 잡았다.

"아빠, 가지 마."

은수의 작은 손이 아빠의 바지를 잡았지만 아빠는 매몰차게 은수의 손을 쳤다. 그 덕분에 그녀의 곰돌이 인형이 땅바닥에 떨어졌다. 그리고 그런 곰돌이 인형을 아빠가 발로 밟고는 검은색 차에 올라탔다.

곰돌이 인형을 주우려는 은수를 동네 아주머니가 안았다. 아주머니가 안지 않았다면 검은색 차에 치일 뻔한 은수였다.

"어떻게 저렇게 몰인정할 수가 있지? 나쁜 새끼!"

"근본이 없어서 저래요. 공부 잘한다고 동네에서 너무 오냐오냐했어. 저러니 지밖에 모르지."

"그나저나 미숙이 불쌍해서 어째? 우리 은수도 불쌍하고."

그날 이후 어린 시절 은수의 기억에 아빠는 없었다. 언제나 힘들게 병원 일을 마치고 들어와서 부은 다리를 주무르며 그녀와 놀아주려 애쓴 엄마의 모습뿐이었다.

오랜 시간이 지난 지금도 은수의 기억에 한 부분을 차지할 만큼 아주 충격적인 날이었다. 외할머니는 돌아가시는 순간까지도 아빠를 용서하지 않으셨다.

은수는 아직도 아빠의 승진을 전하는 아나운서의 목소리가 귀에서 울리는 것 같았다.

"이제는 그만 듣고 싶어."

솔직한 심정이었다. 이렇게 조용히 엄마와 둘이서 전원생활을 즐기며 살고 싶었다. 하지만 엄마가 저렇게 아프니 은수의 고민이 이만저만이 아니었다. 아빠처럼 못된 사람도 저렇게 잘사는데 엄마처럼 착한 사람이 못 산다는 건 너무 불공평한 일이었다.

은수는 엄마와의 행복을 위해 오늘도 못된 원장이 있는 어린이집으로 일을 하러 출발했다.

"언젠가는 좋은 날이 올 거야. 파이팅!"

혼자서 다짐을 하며 은수는 집을 나섰다.

제1장 아킬레스건

커피 향을 타고 피아노의 선율이 집 안을 은은하게 울리고 있었다. 최고급 대리석 위의 그랜드 피아노는 고급스러움을 더해주었다. 연주 실력이 프로를 능가하는 이 음악의 연주자는 이 집의 아들이었다.

한남동의 최고급 빌라에 상류층 가정을 이루고 있는 덕훈은 요즘 아주 양어깨에 날개를 단 기분이었다. 아들 민성이 사법고시에 합격을 한 상태이고 부인의 법무법인도 아주 잘나갔다. 거기에 그는 이번에 사장으로 승진까지 했다.

양평의 촌놈이 아주 성공을 한 것이었다. 그 스스로도 이렇게 자랑스러울 수가 없었다.

"향이 아주 좋네요."

서재에서 나온 그의 부인 은정이 옆에 앉으며 말했다.

"한잔 줄까?"

그가 손짓을 하자 메이드가 아내에게 커피를 가져다주었다.

모든 게 완벽한 날이었다. 이런 평온함이 더 좋은 것을 원하게 만들었다. 사람의 욕심이란 한도 끝도 없는 것 같았다. 덕훈은 씁쓸한 미소를 지었다.

"우리 민성이는 못 하는 게 없어."

그가 아들의 피아노 연주 모습을 보며 감탄사를 연발했다.

"민씨 가문의 피를 받았는데 당연하죠."

은정은 자신의 집안에 대한 자부심이 대단했다. 덕훈도 인정하지 않을 수 없었다. 몸뚱이 하나만 가진 자신에 비해 모든 걸 다 가진 처가였다. 법조인 가문이었지만 경제계 쪽에 인맥이 아주 뛰어났다. 그래서 그가 은정을 선택하기는 했지만 말이다.

덕훈은 자신의 똑똑한 아내를 사랑스러운 눈으로 보았다. 아니, 그렇게 보려고 애를 쓰고 있었다. 신은 공평했다. 아내에게 스마트함을 주었지만 외모는 신경 쓰지 않으셨다.

작은 키에 비해 커다란 얼굴, 커다란 얼굴에 비해 점 하나를 찍어놓은 것같이 작은 눈, 그리고 매부리코까지 여자로서는 꽝인 얼굴이었다. 그나마 피부 하나는 하얗고 예뻤지만 너무 마른 탓에 절벽가슴이었다.

26년을 살았지만 순전히 이건 자신의 상류층 입성을 위한 도구로 버티고 살았다. 아내에 비해 그는 집안이 기울었지만 외모는 상당히 출중했다. 거기다가 은정과는 한국대 법대 동기인 사이였다. 그는 비록 사법시험에 합격하진 못했지만 학벌도 좋았다.

그래서 다른 여자와 동거하고 아이까지 낳은 그에게 목숨을 걸고 매달렸던 은정이었고 결국 그를 빼앗는 데 성공했다. 하지만 엄밀히 말하면 은정이 빼앗은 게 아니라 그가 은정의 부와 권력을 선택한 것이었다.

"뭘 그렇게 생각해요?"

"당신."

이렇게 말하면 대부분의 여자들은 좋아했지만 은정은 아무런 반응조차 없었다. 그가 자신에게 잘하는걸 아주 당연하게 생각하는 여자였다. 고아인 그를 받아들여 준 걸 고마워하며 살라는 식이었다.

짝짝짝!

아들의 연주가 끝이 나자 은정은 그때서야 함박웃음을 지으며 열렬히 박수를 치기 시작했다.

"역시 우리 아들이야."

은정은 아들 바보였다. 하지만 불행히도 아들은 엄마의 완전 판박이였다. 남자치고는 작은 키에 얼굴은 완전히 엄마의 얼굴을 똑같이 프린트해 놓은 듯했다.

그래서인지 덕훈은 아들에게 정이 가지 않았다. 솔직히 그는 아이들 따위엔 관심이 없었다. 오로지 본인 하나에만 관심을 가진 사람이었다. 그렇게 가정에 헌신적이었다면 첫 번째 가정을 버리지도 않았을 것이다.

사람들은 각자의 얼굴이 다르듯이 그 마음 또한 다 다른 것이다. 일률적인 생각에 맞출 수는 없었다.

그는 확실히 사람들의 기준으로 본다면 아주 나쁜 놈이었지만 자신의 기준에서 보자면 아주 합리적인 사람이었다. 그는 절대로 이득이 가지 않으면 일하지 않았다.

"넌 못 하는 게 없는 거 같아."

다 큰 아들의 엉덩이를 토닥이며 은정이 말했다. 덕훈은 은정이 이럴 때가 가장 낯설었다. 같은 과라고 생각을 하는데 아들을 대하는 걸 보면 완전히 헌신적인 엄마의 모습이라서 낯설 때가 많았다.

"엄마 닮았잖아요."

말하는 것까지 복사판이었다. 어쩔 땐 소름이 끼칠 정도로 둘은 닮아 있었다.

"아빠, 이번에 승진하셨다면서요. 축하드려요."

아들 녀석이 웬일로 그에게 축하 인사를 건넸다.

"고맙구나."

"엄마가 신경 많이 쓰셨어요."

"알아."

해성그룹 황성호 회장의 법무대리인인 그녀였다. 노쇠한 황 회장의 옆에서 얼마나 아부를 했는지 안 봐도 뻔했다. 덕분에 그는 아주 승승장구하고 있었다.

"회장님은 잘 계시지?"

"그야 당신이 더 잘 알아야 하지 않아요?"

그녀가 톡 쐈다. 하지만 가끔 보는 그보다는 은정이 황 회장을 보는 빈도수가 높았다. 장인어른 때부터 해성의 법무대리인 일을 맡았던 집안이었다. 사적으로도 아주 친밀했기 때문에 그의 승진에도 많은 영향이 있었다. 굳이 회장이 말을 하지 않아도 밑에 있는 사람들이 알아서 그를 챙길 정도였다.

"그거 아세요?"

아들이 그들의 대화에 끼어들었다.

"해성 부회장님이 이번에 국내에서 가장 섹시한 남자 1위에 뽑힌 거요?"

"잘생겼잖아. 남자가 봐도 멋있고."

솔직히 해성의 황태식은 남자가 봐도 멋진 외모를 가진 사람이었다. 한국 사람치고는 굉장히 큰 키에 명품 슈트가 마치 자신의 일부분인 것처럼 소화해 내는 옷걸이에 조각 같은 외모는 완벽 그 자체인데 거기에 짐승 같은 거친 느낌이 풍겨 나오는 게 여자들을 자극하기에 충분하고도 남았다.

"호호호호, 하하하하!"

은정이 아주 자지러지게 웃어대기 시작했다. 이렇게 웃는 모습은 처음이었다.

"왜 그래?"

걱정이 된다기보다 그 경박스러움이 싫은 덕훈은 은정에게 인상을 쓰며 물었다.

"호호호, 아주 웃겨서요."

"뭐가?"

"호호호."

은정은 덕훈과 아들이 있는데도 눈물까지 흘려가며 계속 웃고 있었다. 아내의 이런 모습은 극히 드문 일이었다. 도대체 왜 이러는지 덕훈은 알지 못했다.

"엄마!"

보다 못한 아들 민성이 은정을 불렀다. 아들도 이런 엄마가 마음에 들지 않는 모습이었다.

"일하는 사람들이 욕해요."

그의 아들 민성은 사람들을 많이 의식하는 스타일이었다.

"호호호, 미안해. 하지만 너무 웃기는 일라서 말이야."

"뭔데요? 같이 웃어요."

덕훈과 민성의 시선이 은정에게 향했다.

"부회장이 섹시한 남자라니 말도 안 돼."

"그것 때문에 그렇게 웃은 거야? 사람들은 그렇게 생각하나 보지. 우리야 그 생각이 다른 거고."

덕훈은 은정의 비정상적인 웃음소리가 듣기 싫었다. 그래서 슬며시 자리에서 일어났다.

"어딜 가요?"

"서재에."

"내 말 안 끝났어요."

은정의 차가운 표정에 덕훈은 그대로 자리에 앉았다. 그만큼 은정의 말 한마디가 힘이 있는 집이었다.

비참한 생각이 가끔 들기도 했다. 양평에 있는 미숙과 그의 딸인 은수와 살았다면 가난하지만 왕 대접을 받고 살았을 수도 있었다. 그의 동거녀였던 미숙은 착한 여자였다. 나이가 드니 가끔은 그런 생각이 들 때가 있었다.

"말해."

분명히 부회장이 마음에 들지 않는 이유를 한 백 가지쯤 말하고는 겉으로만 그렇게 보일 뿐이지 아들 민성이 훨씬 잘생겼다는 결론으로 이야기를 마무리할 게 뻔했다.

"부회장 고자예요."

"……."

은정이 핵폭탄 급의 말을 뱉어냈다.

"웃기죠? 호호호호!"

은정이 바닥을 구를 정도로 웃고 있었다.

"그런데 제일 섹시하대! 완전 웃기는 일이야."

"그런 말 그렇게 함부로 하고 다니지 마. 괜한 오해를……."

"여보, 난 정확하지 않으면 입에 담지 않아요."

은정이 정색을 하고 말을 했다. 하긴 그녀는 뭐든지 아주 정확한 게 흠이라면 흠인 사람이었다. 거기에 못된 성격은 옵션이고 말이다. 남이 잘되는 걸 보지 못하는 성격이었다.

"5년 전에 자살한 백장미 이후에 여자가 없어요."

"그야……."

"회장님이 그것 때문에 해성가의 대가 끊길까 걱정이에요. 아주 노인네가 똥줄이 탔다니까요."

은정의 말에 덕훈은 할 말을 잃었다.

"엄마, 진짜야?"

민성이 아주 흥미 어린 표정으로 엄마를 보았다.

"쉿! 그런데 진짜 웃기지 않니? 다 가졌는데 고자라니……."

"여보."

"알았어요. 그만 얘기할래. 착한 척하는 네 아빠 때문에 짜증난다."

이번엔 은정이 자리에서 일어났다.

"엄마, 그러면 씨받이를 구해다 주면 회장님이 아주 좋아하겠는데요?"

아들의 이 한마디에 은정의 표정이 아주 밝아졌다.

"우리 아들은 어쩜 이렇게 똑똑하니? 네 아빠보다 낫네."

은정이 아들과 함께 또다시 웃었다.

"당신도 사장에 안주하지 말고 회장은 못 되더라도 부회장까지는 올라가야 하지 않겠어요? 생각이란 걸 좀 해봐요. 언제까지 내가 당신 뒤치다꺼리를 해야겠어요?"

"알았어."

"맨날 대답은……."

덕훈은 힘없이 자신의 서재로 향했다. 이 집에서 그는 쓸모 있는 존재가 아니었다. 하지만 우리나라에서 1위 그룹인 해성그룹에서는 그는 누가 뭐라고 해도 넘버3였다. 수십만 명의 해성맨들에게 그는 우두머리였다.

그런 권력의 맛은 미악과도 같아서 한번 맛보면 집에서 이런 수

모를 겪어도 참을 수 있게 만들었다. 반평생을 이러고 살았는데 은정의 저런 말들은 얼마든지 참을 수 있었다.

"부회장이라……."

탐나는 자리이긴 했다. 회장은 황태식이 할 테니 말이다.

"황태식이 고자라니 웃기는 일이군. 내가 씨받이라도 구해준다면?"

부회장이 될 수 있다는 보장이 있다면 그런 여자쯤은 얼마든지 물색할 수 있었다. 덕훈의 입가에 음흉한 미소가 흘러내리고 있었다.

은정은 아침 일찍부터 그녀를 찾아온 연예인과 인터뷰 약속을 잡았다. 은정의 법무법인은 연예인들을 상대하지 않기로 유명했다. 해성그룹 하나만으로도 벅찬 상황에 돈은 안 되면서 힘만 빼는 연예인에 관련된 소송은 진짜 노땡큐였다.

하지만 의뢰인이 해성그룹의 부회장에 관한 일이라고 하니 은정은 특별히 시간 약속을 잡았다.

"들어오세요."

안으로 들어온 여자는 연예인에 관심도 없는 은정도 알아볼 정도로 유명한 오빛나였다.

"안녕하세요?"

여자가 보기에도 무척이나 아름다운 여자였다.

"무슨 일로 오셨죠?"

"민 변호사님이 해성그룹과 아주 친분이 있으시다고 해서요."

"그런데요?"

"제가 기자회견을 하려고 해요."

지금 앞의 아가씨가 기자회견을 한다고 말했다. 그렇다면 뭔가 부회장과 얽힌 일이 있다는 것이었다. 안 그래도 눈엣가시인데 은정은 앞에 앉은 오빛나가 아주 커다란 덩어리를 가져오기를 바라는 마음이었다.

"한번 내용을 들어볼까요? 얼마나 대단한 일이기에 기자회견까지 하시려고 하는지 말이에요."

은정은 흥미로운 표정으로 빛나를 바라보았다.

"황태식이 고자라고 폭로할 겁니다."

푸읍!

마시던 커피를 뿜어낸 은정이었다.

"뭐라고요?"

"황태식이 고자고 전 그런 황태식에게 속았다고 말이에요."

은정은 오빛나의 얼굴을 다시 보았다.

"왜 그런 말을 저한테 하시죠?"

은정은 빛나의 얼굴을 살피며 물었다. 일을 할 때는 신중한 은정이었다.

"전 협상을 하려고요."

황태식의 약점을 잡은 걸 돈벌이로 이용하겠다는 것이었다. 대해성그룹을 상대로 협박을 하고 있는 것이었다.

"무슨 협상이요?"

"제가 원하는 액수를 주시면 생각해 보려고요."

"증거가 없잖아요? 둘만의 은밀한 일이기도 하고……."

"증거는 황태식 부회장이 가져와야죠. 고자가 아니라는 증거요."

오빛나가 확신을 가지고 당차게 나오고 있었다. 오빛나가 기자회견을 열어야 그녀의 입장에서도 아주 유리했다. 어쨌든 이미지를 깎는 데는 효과가 있으니까 말이다. 생각보다 똑똑했다. 그러니 다른 여자들이 못 하는 걸 하는 것이다.

"오빛나 씨, 우리는 흥정할 생각이 없습니다."

이럴 땐 상대방의 기를 눌러 버리는 게 상책이었다.

"뭐요?"

"기대하셨는지 모르겠지만 오빛나 씨가 요즘 금전적으로 어려운 건 알지만 저희는 별로……."

"그래도 다른 쪽에서 알면 안 좋을 텐데요?"

"알아도 할 수 없죠. 증거가 없는 일은 그저 풍문일 뿐이죠. 혹시나 사진이나 도청이 되어 있다면 모를까?"

은정은 물러나지 않았다.

"그럼 해성 쪽의 입장을 알았으니까 전 이만……."

오빛나의 얼굴이 붉게 상기되어 있었다.

"잠깐만요."

그녀가 오빛나의 손에 뭔가를 쥐어주었다.

"우리가 관심이 없는 거지 다른 쪽에선 관심이 있을 수 있죠."

은정의 눈빛이 빛났고 빛나의 얼굴에도 미소가 걸렸다. 거래는 자고로 이렇게 하는 것이었다.

장충동 해성가의 저택은 국내 최고 공시지가를 자랑하고 있는 곳으로 철옹성 같은 곳이었다. 황 회장의 취미는 뭐든 최고의 것을 사는 것이었다. 우리나라에서 최고로 비싼 빌라도 그의 것이었고 최고로 비싼 별장도 그의 소유였다.

뭐든지 최고를 가져야 직성이 풀리는 황 회장이었다. 아버지의 이런 취미는 사람으로 이어졌다. 그렇게 그의 하나뿐인 아들 또한 최고로 크길 바라는 아버지 덕에 태식은 완벽한 스펙을 자랑하는 사람으로 성장하게 되었다. 물론 새로 얻은 부인마저 우리나라 최고의 아나운서 출신이었다.

태식은 장충동의 본가에서 아버지와 테니스를 치는 중이었다.

칠십대의 노인이라고 하기엔 아버지는 너무나 건강하셨다.

탁!

그의 서브를 아버지가 잘 받아내고 있었다.

"똑바로 쳐."

탁!

"성심껏 치고 있습니다."

그의 공이 라인을 넘었다.

"이렇게 치면 재미가 없잖아."

"제가 봐드린 게 아니라 아버지가 잘 치신 겁니다."

오늘 아침은 이렇게 약간의 아부가 필요한 날이었다. 아니, 어쩌면 절대적인 아부가 필요한 날일지도 몰랐다. 최 실장은 기사가 나고 바로 달려온 상황이었고 아직 아버지의 비서인 구 비서실장님은 출근 전이었다. 결과적으로 아버지는 아직 그에 관한 기사를 보지 못한 상황이었다.

"무슨 일이야?"

아버지가 수건으로 땀을 닦으며 물으셨다. 역시 눈치 하나는 대단하신 분이었다.

"최 비서가 저렇게 똥줄이 타는 걸 보니 또 터진 거야?"

"별일 아닙니다."

"별일 아니긴. 최 비서!"

태식의 입을 통해 듣기 어렵다는 걸 아는 아버지는 불쌍한 최 비서실장을 불렀다.

"인터넷이야? 신문이야? 방송이야?"

"답니다."

이제는 모든 일에 통달한 최 비서였다. 아버지의 말에 줄줄이 설명을 하는 것보다 솔직하게 그리고 간단히 답하는 게 최선이라는 걸 알았다.

"서당 개 3년이면 풍월을 읊는다더니 최 비서가 그짝이고만."

아버지가 인터넷 기사를 보시더니 어이없어 하셨다. 오빛나가 기자들을 불러놓고 터트린 모양이었다.

"이제 만천하에 네가 고자라고 소문이 돌았어."

"아버지께서 보내주신 선물 때문에 이런 거 아닙니까."

"최 비서, 기사 막고 있어?"

"네."

최 비서가 자동 반사처럼 바로 답을 했다.

"이번엔 좀 크네. 빛난지 뭔지 하는 애 외국으로 보내 버려."

"네, 알겠습니다."

"되도록이면 멀리. 그리고 구 실장 오면 둘이 의논해서 시끄러운 거 막아."

최 비서가 어두운 얼굴로 나가고 테니스장엔 그와 아버지뿐이었다.

"진짜 안 서는 거야?"

"……."

"이번에 보내준 애는 완전히 끝내주는 애였어."

아버지는 빛나 이외에 다른 여자를 또 보내주었다. 하지만 그는 여자를 보지도 않고 돌려보냈었다.

"관심 없습니다."

"백장미를 아직도 못 잊는 거야?"

아니라고는 할 수 없었지만 아버지가 원하는 답을 알기에 그는 편하게 가기로 마음먹었다.

"잊은 지 오래됐습니다."

그제야 안심하는 얼굴이 된 아버지였다.

"일단은 사태가 커져 버렸으니 당장 결혼해."

"아버지."

아버지는 기회를 잡았다는 식으로 그를 몰아붙이기 시작했다. 결혼할 여자도 없거니와 그는 지금 여자를 안지도 못하는 상황이었다.

"아니, 이렇게 멀쩡하게 생긴 몸이 왜 그러는 거야?"

아버지는 너무 답답해하셨다.

"여보!"

태식이 오늘 이 상태가 된 것의 일등공신이 아버지를 향해 엉덩이를 흔들며 걸어오고 있었다. 황성호의 둘째 부인이자 태식의 새어머니인 윤소희였다. 우리나라 최고의 아나운서가 대기업의 회장과 서른두 살의 나이 차이를 극복하고 재벌가의 안주인이 되었다.

어머니가 돌아가신 지 2년 뒤의 일이었다. 지금 어머니가 돌아가신 지 10년이 되었으니 저 여자가 이곳에 들어온 지 8년이 되었다는 소리였다. 태식의 입장에선 다섯 살 위의 어머닌 부담스러운 존재였다.

"식사하실 시간이에요."

"잘 잤어?"

그가 있건 없건 두 사람은 애정표현을 했다.

"……."

태식은 소희를 사람 취급하지 않았다. 그렇게 그가 자신을 무시한다는 걸 소희도 알고 있었다. 5년 전 장미에게 한 짓을 생각하면 지금도 피가 거꾸로 솟는 그였다. 물론 증거는 없지만 장미에게 소희가 챙겨준 한약이 우울증을 더 키운 것 같다는 보고를 받은 적이 있었다.

"식사들 하세요."

여우 같은 소희는 그의 이런 무시에도 눈 하나 깜짝하지 않았다.

"먼저 가 있어. 태식이하고 금방 들어갈게."

"알았어요."

타고난 우아함을 가진 어머니와 타고난 천박함을 가진 소희는 완전히 달랐다. 아무리 어머니를 흉내 내도 절대로 따라 할 수 없는 부분이 있었다.

"내 얘기 명심하고. 이런 게 소문이 나면 좋을 게 없어. 요즘 아이는 시험관도 있고 하니 너무 걱정하진 말고."

아버지도 내심 아들이 걱정되는지 시험관 이야기까지 하셨다.

식탁에는 아침부터 진수성찬이 차려져 있었다. 아버지의 취미 중에 하나가 최고의 식사였다. 상다리가 휘어질 만큼의 산해진미들이 아침부터 식탁을 가득 채웠다. 아침 식탁에서 남긴 음식들은 모두 고용인들의 차지가 되었다.

"오늘은 양고기가 일품이라고 하네요."

주방장의 얘기를 항상 황 회장에게 전하는 역할은 소희였다. 얼굴을 보지 않고 소리만 들으면 꼭 뉴스를 듣는 기분이었다. 이 집으로 시집오기 전에 소희는 아주 유명한 아나운서였다. 지금은 완전히 매춘부 같지만 그녀에게도 아름다웠던 날이 있었던 것이다.

"그대로 살지."

태식은 음식을 먹으며 조용히 말했다.

"아참, 오늘 오전에 민 변호사가 당신을 잠깐 보자고 하던데요. 아주 급한 일인 것 같았어요."

"그래?"

법무법인 민의 민 변호사를 이야기하는 것 같았다. 탐욕덩어리 민 변과 새어머니 소희는 아주 찰떡궁합이었다. 둘 다 쓰레기 냄새를 풍기는 인간들이었다.

식사를 마친 태식은 오전 양평에서 새로운 직원연수원 준공식에 참여할 예정이었다.

뭐든 최고를 좋아하시는 아버지의 뜻에 따라 연수원의 규모로는 국내 최대였다. 장미의 납골당과도 아주 가까운 위치였다. 그렇게 연관 지어 생각하지 않으려 해도 자꾸만 떠오르는 여자였다.

지난번에 그가 찾았을 때는 비가 내렸는데 오늘은 서울처럼 이곳도 아주 화창한 날씨였다. 오전에 사정이 있어서 준공식의 시간이 11시로 미뤄졌었다. 아마 연수원 건립을 반대하는 시민단체들과의 마찰 때문일 것이다.

뭔가 공사를 시작하면 항상 이렇게 큰 문제부터 작은 문제까지 생기기 마련이었다. 그는 차 창밖으로 아름다운 경치를 보고 있었다. 크게 동요를 하지 않는 성격이긴 했지만 오늘은 봄으로 물든 모든 것이 보기에 좋았다.

"조심하세요."

"네."

최 실장이 운전기사에게 주의를 주었다. 지난번의 일 때문인 것 같았다. 앞을 보니 그 이유를 알 것 같았다. 한 무리의 아이들이 길을 건너기 위해서 도로변에 서 있었다.

"소풍을 가나?"

운전사가 저도 모르게 중얼거렸다. 태식도 차 밖을 보게 되었다. 병아리 같은 아이들이 어디를 가는지 신호등 앞에 서 있고 선생님들이 아이들 앞뒤로 서 있었다. 그리고 태식은 낯이 익은 얼굴에 시선이 갔다. 확실한 건 아니었지만 지난번에 사고를 당한 그 아이의 엄마인 것 같았다.

"그 꼬마예요."

운전사가 자신이 칠 뻔한 아이를 알아본 모양이었다.

"저기 선생님도 계시네."

최 실장이 말을 했다.

"그날 아이 살리신 분이 병원에서 보니까 엄마가 아니라 선생님이시더라고요."

태식의 눈에는 아이보다는 그 여자가 보였다.

"선생님이라……."

아이들에게 햇살 같은 미소를 보내고 있었다. 뭐가 그리 좋은지 아이들을 보며 연신 웃고 있는 여자였다. 웃는 모습이 천사 같았다. 인상적인 웃음이었다. 화장기 없는 얼굴에 행복함이 묻어났다.

"안녕하십니까?"

누구에게 먼저 인사를 하는 사람이 아닌데 최 실장이 차창을 열고는 인사를 했다. 그러자 여자는 수줍은 미소를 띠며 최 실장과 운전사에게 인사를 했다.

"아이는요?"

"괜찮아요. 장미야, 인사드려야지."

아이는 그녀의 가랑이 사이에 들어가서 부끄러워 어쩔 줄을 모르고 있었다.

"덕분에 장미의 다른 곳까지 치료 받게 됐어요."

"네, 다행이네요."

"장미야, 감사하다고 말해야지."

"……."

아이는 부끄러워했고 여자는 최 실장에게 땅에 코가 닿도록 인사를 했다.

무슨 말인지는 모르겠으나 좋은 일이 있는 모양이었다. 태식은 가까이 서 있는 여자를 찬찬히 살펴보았다. 물론 그녀는 그를 볼 수 없었지만 말이다.

평범한 얼굴은 아니었다. 하나도 꾸미지 않은 얼굴임에도 여자는 굉장한 미인이었다. 작은 얼굴에 잡티 하나 없는 피부, 커다란 눈이 상당히 인상적인 여자였다. 저기에 꾸미기만 한다면 웬만한 배우보다도 예쁘게 생긴 얼굴이었다.

신호가 바뀌자 서둘러 인사를 한 그들은 차를 출발시켰다.

"아이는 괜찮은 것 같습니다."

이제 정신이 돌아왔는지 최 실장이 그에게 보고했다.

"그날 치료를 하다 보니 아이의 몸에서 초기 소아암이 발견되어서 다음 달에 해성병원 어린이 병동에 무료로 수술을 받게 처리했습니다."

"……."

"먼저 말씀드렸어야 하는 건데……."

"그런 데 신경 쓸 시간 없어."

이렇게 말한 건 허락한 것이나 다름없었다. 하지만 그런 감사인사는 최 실장이 아니라 아까 그 여자에게 듣고 싶었던 건 사실이었다. 최 실장이 가로채 버렸지만 말이다.

태식은 준공식장을 향하면서도 머릿속에서는 이상하게 그 여자를 지울 수가 없었다.

해성그룹 회장실은 마치 진시황제의 황실처럼 화려했다. 모든 가구가 금칠을 한 것처럼 황금색이었다. 황금은 재물을 상징하기 때문이기도 했지만, 중국의 제1부자인 사람의 집무실엘 한번 다녀오고 나서부터 황 회장은 자신의 회장실에도 순금을 들여놓기 시작했다.

지고는 못사는 성격의 그였다.

"회장님."

간드러지는 목소리의 민 변호사였다. 어쩌면 저렇게 나이를 먹어도 한결같은지 황 회장은 철없어 보이는 민 변호사를 보며 웃었다.

어릴 때부터 봐와서 그런지 조카 같은 생각이 드는 민 변호사는 여자로서는 진짜 매력이 없었다. 김 사장과 불같은 사랑을 해서 결혼을 했다는데 솔직히 믿어지지는 않았다.

"식사는 하셨어요?"

"몇 신데 밥을 먹어?"

"어머, 11시네."

검은 정장을 입은 민 변호사의 어깨에 금빛 브로치가 아주 마음에 들게 빛나고 있었다. 얼굴은 못생겼는데 아주 멋쟁이였다. 거기다가 변호 실력은 타의 추종을 불허했다. 물불을 안 가리고 오직 승리만을 위해 달리는 민 변호사가 황 회장은 아주 마음에 들었다.

그녀의 실력 때문에 그는 민 변호사를 가까이 두는 것이었다. 소송 승률에서 언제나 일등이었기 때문이었다.

"무슨 일이야? 아침부터 연락을 하고."

"호호호, 제가 아주 희소식을 가지고 왔어요."

"뭔데?"

그녀가 자신의 서류가방에서 사진을 한 장 꺼냈다.

"이 아가씨 좀 봐주세요."

"누군데?"

사진을 보기 위해 황 회장은 안경을 썼다.

"어떠세요?"

"예쁘게 생겼군. 누군데?"

"우리 김 사장님 딸이요."

"그러니까 김덕훈 사장 딸?"

"네."

황 회장은 민 변호사와 김 사장이 신분 차이를 극복하고 결혼한 걸 알고 있었다. 그때 아버지 민 변호사가 아주 속이 썩었었다. 하지만 김 사장에게 자식이 있다는 말은 듣지 못했었다.

"우리 은수가 예쁘기도 하지만 아주 착한 아이예요. 직업은 유치원 선생님이고 아픈 엄마도 잘 모시는 아주 착한 아이죠."

"그런데?"

"우리 황태식 부회장님의 배필로는 아주 딱이라서요."

"아주 딱이라?"

황 회장의 표정이 아주 굳어졌다. 지난번에 하도 속이 상해서 주치의와 통화를 하는데 그 옆에 민 변호사가 있었었다. 나중에 후회를 하긴 했지만 이렇게 치고 들어올 줄은 몰랐다.

"전 우리 은수를 한 번 부회장님께 소개시켜 드리고 싶은 마음이 강해서요."

"이 아이가 민 변호사 입장에선 예쁘진 않을 텐데?"

그가 정곡을 찔렀지만 만만한 민 변호사가 아니었다.

"그건 저도 어릴 때나 그런 거지, 이제 오십이 넘은 나이에 그런 걸 따져 뭐 하겠습니까? 은수가 바르게 큰 것에 감사해야죠."

"하하하, 그렇군."

믿음이 가지는 않았지만 민 변호사의 말솜씨 하나는 알아줘야 했다.

"어떻게 자리 한번 만들어볼까요?"

그의 눈을 빤히 쳐다보며 민 변호사가 다그쳤다.

"왜 우리 부회장에게 이 아이를 소개하고 싶은 거야?"

"어차피 인공수정을 해서 손자를 보시려면 좀 편한 아이가 괜찮지 않을까 해서요. 입도 무겁고."

"부회장이 마음에 들어야지."

"마음에 드실 겁니다."

민 변호사의 눈이 반짝이고 있었다.

선을 본다고 해서 다 결혼하는 것도 아니고 일단 황 회장의 입장에선 손해 볼 것이 없는 일이었다. 다만 김덕훈의 숨겨둔 딸이라는 게 걸리긴 하지만 어떻게 보면 재벌은 아니어도 아버지가 해성의 사장이니 재산을 노리고 무작정 달려드는 아이들과는 다를 것 같았다.

거기다가 재벌가의 딸들을 못 얻을 바에는 신원이 확실한 아이가 더 나을 것 같았다. 그냥 말없이 아이 낳고 잘 키워줄 조용한 며느리를 바라는 그였다.

사진을 보니 왠지 모르게 이 아가씨는 얌전하고 차분할 거란 생각이 강하게 들었다. 황 회장은 다시 한 번 아가씨의 사진을 보았다. 그리고 왠지 죽은 아내와 닮았다는 생각을 했다. 묘하게 끌리는 아가씨였다.

민 변호사는 아직 그의 눈치를 살피고 있었다.

"알았어. 자리 한번 마련해 봐."

"호호호, 감사해요."

퇴근을 하고 집으로 돌아온 은수는 엄마를 위해 맛있는 밥을 하기 시작했다. 옷도 갈아입지 못하고 하루 종일 누워 있는 엄마가 안쓰러워 은수는 빠르게 몸을 움직였다.

엄마가 좋아하는 배추국과 달걀프라이, 김치가 전부지만 따뜻한 밥이라도 드시게 하고 싶은 은수의 착한 마음이 가득 녹아내린 밥상이었다.

"엄마, 밥 먹자."

오늘도 엄마는 침대에 하루 종일 누워 있었던 것 같았다.

"엄마, 밥도 잘 먹고 운동도 조금씩 해야 해."

"……."

오랜 감기 때문에 고생을 하던 엄마를 모시고 병원에 간 은수는 청천 벽력 같은 소식을 들었다. 엄마에겐 말하지 않았지만 엄마는 폐암 말기였던 것이었다.

의사가 이 병원에선 더 이상 손을 쓸 수가 없고, 서울의 큰 병원에 가서 수술을 해야 한다고 했다. 다만 수술을 해도 가망이 없으니 마음의 준비를 하는 게 나을 것 같다는 말도 덧붙였다.

세상에 그녀가 의지하고 있는 단 한 명의 사람이 그녀의 곁을 떠날 수도 있다는 말에 은수는 하루하루가 멘붕이었다. 언젠가는 엄마를 떠나 보낼 날이 올 거라는 건 알고 있다. 하지만 지금은 아니었다. 어떻게 해서든지 수술비를 마련해서 엄마를 끝까지 지킬 생각이었다.

"갑시다."

은수가 종잇장처럼 가벼운 엄마를 거의 안듯이 부축을 했다.

"안 먹으니까 이렇게 마르지."

은수는 순간 목이 메어왔다.

"감기가 너무 심해. 지난번에 병원에선 뭐래?"

"폐렴이 같이 왔다고 조심하라고. 너무 심한 감기래."

산부인과 간호사 출신의 엄마였다. 먹는 약만 봐서도 단순히 감기는 아니란 걸 알았을 것이다. 물론 내과 약에 대해 아는 건 아니었지만 그래도 뭔가 이상하다는 느낌은 받는 모양이었다.

"폐렴만이래?"

엄마가 의심스러운지 또 한 번 물었다. 차마 아직까지 엄마에게 암이라고 말하지 못한 은수였다.

"응."

"후~"

엄마가 땅이 꺼져라 한숨을 쉬자 은수도 마음이 아팠다.

"얼른 먹어. 그래야 낫지."

엄마에게 수저를 쥐어주고는 은수도 억지로 밥을 넘기고 있었다. 엄마와 저녁을 먹은 후에 두 모녀는 거실을 거닐었다. 이렇게라도 안 하면 엄마가 더 아플 것 같았기 때문에 소화도 할 겸 겸사겸사 움직이고 있었다.

한참을 그렇게 움직이다가 병원에서 준 약을 먹이고는 엄마를 방에 다시 눕혔다.

며칠 후 막막하기만 하던 은수는 집을 담보로 대출을 받을 수 있을까 해서 옆집 언니를 찾아갔다. 은수네와 친한 옆집 언니가 대출계에 있었기에 상담을 받고 싶었기 때문이다.

하지만 언니의 말이 아파트가 아니면 요즘은 대출이 어렵다고 했다. 은수네처럼 오래된 단독주택은 더더욱 힘들다고.

옆집에서 나와 망연자실 걷기 시작했던 은수는 어느새 길거리에 멍하게 서 있었다. 한줄기 희망도 없는 인생이었다. 그때였다. 버스정거장 앞의 전자상가에서 아버지의 얼굴이 TV에 나왔다. 종편방송의 패널로 나와 이야기를 하는 아버지의 모습을 본 은수는 그 길로 서울행 버스를 탔다.

그녀에겐 마지막 한줄기 빛이었다.

포털사이트에 아버지의 이름은 항상 떠 있었고 살고 있는 곳을 찾기는 어렵지 않았다. 거기다가 마음만 먹으면 언제든 찾아갈 수 있는 직장도 알고 있었다. 오랜만에 올라온 서울은 은수에게는 낯선 곳이었다. 그녀는 용기를 내서 한남동에 있는 아버지의 집을 찾았다.

지금은 자존심이 문제가 아니라 엄마의 수술비가 더 중요했다. 빌라에 도착한 은수는 경비원에게 해성그룹 사장님 댁을 찾아왔다고 했다. 물론 쉽지 않을 거라는 건 알았지만 이렇게 사람이 개

무시당할 줄은 예상하지 못했었다.

은수는 혹시나 해서 알아온 휴대폰 번호로 전화를 걸었다.

[여보세요?]

"안녕하세요, 은수예요."

[…….]

상대방은 말이 없었다.

"갑자기 이렇게 전화를 드려서 놀라셨죠? 그런데 제가 지금 아주 상황이 급해서요. 5분만 시간을 내주시면 안 될까요?"

[…….]

"엄마가 아주 많이 아파요."

[어디야?]

약간은 짜증이 섞인 목소리였다. 그래도 딸이 찾아왔는데 이렇게까지 기분 나빠하실 줄은 몰랐다.

"지금 빌라 앞이요."

[어디? 여기?]

"네."

아버지는 상당히 놀란 목소리로 물었다. 가라고 할까 봐 조마조마했는데 의외로 아버지는 집으로 그녀를 불러들였다. 다행이었다.

하지만 마음 한편으론 좀 이상하기도 했다. 왜 이렇게 쉽게 자신을 불러들인 건지 의심이 가긴 했지만 일단은 급한 마음이 먼저라서 은수는 아버지의 집 안으로 향했다.

덕훈은 머리가 터질 것 같았다. 황태식의 여자를 구하는 게 그리 쉽지만은 않았다. 여러 가지 조건으로 볼 때 좋은 조건이었지만 평생을 고개 숙인 남자와 살 여자는 없었다. 그렇다고 너무 처지는 집안의 여자를 구할 수도 없는 일이었다.

그런데 그때 은정이 그에게 아주 좋은 제안을 했다. 바로 그의 딸인 은수를 황태식에게 시집보내면 어떻겠냐는 말이었다. 벌써 은수에 대한 뒷조사를 끝내고 회장에게까지 이야기를 마친 상황인 것 같았다.

내일쯤 그가 양평에 내려갈 생각이었지만 솔직히 발이 떨어지질 않았다. 덕훈의 인생에서 가장 껄끄러운 곳이 양평이었다. 고향이긴 했지만 그에겐 숨기고 싶은 기억의 끝자락 같은 곳이었다.

윙—

그때 모르는 번호의 전화가 왔다.

"전화 안 받아요?"

"알았어."

평소 같으면 받지 않는데 옆에서 하도 성화라서 덕훈은 전화를 받았다.

"여보세요?"

[안녕하세요, 은수예요.]

그런데 그의 수고를 덜어주러 은수가 제 발로 찾아왔다. 그가 입모양으로 은수라고 말하자 은정의 눈도 동그랗게 변했다. 은정이 왜 왔냐고 입모양으로 물었다. 그는 어깨를 으쓱였다. 은정이 그의 핸드폰에 귀를 가져다 댔다.

은수가 엄마 때문에 왔다고 이야기하자 은정의 표정이 굳어졌다. 하지만 그에게 은수를 들어오게 하라고 했다. 전화를 끊자 은정은 그에게 말했다.

"굴러들어 왔으니 확실하게 처리해요."

"뭘?"

"몰라서 그래요? 황태식과의 결혼을 확실하게 해야죠. 엄마 때문에 그런다는데 그깟 결혼 못 하겠어요? 죽으라는 것도 아닌데?"

확실히 냉정한 여자였다. 하지만 덕훈도 생각이 같았기 때문에 은정이 하라는 대로 하기로 했다.

"일단은 내가 방에 들어가 있다가 나올 테니까 잘하라고요. 자연스럽게 말이에요. 너무 우리 쪽에서 결혼을 원하는 것 같으면 거절할 수도 있으니까 잘해요. 알았죠?"

"알았어."

덕훈의 머리가 빠르게 돌아갔다. 너무 반갑게 맞기도 그렇고 안 그런 척하기도 그렇고 아주 애매한 상황이었다. 하지만 지금 확실한 건 은수가 자신을 찾아온 건 그에겐 기회였다.

덕훈의 입가에 아주 묘한 미소가 걸렸다.

딩동!

은수가 집에 온 모양이었다. 그는 아주 천천히 현관으로 향했다.

경비에게 문을 열어주라고 하자 경비가 아주 의외란 듯이 그녀를 안으로 들여보내 주었다. 은수는 주변을 두리번거리며 자신과는 완벽하게 다른 삶을 살고 있는 아버지에게로 향했다.

집 안으로 들어선 순간 은수의 입에서 감탄사가 마구 터져 나왔다. 이렇게 사는 사람들도 있구나, 라는 생각이 들었기 때문이었다. 그게 자신과 엄마를 버린 아빠라는 생각이 들자 씁쓸한 웃음이 터져 나왔다.

"이리 와 앉아."

일요일 오전이라서 그런지 아버지는 편안한 차림으로 그녀를 맞이했다. 화면보다 훨씬 더 잘생긴 아버지의 모습에 엄마의 모습이 겹쳐졌다. 벌을 받아야 할 사람은 따로 있는데 신은 역시나 오늘도 공평하지 않았다.

"앉아."

갑자기 어디선가 여자 목소리가 들렸다. 고개를 돌리자 작고 못되게 생긴 여자가 그녀를 향해 걸어왔다. 아버지를 그들에게서 빼앗아간 여자였다. 그 여자의 얼굴을 처음 보는 은수였다.

"여보."

아버지의 부인이 그녀 앞에 서 있었다. 그녀의 어깨 정도밖에 안 오는 키에 온몸에 명품을 휘감은 여자는 못생겼지만 독한 향을 품고 있는 아주 악한 사람처럼 보였다.

"어른이 앉으란 소리 안 들리니?"

은수는 그녀의 말에 자리에 앉았다. 오늘은 소란을 피우러 온 게 아니었다.

"무슨 일이야?"

아버지 대변인이라도 된 듯이 여자가 말을 이어갔다.

"아버지와 할 말이 있어서요."

"아버지?"

여자는 은수에게 눈꼬리를 치켜뜨며 반문했다. 마치 네 아버지 아니라는 듯이 말이다.

"처음이자 마지막 부탁이에요."

"……."

아버지란 사람의 표정은 어두웠고 그 옆에 앉은 여자의 표정은 표독하기 그지없었다.

"엄마가……."

갑자기 목이 메어와 말을 잇지 못한 은수는 울음을 가슴속으로 꾹 눌러 담으며 말을 이어갔다.

"말기 폐암이에요. 살리고 싶은데 저희가 가진 게 너무 없어요. 한 번만 도와주세요."

"우리가 왜?"

여자의 말에 은수는 또다시 울컥했지만 아버지란 사람의 얼굴만 계속 보고 있었다.

"병원에 있어?"

"아니요, 그냥 감긴 줄 알고 집에 계세요. 하루라도 빨리 병원에 가지 않으면 안 되는 상황이에요."

한참을 말없이 그녀를 쳐다보고 있던 아버지가 갑자기 표정이 바뀌더니 여자를 데리고 방 안으로 들어갔다. 아버지가 그녀를 도와주지 않을 줄은 알았지만 이렇게까지 하리라고는 상상도 하지 못했었다.

"가야 하는 걸까?"

한참을 오지 않는 아버지였다. 은수가 포기하고 일어나려던 그때 아버지와 여자가 들어가기 전과는 완전히 다른 모습으로 그녀 앞에 등장했다.

"호호호, 오래 기다렸어?"

"네?"

여자가 은수 옆에 너무나도 자연스럽게 앉았다.

"은수가 몇 살이지?"

"28살이요."

"그래, 딱 좋네."

뭐가 딱 좋다는 건지 은수는 알 수가 없었다. 하지만 여자가 이렇게 가까이 앉아서 그녀의 손을 잡고 있는 게 몹시 불편했다.

"우리가 엄마의 병원비를 대줄게."

"네?"

은수는 너무나 놀라서 말을 잇지 못했다. 그리고 갑작스럽게 변한 태도가 의심스럽기까지 했다.

"정말인가요?"

은수는 다시 한 번 물었다.

"우린 그렇게 할 일 없는 사람이 아니야. 빈말도 좋아하지 않고."

은수는 너무나도 안심이 되어 저절로 눈에서 눈물이 흘러나왔다. 그래도 일말의 양심이 아버지에게 있구나, 라는 생각이 들었기 때문이었다. 하지만 그것도 잠시였다 아버지란 사람은 그렇게 양심적이지 않았다.

"그런데 말이야. 세상엔 공짜가 없어. 알지?"

"……."

하긴 일말의 양심이 있었다면 어린 자식을 버리고 자신의 공부를 뒷바라지한 여자를 버리진 않았을 것이었다.

"우리가 요즘 아주 공들이는 일이 있는데 은수는 그것만 도와주면 돼. 어쩜 그렇게 적기에 딱 찾아왔는지……."

"제가 애들 가르치는 것 말고는 할 줄 아는 게 없어서요."

사실이었다. 아이들을 누구보다 좋아했고 그런 아이들을 돌보는 일이라면 얼마든지 할 수 있었지만 은수는 그 일 이외에 다른 일은 할 줄 아는 게 없었다.

"너무 걱정하지 마. 어쩌면 누이 좋고 매부 좋은 일인지도 모르니까."

"어떤 일인데요?"

여자가 아주 음흉한 미소를 띠었다.

"결혼."

놀란 은수와는 다르게 그 사람들은 아주 기분이 좋아 어쩔 줄을 모르고 있었다.

"결혼이요?"

"그래, 결혼. 그것만 하면 우리가 네 엄마 치료비를 다 준다니까. 아주 최고급으로. 그것도 해성병원에서 치료 받게 해줄게."

빈말 같아 보이진 않았다. 만약에 도와줄 생각이 없었다면 아까

쫓아냈을 테니 말이다. 일단 지푸라기라도 잡는 심정으로 그들에게 알았다고만 했다.

아무것도 모르는 사람과 결혼을 해야 한다는 게 요즘 세상에 있을 수 있는 일인가를 두고 은수는 수없이 많은 생각을 했다. 하지만 답은 하나, 엄마의 치료비가 우선이지 그녀가 누구와 결혼을 하느냐는 둘째 문제라는 것이었다.

지금 상황에서 그녀의 신랑이 돈 많은 영감이면 어떻고 몸에 이상이 있는 사람이면 어떻겠는가? 선택을 할 수 있는 상황이 아니었다.

그 후, 그 집에서 나온 지 며칠이 지났는데 전화를 주기로 해놓고 그들에겐 아직 연락이 없었다.

"물 건너간 건가? 나를 놀린 거야?"

하루 종일 이 말을 수천 번은 더한 은수였다. 이렇게 굳게 마음을 먹었을 때 일을 처리하면 좋을 텐데 연락이 늦어질수록 불안한 은수였다.

"은수야. 전화 온 것 같아."

엄마의 목소리에 은수는 설거지를 하다가 말고는 핸드폰을 꺼내 들었다.

"여보세요?"

[은수?]

그 여자였다.

"네."

[뭐 하고 있었어?]

친한 척하기는 천하제일인 것 같았다.

"설거지요."

[그래? 엄마는 입원시켰어?]

"아직요."

[그럼 내일 당장 해성병원으로 와.]

해성병원의 암 병동은 국내 최고였다.

[아버지가 해성전자 사장인데 병실 하나 못 만들겠어?]

하긴 여자의 말은 당연했다. 이렇게 간단히 엄마를 입원시킬 수 있는 사람인데 그동안은 어쩌면 한 번도 자신을 찾은 적이 없었을까, 라는 서운한 마음이 밀려들었다.

[내일 오전에 구급차 보낼 테니까 그거 타고 와. 그리고 당분간 은수는 우리 집에서 지내도록 하고.]

"저요?"

[그럼, 우리가 어디 남이야?]

차라리 남이면 더 편할 것 같았다. 이 여자가 왜 이러는지 은수는 알 수가 없었다. 다만 지금은 엄마에게 도움을 주는 손길이기 때문에 은수는 그녀의 역겨운 목소리도 참았다.

"저, 결혼이요."

[아, 그거 은수에게도 아주 좋은 일일 거야. 상대가 누군지 안다면 깜짝 놀랄걸?]

아주 나이가 많은 부잣집 영감일 수도 있었다. 하지만 지금은 찬밥 더운밥을 가릴 처지가 아니었다.

"알겠습니다."

은수는 더 이상 신랑이 될 사람에 대해 묻지 않았다. 나이가 많아도 상관이 없었고 핸디캡이 있어도 상관이 없었다. 이혼을 수십 번 한 사람이라도 상관없는 은수였다. 엄마만 좋은 치료를 받을 수 있다면 그녀는 인당수에라도 빠질 수 있었다.

[기대해도 좋아.]

뭘 기대해도 좋다는 건지 알 수 없었지만 은수는 알겠다고 대답했다. 전화를 끊고 은수는 엄마의 방으로 갔다.

"누구야?"

"아는 사람."

엄마는 힘이 드는지 더 이상 묻지 않았다. 은수가 갑자기 엄마의 옷을 챙기자 엄마가 은수를 빤히 보았다.

"엄마, 내일 병원에 가야 해. 이번엔 입원해서 좀 고치자."

"돈이 어디 있다고? 지난번에 네 삼촌이 다 들고튀는 바람에 지금 돈이 하나도 없는 거 아는데……."

하나뿐인 삼촌은 그녀들의 전 재산인 삼천만 원을 들고 사라졌다. 도박에 빠진 삼촌에겐 식구들이고 뭐고 아무것도 눈에 보이는 것이 없었다.

"빌렸어."

은수는 아무런 감정을 싣지 않고 무덤덤하게 말했다.

"빌려?"

엄마가 아주 의심스러운 눈초리로 그녀를 보았다.

"원장님한테 빌렸어."

원장이라는 말에 엄마도 더 이상은 묻지 않았다.

은수는 엄마의 짐을 챙기고 나와서 원장님께 전화를 걸었다. 당분간은 어린이집에 못 나갈 것 같다고 말했다. 그러자 원장의 입에서 육두문자가 끝없이 나왔다. 양평에서 발붙이고 살기 힘이 들 거라는 말도 했다.

어떻게 저런 인격으로 아이들을 가르치는지 은수는 이해할 수가 없었다. 짐을 대충 챙긴 은수는 두꺼운 코트를 집어넣었다. 혹시나 해성그룹에 갈 일이 있으면 전해주려는 마음이었다.

"이건 굉장히 비싼 옷 같아."

은수는 이렇게 말하며 남자의 코트를 한쪽에 챙겨두었다. 코트의 주인에게 직접 주고 싶은 마음이 은수에게 있었다. 인정은 하지 않았지만 은수는 코트의 주인을 한 번 더 보고 싶은 마음이었다. 그럴 가능성은 거의 없지만 말이다.

아버지와 그 여자가 약속만 지켜준다면 그녀는 무엇이든 할 각오가 되어 있었다. 은수는 조용히 눈을 감고는 오지 않는 잠을 청했다.

제2장 돌아보게 만드는 여자

아침 일찍 구급차에 오른 은수는 엄마의 손을 꼭 잡았다. 아직 믿어지지 않지만 진짜 아버지가 엄마를 위해 구급차를 보내주셨다. 엄마를 버리고 간 사람이 이제는 딸까지 팔려 하고 있었다. 기가 막힌 노릇이었다. 하지만 지금은 그들이 약속을 지킨 게 더 중요했다.

"그나마 다행이야."

"뭐가?"

엄마가 힘없는 소리로 그녀에게 물었다.

"아니야."

엄마가 알면 화를 내며 다시 양평으로 내려간다고 할 게 뻔했다. 엄마는 지금까지 한 번도 아빠를 원망하지 않은 날이 없었다. 아빠의 배신으로 엄마의 삶에 남자는 더 이상 없었다. 그놈이 그놈이란 식이었다.

엄마는 아름다운 얼굴이라서 그런지 언제나 인기가 많았지만 늘 남자들을 경계하고 멀리했다.

배신은 한번으로 족하다는 게 엄마의 지론이었다. 그래서인지 은수도 남자들을 멀리해 왔다. 아마도 엄마의 영향이 컸던 것 같았다.

“우리 어디로 가는 거야?”

“해성병원.”

“비싼 거 아니야?”

“돈 걱정은 그만하고 빨리 회복할 일만 생각해.”

엄마는 피곤한지 잠이 들었다. 은수는 엄마의 손을 잡으며 생각에 잠겼다. 설마 이상한 사람은 아니겠지? 라는 불안감과 어떤 사람이든 결혼은 해야 한다는 마음이 공존하며 불안했다. 은수도 사람이니 이런 불안한 감정이 생기는 건 당연했다.

은수가 도착한 해성병원의 규모는 실로 어마어마했다. 이렇게 보기만 해도 엄마의 병을 고칠 수 있을 것만 같은 믿음이 생겼다.

“해성병원은 너무 비싸지 않아?”

“괜찮아, 아시는 분이 싸게 해주신다고 했어.”

"무슨 수로 병원비를 싸게 해?"

엄마는 치료비 때문에 걱정이 많았다. 엄마를 병실에 입원시킨 후 은수는 자신의 가방을 들고 아버지의 집으로 향했다.

"어머, 은수 왔구나."

여전히 간드러지는 목소리의 여자가 그녀를 격하게 환영했다. 너무 오버를 하니 더 부담스러웠다.

"안녕하세요?"

"그래, 이리로 와."

그녀의 뒤를 따라가면서 은수는 뭐라고 호칭을 해야 할지 몰랐다.

"제가 뭐라고 불러야 할지……."

"그냥 사람들 앞에선 어머니라고 불러. 그리고 집에선 변호사님이라고 하면 돼."

여자는 아주 명쾌하게 답을 해주었다. 목적의식이 분명한 여자였다.

"네, 변호사님."

"아주 머리가 좋아. 난 그렇게 말귀를 잘 알아듣는 사람이 좋아."

시키는 대로 하는 사람이 좋다는 뜻인 것 같았다.

은수는 자신이 그들에게 이용당한다는 건 알고 있었지만 참을 수밖에 없는 현실이 속상했다. 자신을 버린 아버지와 그 여자는 아픈 엄마를 이용해 지금은 그녀를 팔아넘기려 하고 있었다. 하지만 엄마가 치료를 받는 동안에는 이 모든 걸 참아내야 한다. 은수는 이를 악물었다.

그녀를 안내한 곳은 작은 게스트룸이었다. 침대와 화장대 그리고 작은 붙박이장이 있는 곳이었다. 물론 화장실도 따로 있었다. 마치 모텔 같은 느낌이었다. 기분이 그래서인지 몰라도 게스트룸이 아닌 일하는 사람들의 숙식 공간 같은 마음이 들었다.

"여긴 우리 메이드들이 쓰는 곳이긴 하지만 은수는 상관없겠지?"

"네."

그녀의 생각이 맞았지만 솔직히 상관없었다. 엄마의 병만 치료할 수 있다면 노숙도 할 수 있는 은수였다.

"좋아, 일단 옷부터 갈아입고 나랑 얘기 좀 해."

"네."

그녀가 세수만 하고는 바로 밖으로 나가자 외출할 준비를 마친 은정이 은수를 쏘아보았다.

"옷 없어?"

청바지에 후드 티 차림의 은수는 갑작스러운 은정의 공격에 당황스러웠다.

“제가 급하게 나오는 바람에…….”

“어쩔 수 없지. 사업을 하려면 투자는 기본이니까. 일단 이번 주말에 중요한 약속이 있으니까 앞으로 3일은 병원에 가지 말고 내가 시키는 일만 하면 돼.”

이 여자는 뭐든지 당당했다. 마치 그녀를 마음대로 해도 좋다고 생각하는 것 같았다.

“엄마는…….”

엄마가 순간적으로 가장 걱정이 되었다.

“간병인은 뭐 폼으로 있는 줄 알아?”

“간병인 써주실 건가요?”

“네가 잘하면 더한 것도 해줄 수 있어.”

이 한마디에 은수는 그나마 위로를 얻었다.

“열심히 할게요.”

뭔지 몰라도 지금 은수도 마찬가지의 마음이었다. 엄마에게 잘해준다면 그녀도 맡은 일에 성심을 다할 것이다.

“그래?”

“네, 뭐든 할 수 있습니다.”

“알았어. 따라와.”

민 변호사는 그녀를 데리고 외출을 했다. 그들이 간 곳은 유명백화점이었다.

"여긴……."

"일단은 그 촌티부터 벗겨내야겠어."

백화점을 구석구석 돌면서 민 변호사는 아주 통이 큰 쇼핑을 하고 있었다. 그리고 그녀를 어딘가로 데리고 갔다.

"여긴 이제부터 매일 와야 할 곳이야. 우리 기사가 데려다줄 거니까. 그렇게 알고."

"네."

"난 오늘은 여기까지. 시간을 너무 낭비했어. 일단 여기서 헤어하고 피부 관리까지 하면 내가 퇴근할 시간 정도 될 것 같으니까 일단 관리 좀 받고 있어."

"네."

은수는 직원이 오자 민 변호사와 헤어져 관리를 받기 시작했다. 머리를 관리하기에 앞서서 피부부터 받기로 한 그녀였다.

"진짜 하얗고 탄력이 좋으시다. 어디서 관리 받으셨어요?"

"처음이에요."

"거짓말, 이렇게 좋으신데."

직원이 그녀의 얼굴을 만지면서 감탄에 감탄을 하고 있었다. 은수는 태어나서 처음으로 피부 관리를 받았다. 나쁘진 않았지만 뭔가 기분은 이상했다. 꼭 나이 많은 신랑에게 팔려가는 어린 신부의 느낌 같았다.

뭔가 자꾸 꾸미려는 것을 보니 점점 더 확신을 느끼게 되었다. 아버지보다 높은 사람에게 그녀를 시집보내는 것 같았다. 그래서 이득을 취하려는 것이다.

돈도 굉장히 많아 보이는 아버지였는데 뭘 더 그렇게 욕심을 내는 것일까? 그리고 그녀는 안전한 것일까?

'괜찮은 사람일까?'

은수는 걱정이 들기 시작했다.

"오늘은 연예인들이 적어서 한가하네요."

피부관리사는 끊임없이 뭔가를 이야기하고 있었다.

"연예인들이 많이 오나 봐요?"

"네, 우리 원장님이 그 바닥에 소문이 나서요. 최고죠. 연예인들이 없어서 오늘은 원장님이 일반 손님들도 관리해 주시는데 손님이 오늘은 운이 없으시네요."

"왜요?"

"오늘 해성그룹 사모님이 오셔서 전신 케어 받으시거든요."

해성그룹이라면 우리나라 최고의 그룹이자 자신의 아버지가 사장으로 있는 곳이었다.

"아참, 손님도 아시죠? 예전에 아나운서였던 윤소희 씨가 해성그룹 사모님인 거?"

그건 온 국민이 다 아는 일이었다. 아나운서 윤소희는 아주 인기가 있었다. 그런데 어느 날 시집을 간다고 사라졌으니 모두가 그 상대를 궁금해했고 그 상대가 윤소희보다 서른두 살이 더 많은 해성그룹 회장이라는 소리에 아주 시끄러웠었다.

"진짜 예쁘죠?"

솔직하게 그녀도 보통 사람이라서 윤소희 같은 대중 스타의 생김이 궁금하긴 했다.

"그럼요, 실물은 빛이 날 정도예요. 그러니 황 회장님이 낚아채신 거죠."

하긴 우리나라 최고의 부자라서 윤소희 같은 여자를 차지할 수 있었을 것이다.

"손님도 예쁘세요."

피부관리사가 그녀에게 칭찬을 아끼지 않았다.

"확실히 재벌은 달라요. 여기서 전신 케어 받는 사람들은 대부분 결혼하는 신부님들이거든요. 그것도 재벌가의 자제분들이 그렇게 받는데 윤소희 사모님은 일주일에 한 번은 꼭 전신 케어를 받으세요."

"많이 비싼가 봐요?"

"전신 케어 10회가 웬만한 회사원 연봉이에요."

놀라운 액수였다. 그녀의 입장에서는 상상하기조차 힘이 든 액수였다. 양평에서 오래 살다 보니 서울의 화려함을 잠시 잊었던 것 같았다.

"확실히 물이 다르네요."

"당연하죠."

피부 마사지와 네일 케어를 받고 거기에 긴 생머리를 염색하고 펌까지 하다 보니 시간이 오래 걸렸다. 12시에 들어왔는데 지금 시간이 8시였다. 뱃속에서는 아까부터 꼬르륵거리기 시작했다. 그나마 커피와 과자가 있어서 민망한 상황은 조금 면할 정도였다.

"다 됐어?"

민 변호사가 퇴근을 했는지 그녀를 데리러 왔다.

"어디 보자, 촌티를 빼니까 봐줄 만하네."

그녀 옆에는 작고 못생긴 남자가 하나 서 있었다. 그런데 한눈에 봐도 그가 누군지 알 것 같았다. 그녀의 이복동생인 것이다. 아버지의 유전자는 하나도 못 받은 아주 불행한 유전자를 가지고 태어난 동생이었다.

"촌티 정도가 아니라 예쁜데?"

아주 대놓고 침을 흘리고 있었다.

"여자가 이 정도는 돼야지. 그런데 그 고자한테 시집보내는 거야?"

고자라는 말이 그녀의 귀에 쏙 들어왔다. 그래서 이렇게 정성을 들이는 구나라는 생각이 들었다. 자신의 딸이라면 결혼시키지 않을 그런 결혼이었다.

"입 다물지 못해?"

"엄마도 참. 알았어요."

아주 능글맞은 녀석이었다.

"집으로 가자."

민 변호사의 말이 끝나자마자 누군가 민 변호사를 불렀다.

"언니!"

화면에서보다 훨씬 화려한 얼굴의 윤소희가 나타나 민 변호사를 반갑게 맞았다. 해성그룹 사모가 언니라고 부를 정도의 위치에 있는 사람이 민 변호사인 것 같았다.

"웬일이야?"

"일이 있어서."

"우리 민성이도 오랜만이네."

아주 잘 아는 사이인 것 같았다.

"네, 여전히 미인이십니다."

"호호호, 고마워. 그런데 예쁜 아가씬 누구?"

민 변호사가 눈짓을 하자 둘은 알겠다는 표정이었다.

"안녕?"

"안녕하세요. 김은수라고 합니다."

은수는 최대한 예의를 지켰다. 아버지가 다니는 회사의 회장 부인이니 충분히 예의를 갖추어야 한다고 생각했다.

"내가 누군지는 알 테고 우린 앞으로 자주 보게 될 거야."

회장 부인은 굉장히 그녀에게 친한 척을 했다.

인사를 마치고 은수는 민 변호사의 고급리무진을 타고 집으로 향했다.

"잠깐 병원에 다녀오면 안 될까요?"

엄마의 상태를 확인하고 싶은 은수였다.

"아니, 안 돼."

그녀의 부탁을 단칼에 잘라 버린 민 변호사였다.

"엄마가 어떻게 계시는지만 확인……."

"야! 네가 지금 놀러 온 줄 알아?"

갑작스러운 민 변호사의 말에 은수는 당황했다.

"잘해줄 때 그냥 있어. 네 엄마 살리고 싶으면 내 말 잘 듣는 게 좋을 거야."

은수는 혀를 깨물며 부당한 민 변호사의 말에 대꾸하지 않으려고 애를 썼다.

"이래서 하층민들은 짜증이 나."

민성이 엄마를 거들고 있었다. 그들이 보기에 은수는 하층민이었다. 물론 잘사는 건 아니었지만 그녀에게서 아버지를 빼앗아 간 사람들이 할 말은 아니었다.

생긴 것부터 말하는 것까지 모자는 너무나 닮아 있었다. 세상이 변했는데 저들의 마음은 아직 조선시대인 것 같았다. 자신들만이 최고라는 생각을 하는 그들에게서 썩은 냄새가 나고 있었다.

숨을 쉬기 힘들 정도의 악취였다.

"일단은 집에 있어. 주말까지는 피부 관리 받고 내가 주는 프린트물 공부해. 알았어?"

"네."

은수의 목소리가 떨리고 있었다.

"왜, 자존심 상해?"

"엄마, 얘가 상할 자존심이 어딨다고 그래?"

"하긴."

모자는 상당히 죽이 잘 맞아 보였다. 집으로 돌아오는 내내 은수는 아픈 엄마만 생각하기로 마음먹었다. 그들의 말대로 지금은 그녀에게 지킬 자존심 따위는 없었다.

일요일 저녁, 서울 시내가 훤히 내려다보이는 해성호텔 레스토랑에 태식은 앉아 있었다. 아버지의 성화에 못 이겨 오기는 했지만 태식은 유쾌한 기분은 아니었다. 당장 월요일에 중국 출장도 있고 뒤를 이어 유럽 출장이 줄줄인데 이렇게 한가하게 선이나 볼 시간이 그에겐 없었다.

선이 아니었다. 엄밀히 말해서 결혼 전에 얼굴 한 번 보는 것이었다. 어차피 아이는 시험관으로 만들 것이고 그는 어쩌면 대리모 면접을 보는 것이었다. 이제 여자는 싫었다. 그렇다고 이기적인 생각으로 해성그룹의 대를 끊을 수도 없는 노릇이었다.

그가 아버지의 말을 들을 수밖에 없는 건 아버지가 윤소희와 결혼을 할 때 아이를 갖지 않겠다고 선언하셨기 때문이었다. 그의 앞길을 막는 그 어떤 것도 만들지 않겠다는 아버지의 확고한 의지였다.

그래서 그는 더욱 해성의 미래를 생각할 수밖에 없었다. 약속 시간보다 10분쯤 일찍 도착한 그는 집에서 검토하기 위해 회사에서 가져온 서류를 바쁘게 넘기고 있었다.

서울의 야경을 보며 커피 한잔을 마셔도 될 시간인데 그는 그 시간에 일을 하고 있었다.

해성호텔의 야경은 서울의 12경이라고 할 만큼 아름다웠다. 그도 힐끔 쳐다볼 만큼 시선이 가는 곳이었지만 태식은 오로지 일에만 전념했다. 워커홀릭이기도 했지만 장미가 죽은 이후로 그는 고층에서 바깥을 내려다보지 않았다. 장미의 마지막 모습이 떠오르기 때문이었다.

어떻게 보면 장미는 그에게 악랄한 기억을 심어준 여자였다. 그리고 다른 여자를 아예 보지도 않게 만들고 가버렸다.

35살에 시험관을 생각할 수밖에 없는 그였다. 물론 소문이 돌기는 했지만 아직 그에 대해 설마라고 생각하는 사람들이 많았다. 외모는 완벽하게 섹시하니까 말이다.

속빈 강정이란 말이 지금 그에겐 딱 어울렸다. 태식의 입가에 씁쓸한 미소가 걸렸다.

"저기……."

여자가 도착한 모양이었다.

"앉아요."

"……."

그는 자신의 서류를 마저 검토했다. 집중을 하다 보니 여자가 온 것도 잊고 그렇게 자신의 일을 계속하고 있었다. 그는 서류를 다 검토하고 나서야 고개를 들었다. 아차 하는 생각은 들었지만 미안한 마음은 없었다.

태식은 서류를 덮었다. 그의 앞에 앉아 있을 여자는 그가 굳이 보지 않아도 알 만했다. 상당한 미모에 그에 걸맞은 스펙을 가진 여자가 그의 앞에 앉아 있을 게 분명했다. 거기에 잠자리가 없는 결혼 생활도 견딜 만큼 해성그룹의 안주인이 되기 위한 욕망을 가진 여자일 것이다.

그가 한숨을 쉬고 고개를 들었다.

"오래 기다리게 해서……."

태식과 여자가 서로를 본 순간 그대로 시간이 멈추었다. 그녀였다.

처음엔 진흙탕 물을 뒤집어쓰고 아이를 안고 있어서 아이 엄마인 줄 알았다가, 두 번째로 길에 서서 천사 같은 미소를 지으며 아이들과 있었던 선생님이었다가, 지금은 알아보기 힘들 정도의 화장과 의상으로 섹시함을 장착한 아주 세련된 여자로 그의 앞에 서 있었다.

세 명의 사람이 한 사람이라는 게 믿기지 않을 정도로 여자는 볼 때마다 다른 모습이었다.

"뭐지?"

"……."

여자도 그를 알아본 게 분명했다. 그러지 않고서는 저렇게 놀란 얼굴을 할 리가 없었다.

"앉지."

조금 전, 놀란 모습이 사라지자 여자는 말이 없었고 눈빛은 공허했으며 세상 누구보다 예쁜 모습으로 그의 앞에 앉았다.

"김 사장님의 딸이 확실한가?"

의심스러워 다시 한 번 물어보았다.

"네."

"민 변호사에게 딸이 있었나?"

"전 어머니가 다릅니다."

"혼외자식이라……."

"아닙니다."

여자의 목소리는 상당히 단호했다. 여태까지 그를 묵묵히 보고 있던 것과는 사뭇 달랐다.

"혹시 서자 콤플렉스 같은 게 있나?"

"아니오, 버림받은 아이에 대한 콤플렉스는 있습니다."

"아버지에게 버려졌나?"

"네."

아주 흥미로운 상황이었다. 이런 자리에서는 보통 아버지를 두둔하는데 여자는 아버지를 비난하고 있었다.

"그런데 지금은 아버지를 돕고 있다?"

"아니오, 어머니 때문입니다."

"뭐, 드라마처럼 병든 어머니의 치료비를 위해서 나왔다는 건가?"

"네."

그 간결한 대답에 슬픔이 묻어 있었다. 드라마의 내용이 그의 앞에 앉아 있는 여자에겐 현실인 것이다.

"괜한 이야기를 했어."

"아닙니다."

여자는 담담했고 그 모습이 무척이나 마음에 들었다. 너무 부산스러운 여자는 싫었다.

"나에 대한 얘기는 들었나?"

"들은 게 아무것도 없습니다."

"없어?"

"네."

기가 막힐 노릇이었다.

"아주 돈 많은 늙은이에게 시집을 간다고 생각했겠군."

"네."

여자는 이상하게 진실만을 말하는 것 같았다. 그녀의 말에는 거품이 쫙 빠진 진실이 담겨 있었다. 그것도 아주 많이.

"재미가 없군."

"재미로 나오진 않았습니다."

"나와의 결혼이 무슨 자살 폭탄쯤 되는 줄 아나? 아주 결연한 의지로 꽉 차 있군."

여자는 표정에 변화도 없이 그대로 앉아 있었다. 아름다움은 그녀의 차가움을 가리고 있었지만 여자에게선 냉기가 느껴질 정도의 차가움이 흘렀다.

"밥이나 먹지."

그가 메뉴판을 들지도 않고 해성호텔에서 가장 유명한 메뉴를 시켰다. 그녀는 불만이 없어 보였다. 자신의 앞에 놓인 냅킨을 바라보고 있는 그녀를 태식은 뚫어지게 보았다.

"이름이 뭐지?"

그때까지 그녀의 이름이 뭔지도 모르고 있었다.

"김은수."

은수라는 조금은 슬퍼 보이는 이름이 참 잘 어울리는 여자였다.

"나이는?"

"스물여덟 살이요."

둘의 눈이 다시 한 번 마주쳤다. 여자의 눈은 그가 빠져들 것처럼 맑고 총명해 보였다. 세련돼 보이면서도 샤프한 느낌이 아닌 순한 느낌의 여자였다. 아주 약삭빠른 아버지와는 뭔가가 달랐다.

지난 5년 동안 이렇게 그의 흥미를 자극하는 여자는 없었다. 굉장히 섹시하면서도 불쌍하기도 하고 뭔가 아주 묘한 느낌의 여자였다.

"엄마를 많이 닮았나 보군."

"네."

아빠를 하나도 닮지 않아서 다행이었다. 태식은 해성전자 사장인 야심가 김덕훈을 싫어했다. 그가 처가의 힘을 등에 업고 설치는 기회주의자라는 걸 태식은 알고 있었다. 그래서 그의 어깨에 날개를 달아주는 꼴인 이 여자를 안 만나려고 했었다.

하지만 아버지의 부탁이 너무나 간곡했고 그걸 저버릴 명분이 없었다. 나오는 여자가 너무 마음에 들지 않으면 안 만나겠다고 거절할 수도 있었지만 지금 그의 앞의 여자는 마음에 들지 않는 여자가 아니었다.

음식이 나오고 여자는 허겁지겁 음식을 먹기 시작했다.

"입에 맞나 보군."

"배가 고파서요."

무섭게 솔직한 여자였다.

"예쁘게 옷을 입어야 하느라고 오늘 한 끼도 못 먹었거든요."

"원래 옷에 그렇게 신경을 쓰는 스타일은 아닐 것 같은데?"

"오늘은 그렇게 해야 한다고 해서……."

시끄럽지도 그렇다고 말이 많지도 않은 그녀가 한마디 내뱉을 때마다 이상하게 그의 마음을 자꾸 건드렸다.

"신기한 재주를 가졌어."

그의 말엔 신경도 쓰지 않고 그녀는 한 접시를 다 비웠다. 마른 체구에 음식은 천하장사처럼 먹는 그녀였다. 태식은 자신도 모르게 자신의 스테이크를 잘라 그녀의 접시에 놓아주었다.

"난 밥 생각이 없어서."

"……."

그녀는 고맙다는 말 대신에 그가 준 스테이크마저 다 먹어 치웠다. 참 신기한 여자였다. 다른 사람들 같으면 그의 앞에서 잘 보이려고 애를 쓸 텐데 은수는 전혀 그렇지 않았다. 신기할 정도로 솔직했다.

"그래서 나와 결혼할 생각인가?"

"네."

"내가 해성그룹 후계자라서?"

"아뇨."

여자가 처음으로 먹던 걸 멈추고 그를 똑바로 보았다. 숨이 막힐 정도로 아름답다는 말은 이 여자를 두고 하는 말이었다.

"그래야 엄마가 치료다운 치료를 받을 수 있으니까요."

"모든 게 내가 아닌 엄마군."

은수는 부인하지 않았다.

"내가 거절한다면?"

그건 생각하지 않은 듯 그녀의 눈동자가 처음으로 흔들렸다.

"그건 생각해 보지 않았나? 왜지?"

"전 나이가 아주 많거나 장애가 있는 아주 돈이 많은 사람인 줄 알았으니까요. 상대방도 나처럼 뭔가를 원한다고 생각했으니까 거절당할 걸 생각하지 않았습니다."

은수가 아주 정확하게 말을 했다.

"그래?"

"거절하실 건가요?"

은수가 처음으로 당황스런 표정으로 그를 보았다.

"거절한다면?"

"어떻게 해서든지 설득할 겁니다."

이 여자는 정말 목숨을 걸고 나온 전사 같은 느낌을 주고 있었다.

"난 아이를 원해."

"네?"

"결혼하면 당연한 것 아닌가?"

"맞습니다. 갑자기 단도직입적으로 말씀을 하시니 당황해서……."

태식의 눈은 열심히 은수를 바라보고 있었다. 여자를 이렇게 빤히 바라본 건 처음인 것 같았다. 장미조차도 이렇게 오래 바라보지 않았었다. 작은 얼굴에 커다란 눈, 깊이를 알 수 없는 진한 검은색 눈동자 그리고 적당히 도톰한 입술은 아주 예뻤다.

물론 이보다 더 예쁜 여자들도 수없이 만나본 그였다. 단지 예뻐서 시선을 빼앗긴 건 아니었다. 뭔가 알 수 없는 끌림이 있었다.

미쳤다고 말할지 모르겠지만 그녀에겐 그의 심장을 두드리는 뭔가가 있었다.

하지만 확실한 건 그의 시선을 이렇게 오래도록 잡은 여자는 김은수가 처음이었다.

"결혼을 하면 당연히 아이가 생기는 거고 전 아이들을 좋아하니 열심히 키울 자신은 있습니다. 아버지 없이도."

그녀의 뒷말이 또다시 그의 관심을 끄는 데 성공했다.

"난 아이를 혼자 키우라고 말하지 않았어."

"……."

그는 아이를 엄마 혼자서 키우게 할 생각은 없었다. 바쁜 아버지 탓에 그가 자랄 땐 거의 어머니의 손에서 컸다. 그런 경험을 자신의 아이에게 그대로 물려주고 싶지 않았기 때문이었다.

"우리는 섹스를 하지 않고 시험관으로 아이를 만들 거야."

"네?"

은수가 놀란 얼굴로 되물었다.

"하지만……."

"섹스를 하고 싶은가?"

"아뇨."

이번에도 아주 단칼에 그의 말을 잘랐다.

"왜지?"

은근히 화가 치밀어 올랐다. 그는 올해의 섹시남으로 선정이 될 만큼 여자들에게 인기가 많은 사람이었다.

"그, 그러니까……."

말까지 더듬는 은수였다.

"섹스는 별로 하고 싶진 않지만 시험관보다는 아이는 정상적으로 태어나는 게 좋지 않을까요? 섹스 자체만을 바라서 한 말은 아니에요. 부모가 난임이 아닌 이상 정상적으로 태어나는 게 아이들의 건강을 위해서도 좋고……."

은수의 음성이 떨리긴 했지만 진짜로 바라는 마음이 그대로 드러났다.

"진짜 제가 싫으시다면 할 수 없이 하겠지만 그래도 정상적으로 아이들이 생기고 태어났으면 좋겠어요. 제가 노력할게요."

"소문 못 들었어?"

"소문은 그저 소문 아닐까요?"

듣기는 들은 모양이었다. 그가 고자란 소문이 요즘 파다하게 퍼지고 있었다. 이게 다 오빛나 때문이었다. 그 후로 오빛나의 존재는 연예계에서 완벽하게 사라졌다.

"나와 섹스를 하고 싶다?"

"……."

그녀는 대답하지 않았다.

"좋아, 그럼 우리는 섹스를 하는 걸로. 그런데 말이야. 쉽지 않을 거야."

여자의 얼굴이 홍당무처럼 변해 있었다. 하지만 그건 그로서도 어떻게 할 수 있는 부분이 아니었다. 여자와 함께 있어도 흥미를 느끼지 못하는 몸이 되어버렸으니 말이다.

"갈까?"

"어딜요?"

태식이 손가락으로 위를 가리켰다.

은수는 이해하지 못했는지 그의 얼굴을 빤히 보고 있었다.

"룸."

그제야 이해를 했는지 은수가 그에게서 고개를 돌렸다.

"창피할 단계는 지난 거 아닌가?"

"그럼 저와 결혼을 하시는 건가요?"

"그러려고 나온 자리야."

은수는 한숨을 한 번 크게 내쉬었다.

"가요."

은수의 한마디에 그는 웃음이 터져 나오려는 걸 참았다.

"일어날까?"

그들은 자리에서 일어났다. 태식은 웃음을 터트릴 뻔했지만 참았다. 계산을 마치고 나오자 은수가 엘리베이터 앞을 서성이고 있었다. 초조함이 그대로 묻어 있었다.

"두려운가?"

"아니라곤 못 하겠어요."

"원래 이렇게 솔직해?"

"아뇨, 절 위해서 거짓말을 할 때도 있고 우리 반 아이들에게 거짓말을 할 때도 있어요."

"예를 들어?"

그녀가 그의 얼굴을 보았다.

"궁금해요?"

"응."

"아이들이 병원 가서 주사 맞을 때 하나도 안 아프다고 할 때도 있고 어린이집의 밥이 맛있지 않은데 맛있다고 말할 때도 있어요."

"그게 단가?"

"……."

엘리베이터가 도착을 하자 태식은 그녀를 데리고 엘리베이터에 올랐다. 그가 지하의 버튼을 누르자 은수가 그를 빤히 쳐다봤다.

"위라고 하지 않았나요?"

"해성호텔은 보는 눈이 많아."

"그럼?"

"내 집으로 가."

한남동에 그의 빌라가 있었다. 아버지의 것이 아닌 그의 집이었다. 태식이 나중에 결혼을 하게 되면 살 집이었다. 돌아가신 어머니가 그에게 남겨주신 마음의 휴식 같은 곳이었다. 어머니가 돌아가시기 전에 이 집의 인테리어를 직접 해주셨다.

그래서 어머니의 손길이 그대로 느껴지는 아주 특별한 곳이었다. 누군가와 함께 가는 건 처음이었다. 그의 여자친구인 장미도 그곳은 가보지 못했었다. 그의 벤츠에 은수를 태우고 집으로 향하는데 느낌이 아주 묘했다.

은수는 이상하게 그가 만난 여자들과는 다른 느낌이었다. 결혼할 사람이라는 생각이 강하게 드는 여자였다. 평생을 함께할 여자라는 생각이 들었다. 그냥 자신의 아이를 낳아주고 길러줄 여자한테 드는 감정치고는 이상했다.

그냥 대우를 해주고 싶었다. 아주 특별한 대우를 말이다.

자연스러운 기분이라고 해야 하나? 마치 항상 그녀와 함께 다녔던 것처럼 아주 자연스럽다는 느낌이 들었다.

"이상하군."

"뭐가요?"

그녀가 동그란 눈으로 그를 보며 말했다. 태식은 참 예쁜 눈이라고 생각했다. 그의 마음이 비칠 것같이 맑고 깊이가 있는 눈이 었다.

"아니야."

집에 도착해서 차를 세우고 그는 자신의 집으로 그녀를 안내했다.

"와!"

은수의 탄성에 그는 은근히 기분이 좋았다.

"예쁜 집이에요. 고급스럽기도 하고. 아버지의 집하고 다르게 이 집은 고급스럽지만 참 따뜻한 느낌이 들어서 좋아요."

"어머니가 인테리어를 하셨어."

"대단히 감각이 있으신 분이었나 봐요?"

"미술을 전공하셨으니까."

은수가 집을 찬찬히 둘러보았다.

"전문가적인 느낌을 말하는 게 아니에요. 어머니는 참 따뜻한 분이셨던 것 같아요. 색감도 그렇고 가구 배치도 그렇고 다 이 집에 사는 사람을 배려한 인테리어예요."

"인테리어에 관심이 많군."

"전공을 산업디자인으로 하고 싶었는데 그럼 양평에 엄마하고 있을 수 없잖아요? 그래서 포기했거든요."

그가 보기에 은수는 지나치게 효녀였다.

"왜 그렇게 엄마에게 전념을 하지?"

"엄마가 저에게 그렇게 하셨으니까요. 혼자 키우시면서 한 번도 절 기죽지 않게 키우셨거든요. 이젠 보답할 때라고 생각해요."

듣기만 해도 그녀들이 얼마나 서로에게 애틋한지 알 수 있었다.

"커피 한잔하겠어?"

"네."

그는 커피를 직접 내려서 그녀에게 가져다주었다. 그는 왕의 대접을 받고 살았지만 커피만은 항상 그가 내려 마셨다. 그리고 그는 처음으로 다른 사람에게 커피를 직접 내려주었다.

"제가 커피에 대해선 잘 모르지만 맛있어요."

"다행이군."

"뭐든 잘하나 봐요?"

그가 받은 트로피들이 놓인 장식장에 앞에 서서 그녀가 물었다.

"와, 만능이네요."

"운동을 좋아했어."

"과거형이네요??"

"지금은 시간이 없으니까."

그녀가 커피를 마시며 그의 집을 구경하는 동안 그는 서류를 살펴보고 있었다.

"먼저 씻어."

마치 일을 하듯이 말하는 그를 은수가 빤히 바라봤다. 아차 하는 생각이 들었지만 처음부터 솔직한 게 서로를 위해 좋을 것 같았다.

"욕실은 침실 안에 있어."

그가 손으로 수많은 방 중에 하나를 가리켰다. 은수는 커피 잔을 테이블 위에 놓고는 말없이 방으로 들어갔다. 그녀가 들어간 것을 확인한 그는 서류를 놓고는 잠시 소파에 기대서 눈을 감았다.

"하~"

태식은 긴 한숨을 내쉬었다. 지금 이게 잘하는 짓인지 어떤지 판단이 서지 않았지만 아버지가 원하는 사람이고 그도 아주 나쁘지 않다는 생각이 드니 그나마 다행이라는 결론을 내리게 되었다.

"오늘도 여자의 몸만 만지게 생겼군."

섹스를 안 한 지 5년이 넘었고 이제는 여자를 보고도 흥분이 되지 않았다. 딱히 누군가와 섹스를 하고 싶다는 마음이 생기지 않는 그였는데 오늘 만난 여자가 그에게 섹스를 해서 아이를 만들자는 말을 했다.

"가장 평범하게 아이를 만들자?"

그 평범함이 황태식에게는 일도 없었다.

은수는 들어간 지 한참이 되어서도 나오지 않았다. 태식은 다시 서류를 손에 들었다. 씻고 나올 동안 일을 하고 있는 게 더 생산적일 것 같았기 때문이었다.

제3장 뜻밖의 욕망

황망한 표정으로 욕실 앞에 서 있는 은수는 단추 위에 놓인 손을 움직이지 못하고 있었다. 이제 옷을 벗고 그와 섹스를 한다면 돌이킬 수 없는 강을 건너는 것이었다.

"엄마……."

은수는 또다시 엄마만 생각하기로 했다. 엄마를 위한 일이었다. 오늘은 그냥 만나는 자리였다. 그런데 진도가 잠자리까지 가게 된 것이었다. 일이 커져 버렸다.

남자가 처음이라서 무섭기도 했고 솔직히 교통사고 현장에서 처음 보았을 때부터 마음이 갔던 남자와의 잠자리라서 다행이라는 생각이 들기도 했다.

진짜 얼떨결에 이렇게 욕실까지 왔지만 무섭기도 하고 은근히 기대가 되기도 했다. 엄마만을 위한다고는 하지만 강제 결혼 상대가 마음에 든 것도 사실이었기 때문이다.

은수는 앞으로 다가올 상황이 걱정이 되었다. 성기능 장애이면 그녀가 어떻게 해야 하는지 암담했다. 영화에서는 남자들이 다 알아서 하던데.

"진짜 고자일까?"

은수는 문뜩 민성이가 비웃듯이 한 말이 떠올랐다. 그렇다면 진짜 그녀는 시험관 아이를 가져야 할지도 모른다. 은수는 아이를 좋아했다. 그녀의 아이들은 행복하고 건강하게 자랐으면 하는 바람이었다.

아버지의 사랑은 그녀의 사랑으로 채우면 되는 것이었다. 하지만 정상적인 방법으로 아이들이 생기길 바라는 은수였다. 시험관이 나쁘다는 게 아니라 어차피 태어난 순간 재벌인 아이인데 거기에 태어나는 과정까지 남들과 다르게 만들고 싶지는 않았다.

"무섭다."

두려웠다. 그녀 인생의 첫 섹스였다. 그런데 만나자마자 하게 되었다. 마치 값싼 여자가 된 기분이 들었다.

"찬밥 더운밥 가릴 때가 아니야. 김은수."

은수는 떨리는 손으로 블라우스의 단추를 풀었다. 처음 입어보는 값비싼 옷은 몹시도 불편했다. 오히려 벗고 나니 홀가분한 기분마저 들었다. 차례대로 민 변호사가 사준 옷을 벗어버렸다.

욕실에 들어가기 전 그녀는 완벽한 나신이었다. 말랐지만 호리병 같은 몸은 볼륨감이 강했다. 유달리 가는 허리 탓에 은수는 골반이 커 보여서 불만이었다. 거기에 엄마를 닮아서 남달리 발육 상태가 좋은 가슴은 어릴 때부터 감추고 싶은 곳이었다.

은수는 양평에 있는 자신의 방보다 넓은 호화로운 욕실을 보고는 입을 떡하니 벌렸다. 확실히 사는 세계가 다른 사람들이었다.

"과연 섞일 수 있을까?"

은수는 넓은 샤워부스 안으로 들어가서 샤워기를 틀었다. 처음에 차가운 물이 나올까 봐 살짝 물러나 손을 댔지만 시골집과는 다르게 이곳의 샤워기는 따뜻한 물이 한 번에 나왔다. 타고난 피부가 좋기도 했지만 며칠 피부 관리를 받은 덕분에 그녀 스스로 만져도 유리처럼 매끄러웠다.

"김은수, 무슨 일이 있어도 잘해야 해."

은수는 속으로 다짐을 하고 또 했다. 하지만 섹스라는 게 다짐을 한다고 되는 건 아니었다. 제발 소문이 틀리길 바랐다. 그녀도 처음인데 그가 정말 고자라면 아이 만드는 일은 진짜 물 건너가는 일이었다.

깨끗이 샤워를 한 은수는 바깥에 있는 가운을 걸쳤다. 그리고 드라이어로 머리를 살짝 말리고는 밖으로 나갔다. 그는 아직 소파에 앉아서 서류를 보고 있었다.

"저기……."

그를 불렀지만 그의 눈은 여전히 서류에 있었다.

"그렇게 불러서 남자가 침대로 가겠어?"

"……."

그가 눈은 여전히 서류를 보며 말했다. 그의 그런 무심한 말에 상처를 받았지만 은수는 포기하고 싶지 않았다.

"여자가 적극적인 거 좋아해요?"

그녀의 입장에선 도발적인 말이었지만 그는 꿈쩍도 하지 않고 있었다.

"글쎄, 한 번도 생각해 보지 않아서."

서류를 덮은 태식은 소파에 편하게 기대서 그녀를 바라보았다.

"다음은 어떻게 해야 해요?"

정말 몰라서 물었다.

"대부분 여자들이 그 상태라면 벗더군."

"아."

손이 떨려서 가운을 벗을 수가 없었다. 어떻게 다른 여자들은 그렇게 했는지 몰라도 대단하다는 말을 해주고 싶었다. 이렇게 미친 듯이 심장이 떨리고 있는데 말이다.

“여자가 많았나요?”

“적진 않았지.”

“그럼 소문은 거짓인 거네요.”

“여자들이 많았다고 했지, 잤다고는 안 했어.”

그의 말은 건조하고 차가웠다. 은수는 용기를 내서 그에게 한 발짝씩 다가갔다. 그녀의 하얗고 매끈한 다리가 가운 사이로 아슬아슬한 부위까지 드러내고 있었다. 소파에 거의 다다를 때까지 그는 아무런 동요도 없이 그녀를 보았다.

하긴 숙맥의 처녀가 섹시해 보일 리가 없었다.

“진짜 궁금해서 묻는 건데요, 영화에서 보면 남자들은 잡아먹을 듯이 여자를 보던데 그건 아닌가 봐요.”

“하하하.”

그녀의 진지한 물음에 그가 갑자기 웃었다.

“내가 이상하죠?”

“아니, 좀 엉뚱해.”

“왜요?”

“대부분의 여자들은 이런 상황에서 그런 질문을 하지 않지.”

그가 아직도 풀지 않은 넥타이를 느슨하게 잡아당겼다. 피곤해 보이는 그였지만 왠지 그 모습이 더 섹시하게 느껴졌다. 와이셔츠의 단추 두서너 개를 푼 그가 어느새 자신의 앞에 와서 서 있는 그녀에게 손을 내밀었다.

"피곤해요?"

"아니."

"피곤해 보여요."

"일이 피곤한 게 아니라 지금 이 상황이 피곤해."

태식이 은수의 팔을 당겨 그의 무릎에 앉혔다. 놀란 눈의 은수는 난생처음으로 남자의 무릎에 앉게 되었다. 가운은 벌어져 그녀의 맨가슴이 거의 드러나고 다리도 여과 없이 다 드러나 있었다.

하지만 은수는 가운을 여밀 생각조차 하지 못했다. 속으로 어쩌지, 라는 말만 수천 번 되풀이하고 있었다.

"두려운가?"

그녀가 고개를 끄덕이자 그가 한숨을 쉬며 말했다.

"오늘은 은수가 걱정할 일이 없을지도 몰라."

그가 은수를 마치 가벼운 깃털처럼 안고 방 안으로 들어갔다. 그리고 자신의 침대에 은수를 내려놓고는 태식이 천천히 옷을 벗기 시작했다. 여자를 너무나 원해서 찢듯이 옷을 벗는 장면은 그에게서 나오지 않았다.

영화는 영화일 뿐인 것이다. 짐승같이 서로 엉켜서 하는 섹스는 일반인들에게는 없는 것이었다.

탄탄한 근육을 가진 태식의 몸은 완벽했다. 은수는 남자의 몸에 대해 잘 모르지만 그의 몸이 대단하다는 건 느낄 수 있었다.

"운동을 많이 하나 봐요?"

마른침을 삼키며 은수가 물었다. 긴 침묵이 너무 싫었다.

"예전에."

그가 팬티마저 벗어버리자 은수는 눈을 옆으로 돌렸다. 더 이상 보는 건 무리였다.

"여자를 처음 만나서 이렇게 이 집에 온 적 있어요?"

"이 집에 여자는 처음이야."

왜 그런지 알 수 없지만 그의 말에 기분이 좋아진 은수였다. 아직 은수는 그를 쳐다보지 못하고 있었다. 잠시 후 그가 침대 위로 올라오는지 침대에 무게감이 실리는 느낌이었다. 하지만 그는 그녀를 안으려고조차 하지 않았다.

그의 체취가 은수의 코를 자극하고 그의 등에 살짝 닿아 있는 손이 경련이 날 정도로 긴장이 되어 있는데 그는 그대로 잠이 들었는지 아무런 미동도 없었다.

"자요?"

"응."

그의 간결한 말에 은수는 실망감을 느꼈다. 아니, 그냥 잘 거면 그녀에게 왜 씻으라고 했는지 이해가 가지 않았다.

"갈까요?"

솔직히 자존심도 상한 은수였다.

"아니."

"그럼?"

"이 집에 있어. 어머니의 병원에도 여기서 다니고, 저녁에만 와 있으면 되니까."

그가 지금 이 집에 그녀에게 머물라고 말했다.

"어차피 우리는 결혼할 거고 그렇게 되면 어머니의 치료는 내가 맡아. 알았어?"

"네."

"민 변호사와의 관계가 불편한 거 아니까 여기 있으라는 거야. 나도 윤 여사와 관계가 불편하거든."

그는 그녀에게 등을 돌린 채 말을 했다. 그의 표정을 읽을 수가 없으니 그가 기분이 좋은지 나쁜지 알 수가 없었다.

"피곤해."

"알았어요. 주무세요."

벌거벗은 몸으로 남자의 옆에 누워 있었다. 이렇게 있으면 남자들이 짐승이 되어 덤벼들 줄 알았다. 아버지의 집에서 3일 동안 핸드폰으로 다운받아 본 야한 영화들은 하나같이 그랬었다.

하지만 이 남자는 그녀에게 키스조차 하지 않았다. 분명히 그녀가 이상형이 아닌 게 분명했다. 그러지 않고서는 완전히 벗고 있는 여자에게 손조차 대지 않을 리가 없었다. 은수는 자신감이 완전히 바닥으로 떨어졌다.

얼마나 시간이 흘렀을까? 그의 규칙적인 숨소리가 들려왔다. 은수는 조용히 그의 옆에서 캄캄한 천장만 바라보았다. 내일이면 엄마를 볼 수 있었다. 자신의 말에 따르라며 엄마에게 보내주지 않았던 민 변호사와는 달라서 다행이었다.

은수는 그것만으로도 이 남자에게 고마운 마음이 들었다. 그리고 그가 불편하지 않게 최대한 애써야겠다는 다짐을 하며 잠을 청했다.

은수는 아버지보다는 태식이 더 믿음이 갔다. 지난번 그녀의 반 아이인 장미의 암 수술까지 책임을 져준 그였다. 그렇게 스쳐가는 인연에도 신경을 써주는 남자인데 결혼 상대에겐 얼마나 잘해줄까를 생각하니 언제 마음이 변할지 모르는 아버지보다 낫다는 결론을 내렸다.

은수는 어두운 가운데 보이는 그의 거대한 인영을 잠시 바라보다 눈을 감았다. 그리고 다시는 아버지와 민 변호사를 안 보게 되길 마음속으로 바랐다.

이른 아침 눈을 뜬 그는 침대 한쪽에 잠들어 있는 여자를 보고는 깜짝 놀랐다. 그리고 어제 일을 생각해 내고는 한숨을 쉬며 침대에서 일어났다. 그가 일어나는 인기척에 은수도 일어나 어제 입었던 가운을 입었다.

"더 자."

"아니요, 괜찮아요. 출근하시게요?"

"응. 아참, 은수도 준비해. 병원에 데려다줄 테니."

그의 말에 굳어 있던 은수의 얼굴에 미소가 떠올랐다. 은수는 참 예쁘게 웃는 것 같았다. 그녀가 웃을 때면 그의 시선은 그녀의 미소에 붙잡혀 있었다.

"준비하세요. 아침식사 준비할게요."

"아침은 벌써 준비되어 있어. 내가 여기 온 줄 아니까 아마 와서 아침 준비해 놓았을 거야."

그의 동선은 항상 경호원들에 의해 관리가 되고 있었다. 그가 이쪽 집에 오면 아침식사를 준비하고 청소를 하기 위해 본가의 메이드들이 이리로 출근을 한다.

"불편할 테니까 이 방에서 씻어."

"네."

그는 게스트룸에 들어가서 샤워를 하고 드레스룸으로 가서 슈트로 갈아입었다. 짧은 머리에 왁스를 바르고 명품 시계를 손목에 차고 밖으로 나왔다. 그가 나오자 여자치고는 빠르게 준비한 은수가 어제의 옷을 입고 나오고 있었다.

어제는 관리를 받고 와서 그런지 아름다운 여인의 모습이었다면 오늘의 은수는 맨얼굴의 귀여운 십대 여자아이 같은 모습이었다.

"이상하죠?"

"아니, 귀여워."

머리를 포니테일로 묶고 얼굴에 기초화장만 했는데도 상당한 미인이었다. 그리고 지금의 수수한 모습은 양평 연수원 준공식에 가던 길에 아이들에게 환하게 웃던 횡단보도 옆의 선생님의 모습을 떠오르게 했다.

"밥 먹지."

"네."

아침부터 상다리가 휘어지게 상이 차려졌다. 이게 다 아버지의 영향 때문이었다.

"이렇게 매일 먹으면 굴러다닐 것 같아요."

잡채를 젓가락으로 집으면서 은수가 말했다.

"본가에 가면 더해."

"이건 낭비 아닌가요?"

"이렇게 하면 직원들의 점심이 풍요로워지지. 그리고 돈이 많은 사람일수록 소비생활을 잘해야 한다는 게 아버지의 지론이야."

"기부도 좋은 방법일 텐데……."

"기부도 아버지가 우리나라에서 최고지. 뭐든 최고가 아닌 건 싫어하셔."

"저는 최고가 아닌데……."

"최고인 내가 있으니까 괜찮아."

갑작스럽게 나온 말에 그 자신도 오글오글했다. 이상하게 은수의 옆에 있으면 사람이 착해지는 기분이 들었다. 묘한 일이었다.

아침식사를 마친 후 은수를 데려다주기 위해 병원으로 가는 길이었다. 아침에 누굴 자신의 차에 태우는 건 기사와 최 실장뿐이었는데, 이렇게 여자를 태우려니 이상한 느낌이 들었다.

웅—

은수의 핸드폰이 불나고 있었다.

"받아."

그의 말에 은수가 자신의 핸드폰을 받았다.

[아니, 넌 왜 이렇게 전화를 안 하는 거야?]

민 변호사의 목소리가 그에게까지 들렸다.

"죄송해요."

[어디야?]

"그게……."

[너 어제 황태식이랑 잤어?]

그가 핸드폰을 빼앗았다.

"저랑 잤습니다."

[어, 어머. 부회장님.]

목소리가 아주 간드러지게 바뀌었다.

[호호호, 우리 딸이 같이 있는 줄은 몰랐네요.]

"은수는 이제 제가 데리고 있겠습니다."

그의 말에 민 변호사가 한숨을 쉬었다.

[그건 아니죠. 결혼식을 올린 후에…….]

"제가 알아서 하겠습니다. 아참, 은수 어머니도 제가 책임질 테니 너무 걱정하지 마세요."

[부회장님, 남들 보는 눈도 있고.]

"어디 우리가 남들 눈 의식하고 사는 사람들입니까? 저 아침에 바쁩니다. 나중에 통화하시죠. 그리고 은수에게 연락하지 마세요. 제가 따로 연락드리겠습니다."

그렇게 통화를 하다 보니 병원 앞이었다.

"엄마 잘 간호하고 이따가 기사 보낼게."

"네, 감사합니다."

은수가 차에서 내렸다. 봄빛이 은수의 블라우스와 차분한 크림색 스커트를 밝게 비추고 있었다.

"공항으로 가지."

"네."

그는 공항에 가기 전에 매일 은수를 병원과 집으로 태워주라고 기사에게 말했다. 은수와 안면이 있는 기사는 잘 모시겠다고 말했다.

그가 공항에 도착하자 미리 와서 그를 기다리고 있던 최 비서실장이 스케줄을 브리핑하기 시작했다.

삼 일간의 타이트한 일정을 소화하려면 힘이 들 것 같았다. 떠나는 전용기 안에서도 태식은 은수 생각이 났다. 참 신경이 쓰이는 여자였다.

윙—

아버지의 전화였다.

"여보세요?"

[그래, 여자를 집에 들였다고?]

"여자가 아니라 은숩니다. 김은수."

[왜? 기분 나쁘냐?]

"며느리 될 사람입니다."

[그렇게 마음에 드는 아가씨야?]

"어차피 누군가와는 해야 하는 결혼입니다."

[당장에 결혼식을 준비해야겠어.]

아버지는 성대한 결혼식을 준비하실 게 분명했다. 뭐든지 우리나라 최고여야 하니까 이번 결혼식은 보지 않고도 뻔했다.

“며느릿감은 보셔야 하지 않겠습니까?”

[결혼식 전에 보면 되지.]

아버지는 미리 은수에 대한 정보를 다 수집하고 살펴보셨을 것이다. 그만큼 철저하신 분이었다. 장미와 사귈 때 반대를 하신 이유는 연예인이기 때문이었다. 그냥 평범한 여자가 눈에 띄지 않게 태식의 내조를 하길 원하신 것이었다.

집안에 화제가 되는 인물은 윤 여사 하나로 충분했으니까 말이다. 그런 식의 언론의 주목을 아들은 받게 하고 싶지 않은 아버지의 마음인 것이다. 그때는 이해가 되지 않았지만 말이다.

눈을 감으니 장미의 얼굴이 떠올랐다. 처음 장미를 본 건 파티에서였다. 아름다운 여자들을 수없이 봐왔지만 그렇게 웃는 모습이 예쁜 여자는 처음이었다. 그 화사한 모습에 태식은 시선을 빼앗겼고 그녀에게 매일같이 장미꽃을 보내며 자신의 존재를 장미에게 알렸었다.

장미도 그의 첫인상이 싫지 않았는지 그들은 빠른 시간에 가까워졌다. 사귀고 난 후에 알게 되었지만 자유분방한 성격의 장미는 그에게도 약간은 버거운 상대였다. 조용히 살고 싶어도 살 수 없는 직업이라고는 하지만 장미는 조금 지나쳤다.

매일 밤 장미는 술과 약에 취해 그의 품에서 잠이 들었었다. 격정적인 섹스라기보다 광란에 가까운 섹스를 즐겼지만 하고 나면

늘 허탈했다. 그게 사랑이라고 생각했지만 지금 와서 생각해 보면 그녀의 자살을 그도 묵인한 것이나 마찬가지였다. 그녀의 방탕한 생활을 그가 말렸어야 했다.

약물과 알코올에 의존하던 장미는 그가 보는 앞에서 그렇게 생을 마감했다. 마지막 처절했던 그녀의 얼굴이 떠올랐다.

태식은 갑자기 밀려오는 두통 때문에 관자놀이를 손으로 짚었다.

"괜찮으십니까?"

"괜찮아."

"두통약 좀 드릴까요?"

"응."

장미가 죽고 나서 자주 두통을 호소하는 그를 위해 최 실장은 항상 두통약을 준비해서 다녔다.

"여기."

약과 물을 받은 그는 최 실장을 보았다.

"김은수에 대해 말해봐."

그가 만난 김은수에 대한 자료를 벌써 파악하고 있는 최 실장이었다.

"김은수, 28세. 김덕훈 사장의 동거녀 박미숙의 딸로 3살 이후부터 어머니와 단둘이 양평에 살고 있습니다. 유아교육학과를 나와서 어린이집과 유치원에서 일을 한 게 전붑니다. 사귀던 남자도 없었고 너무 심심하다 싶을 정도로 조용한 삶을 살았습니다."

"심심하다?"

"네, 요즘 아가씨들처럼 놀기 좋아하는 것도 아니고 오로지 직장하고 집밖에 모르는 것 같습니다. 굉장한 미인인데 어떻게 저렇게 철벽 방어가 되었는지 이해할 수가 없습니다."

최 실장도 은수에게 관심이 있는 듯했다.

"예쁘긴 하지."

"제가 본 맨얼굴의 여자 중에선 단연 최곱니다."

태식이 최 실장을 쳐다봤다. 최 실장의 관심은 여기까지면 충분했다.

"죄송합니다."

"집에 혼자 있으니까 사람들에게 잘 보살피라고 말해."

은수가 집에 있는 게 무지하게 신경이 쓰이는 태식이었다. 남들에겐 무신경한 그로서는 참 신기한 일이었다.

"알겠습니다."

태식은 다시 서류에 눈길을 돌렸다. 다시 일에 집중을 하기 위해 많은 노력이 필요했다.

탁!

은정은 테이블에 핸드폰을 던지듯 내려놓았다.

"왜 그래?"

덕훈은 이런 은정을 볼 때면 서늘했다. 아무리 부인이라곤 하지만 냉정하기가 시베리아 벌판이었다.

"얼마나 여우 짓을 했으면 벌써 갈 데까지 간 거야?"

"뭐?"

"은수 어제 안 들어왔잖아?"

어제저녁에 은수가 들어오지 않은 건 알고 있었다. 태식이 진짜 고자가 아닌 이상 은수처럼 예쁜 아이를 그냥 돌려보낼 리가 없었다. 고자인 척을 하는 건지 아니면 일부러 은수를 돌려보내지 않아서 사람 헷갈리게 하는 건지 알 수가 없었다. 황태식도 가만히 보면 아주 여우 같은 놈이었다.

"은수 그게 자기 엄마 닮아서 남자를 꼬시는 데 아주 탁월한 것 같아. 그것도 재주야. 안 그래?"

괜한 트집이었다. 솔직히 은수 엄마도 상당한 미인이었다. 그녀를 꼬시기까지 그도 상당한 노력을 했었다. 나중에 돈을 택하긴 했지만 말이다. 미인의 옆에는 항상 남자들이 꼬이게 되어 있었다. 그건 꼬리치는 것과는 차원이 다른 문제였다.

"잘된 거 아니야?"

"잘되긴 했는데 느낌이 안 좋아."

"왜?"

"은수 엄마를 황태식이 봐준대. 그리고 은수도 자기가 데리고 있겠대."

덕훈도 은정의 말을 듣고 놀랐다. 그렇게 모든 걸 책임질 만큼 은수가 좋다니 믿어지지 않았다.

"언제 봤다고 진도가 그렇게 빨라?"

"그러니까 내가 은수가 여우라고 하잖아. 혹시 고자의 거기를 세운 거 아니야?"

은정의 말이 점점 수위를 높이고 있었다.

"부회장이 그렇다는 증거도 없으면서 왜 그래?"

덕훈은 은정이 너무 앞서 나간다고 생각했다.

"부회장이 멀쩡한데 은수같이 아무것도 아닌 애를 며느리로 삼겠어요? 얼굴 반반한 거 빼고 볼 게 뭐가 있다고."

하긴 자신의 딸이지만 최고를 좋아하는 황 회장의 눈에 찰 리가 없었다. 그러고 보니 은정의 말이 맞는 것도 같았다.

"냉정하게 생각해 봐요. 안 그래요? 그리고 당신도 이제 슬슬 황 회장의 사돈이 되기 위한 준비 작업을 해야 한다고요. 여기서 우리의 지분을 빼앗길 순 없어요."

"뭘 해야 하는데?"

"몰라서 물어요? 사람들을 만나서 슬쩍 흘리는 거죠. 회장님과 사돈이 된다고 말이에요."

"사람들은 내가 숨겨둔 딸이 있는지도 몰라."

"그러니까 사람들에게 슬쩍 푸는 거죠."

"괜찮을까?"

은정이 의미심장한 웃음을 지었다.

"정치 할 것도 아닌데 뭐요. 과거에 여자 하나 없는 남자 있나요? 그리고 여자가 당신을 버리고 다른 사람에게 갔다고 하면 그뿐이에요. 그리고 나중에 그 딸이 당신 딸이라는 걸 알았다고 하면 도덕성에 문제 될 건 없어요."

덕훈은 야심 가득한 은정이 무서웠다. 하지만 이럴 땐 그보다 나은 것 같았다.

"하여튼 당신은 내 말만 들으면 부회장은 당신 자리가 될 거야. 사위가 회장이 되면 당신이 당연히 부회장이 되는 거지."

"사위가 회장?"

"그래요, 사위가 회장이 되는 거예요."

은정의 눈이 위험하게 반짝였다.

중국에서 3일간의 일정을 보낸 태식은 온몸이 욱신거리고 있었다. 중국이 땅도 넓었지만 사람도 많다는 걸 새삼 느끼고 오는 길이었다. 왜 그렇게 만날 사람이 많은지 중국 현지에 대규모 공장

하나를 짓기가 이렇게 힘이 든데 계속해서 지점을 지을 때마다 이러면 진짜 몸이 열 개라도 부족할 판이었다.

거기다가 중국 사람들은 서로 안면을 중시해서 그냥 구두로 사업을 하는 것보다는 직접 가는 게 더 이득이었다.

"고생하셨습니다."

집 앞에서 최 실장이 그의 짐을 내려주며 말했다.

"최 실장도 고생했어."

"쉬십시오. 다음 주에는 일주일 동안 유럽 출장인데 몸 관리하셔야 합니다."

"알았어."

지난번에 몸살을 앓았더니 할머니처럼 잔소리가 날이 갈수록 심해지는 최 실장이었다. 태식은 캐리어를 끌고 자신의 빌라로 들어왔다. 매번 본가로 향했는데 이제 그는 출장 후에 자신의 집으로 왔다. 조금 다른 기분이 들었다. 집 안에서 그를 맞아줄 사람이 생긴 것이었다.

피식 웃음이 났다. 은수가 어쩔 줄을 모르며 당황할 모습이 그려졌기 때문이었다. 고맙다고 할지, 수고했다고 할지 알 수는 없었지만 왠지 설레는 느낌이 들었다.

"나이가 들었나?"

5년 전에 장미에 대한 느낌과는 확실하게 달랐다. 장미에게 열정이 있었다면 은수에겐 편안함이 있었다. 며칠 만나지도 않은 여자에게 편안함을 느끼다니 놀라운 일이었다.

디리릭—

초인종을 누를까 하다가 태식은 비번을 누르고 집 안으로 들어갔다. 예상과는 다르게 집 안은 상당히 조용했다. 약간은 실망스러웠다. 사람이 있으나 없으나 조용한 건 같았다.

"아이고 뭘 기대한 거야."

실제로 결혼을 할 여자도 아니고 명목상 부부인데 그는 따뜻한 가정을 기대했던 것 같았다. 캐리어를 끌고 방으로 들어간 그는 욕실 문틈으로 보이는 하얀 여체에 그대로 멈춰 서고 말았다.

그에게 등을 돌리고 머리를 말리고 있는 은수였다. 완벽하게 전신이 보이는 것보다 훨씬 더 야릇한 느낌이 들었다. 태식은 아주 오랜만에 여자의 모습을 멍하게 보고 있었다. 장미를 파티에서 처음 보았을 때보다 훨씬 더 강한 감각이 그를 관통했다.

"뭐지?"

드라이 소리 때문에 그의 등장을 알지 못하는 것 같았다. 은수는 기분 좋게 콧노래를 부르며 머리를 말리고 있었다. 머리를 어느 정도 말린 후에는 온몸에 로션을 바르기 시작했다. 원래 여자들이 쓸데없이 로션을 저렇게 섹시하게 발랐나 싶을 정도로 은수의 동작은 느리면서 야릇했다.

마치 에로영화의 한 장면처럼 그는 은수의 모습을 넋을 놓고 바라보았다.

"훅."

태식은 자신도 모르게 숨을 삼켰다. 은수는 흰색 팬티를 입었다. 레이스도 아니고 그냥 면으로 된 단순한 속옷이었다. 그녀가 팬티를 다리에 끼우고 천천히 올렸다. 그리고 뒤를 이어 흰색 브래지어로 가슴을 감쌌다.

풍만한 가슴은 위험스럽게 출렁이며 커다란 가슴골을 만들고 있었다.

"꿀꺽!"

왜 그렇게 그 모습이 야하게 느껴지는지 중학교 때 몰래 컴퓨터로 숨죽이며 보았던 야동을 보는 것 같았다. 원래 이렇게 관음증이 있었나 할 정도로 태식은 흥분했다. 그녀가 흰색 반팔 티에 회색 롱스커트를 입고 욕실 문을 열고 나올 때까지 그는 그 자리에 그대로 서 있었다.

"어머."

그녀의 반응은 그가 상상하고 기대했던 반응이 아닌 감탄사 한 마디였다.

"'어머' 가 출장을 다녀온 사람을 환영한다는 뜻인 줄 오늘 처음 알았어."

"죄송해요. 놀라서 그만……."

오히려 놀란 건 그 자신이었다. 자신이 얼마나 넋이 빠진 얼굴로 그녀를 보고 있었는지 그녀에게 들켰을까 봐 그는 놀랐었다. 다만 눈치가 제로인 은수는 그의 눈빛을 인식하지 못한 것 같았다.

"뭐 했지?"

시치미를 뚝 떼고는 그가 물었다.

"병원 다녀와서 샤워하고 밥 먹으려고요. 식사는 하셨어요?"

"아니."

"그럼 씻고 나오세요."

은수는 무덤덤하게 그에게 말을 하고는 밖으로 나가 버렸다. 식사는 이미 기내에서 한 상황이었다. 그냥 내일을 위해 쉬고 싶었지만 은수와의 오붓한 저녁식사가 기대되는 관계로 그는 또 한 번의 식사를 하기로 마음먹었다.

샤워를 하고 반바지만 걸친 그가 식탁으로 오자 은수의 동공이 흔들리는 게 보였다. 그의 벗은 상체 때문에 그런 것 같았다. 태식은 이상하게 기분이 좋았다. 이 여자의 작은 반응 하나하나가 그를 기쁘게 하고 있었다.

"진짜 여기 한 달만 있으면 고도비만이 될 것 같아요."

"알아서 조금씩만 먹어."

"이렇게 맛이 있는 음식을 조금씩만 먹어요?"

그는 이해할 수 없다는 그녀의 반응에 웃음을 참지 못하고 웃었다. 그러자 그녀가 그를 한참 동안 바라보았다.

"왜?"

"웃으니까 설레요."

"……."

귀까지 빨개진 은수가 수줍게 그에게 말했다. 솔직해도 너무 솔직한 은수였다. 조용하긴 하지만 자신의 감정을 말하는 데는 거침이 없었다.

"그게 은수만의 유혹 방법인가?"

"아뇨, 그냥 웃으니까 굉장히 멋져요."

"지나치게 솔직해."

"기분 상했다면 죄송해요."

"기분 상할 이유는 없지."

그는 은수가 바라보는 가운데 밥을 먹고 있었다. 은수는 먹을 생각조차 하지 않는 것 같았다.

"안 먹을 거야?"

"먹어요."

그들은 한동안 말없이 밥을 먹었다. 태식은 오랜만에 즐거운 마음으로 밥을 먹었다. 이런 마음으로 먹으니 진짜 많이 먹게 되었다. 평소에 윤 여사의 듣기 싫은 웃음소리를 들으면서 밥을 먹을 때와는 달랐다.

"나도 살이 찌겠군."

"그래도 멋질 것 같아요."

은수가 또다시 그의 마음을 건드렸다.

"프로야."

"네?"

그녀는 그의 마음을 건드리는 프로였다. 그런데 그 사실을 본인은 진짜로 모르는 것 같았다. 하긴 그녀는 존재만으로도 남자의 마음을 건드리는 여자였다.

제4장 거부할 수 없는

그가 중국 출장을 다녀온 지 며칠이 지났다. 그의 출장 이후로 은수의 일상이 변했다.

다른 사람과 함께한다는 건 참 묘한 일이었다. 밥을 같이 먹고 잠도 같이 자고 아침에 같이 눈을 뜬다는 건 참 특별하다는 의미였다. 요즘 은수의 행복은 아침에 눈을 뜨면 그의 잔 근육이 가득한 등을 볼 수 있다는 것이었다.

일부러 새벽같이 일어나 등을 돌리고 자는 그의 등을 하염없이 쳐다보는 게 은수의 작은 행복이었다. 그러다가 운이 좋은 날엔 그녀를 보고 자는 그의 잘생긴 얼굴을 쳐다볼 수도 있었다.

오뚝한 코를 손으로 한번 만져보고 싶지만 그럴 수는 없었다.

그가 깨는 게 싫었기 때문일 수도 있었다. 잠잘 때 그는 그녀를 괴롭히지도 그녀를 당황하게 만들지도 않았다. 그래서 평온한 마음으로 마음껏 그를 볼 수 있는데 일부러 깨우는 짓을 할 은수가 아니었다.

그는 잠버릇도 없었고 그렇다고 이를 갈지도 않았다. 남자들이 흔히 곤다는 코도 골지 않았다. 가슴이 두근거리는 남자와 한 침대에 있다는 건 행복한 일이었지만 한편으로는 팔만 뻗으면 닿을 수 있는 거리에 있는 그를 만질 수 없다는 게 슬프기도 했다.

하지만 지금은 그냥 그를 보기만 해도 좋았다.

"뭐가 그렇게 좋아?"

"어?"

"사과는 언제 깎을 거야? 5분이나 정지 화면이야."

엄마가 한참을 멍하게 있는 그녀를 보고 말했다.

"내가 언제."

은수는 시치미를 딱 뗐다.

"아니긴, 넋이 반쯤 나갔는데."

"자, 제 걱정은 마시고 드세요."

그녀가 과일을 엄마 앞에 예쁘게 놓았다.

"병원비 때문에 그래?"

사과 한쪽을 포크로 찍어 엄마에게 건네며 대답했다.

"아니."

엄마는 특실에 누워 있는 게 여간 불편하지 않은 것 같았다. 가시방석에 앉은 기분이라고도 말했다.

"일반 병실로 옮겨."

"괜찮아, 태식 씨 회사에서 다 알아서 해준다고 했어."

엄마는 그녀의 말을 믿지 않았다. 언제 해성그룹 황태식을 만났으며 그 사람이 왜 이렇게 친절을 베푸는지 엄마는 이해할 수가 없다고 했었다.

"내가 태식 씨에게 꼭 시간 내서 와달라고 할게. 요즘 계속 출장이라서 바빠."

"은수야, 그냥 엄마한테 솔직하게 말해."

엄마의 목소리가 불안감에 떨려왔다.

"진짜야."

"너 엄마가 폐암 말기인 거 모를 거 같아?"

"엄마."

엄마는 지난번 치료실에서 의사가 하는 말을 다 알아들은 것 같았다. 엄마는 간호사였다. 의학용어들을 많이 알았다. 그들은 전문용어로 말을 해서 환자들이 못 알아들을 줄 알지만 그렇지 않은 경우도 있었다. 엄마처럼 말이다.

환자의 옆에서 그런 말을 한 그들이 원망스러울 뿐이었다.

"사실대로 말해."

"진짜야."

"그렇게 높은 사람을 어떻게 알아?"

"그게……."

아버지에게 도움을 요청했다고 말하면 분명 엄마는 병원에서 나갈 것 같았다. 아무리 힘든 상황이라도 엄마는 스스로 이겨냈지 결코 아버지에게 손을 내민 적이 없었다.

드르륵—

갑자기 문이 열리더니 화려한 오색의 꽃바구니를 든 태식이 때마침 병실 안으로 들어왔다. 엄마는 사과를 먹다 말고 사레에 들렸는지 기침을 연신하고 있었다.

"콜록콜록콜록."

"엄마, 괜찮아?"

"아니."

은수는 엄마에게 물을 가져다주었다. 지금 엄마에게 기침은 좋지 않았다.

"놀라시게 해서 죄송합니다."

태식도 엄마의 반응에 당황한 것 같았다.

"아니에요."

"어떤 꽃을 좋아하실지 몰라서 꽃가게에 있는 꽃을 다 넣어달라고 했습니다."

진짜로 꽃바구니에는 많은 꽃들이 들어 있었다.

"처음 꽃을 사서 제가 서투릅니다."

처음이라는 그의 말이 참 듣기 좋았다. 그리고 작은 것이지만 진심이 느껴져서 좋았다. 그가 너무 거창한 선물을 가져왔다면 엄마가 저렇게까지 기뻐하지는 않았을 것이다.

"불편하신 건 없으십니까?"

"네."

"다행입니다."

그가 갑자기 옆에 서 있는 은수의 어깨를 감쌌다.

"우리 은수가 어머님 걱정을 많이 합니다."

그가 우리 은수라고 말했다. 은수의 심장이 미친 듯이 뛰기 시작했다. 생각지도 못한 그의 등장에 놀라고 그의 달콤함에 두 번 놀란 은수였다.

"그런데 해성그룹 부회장님이 어떻게 우리 은수를……."

순간 은수는 아버지라는 단어가 나올까 걱정이 되었다.

"지난번에 양평에 갔다가 돌아오는 길에 작은 사고가 있었습니다. 운전기사가 아이를 칠 뻔했는데 은수가 몸으로 아이를 막았습니다. 그게 인연이 돼서 여기까지 오게 됐습니다."

은수는 태식을 업고 다니고 싶은 심정이었다.

"아, 그랬군요."

"네, 은수가 예쁘니까 당연한 결과죠."

엄마의 얼굴에 이제야 미소가 드리워졌다.

"은수가 왜 미인인가 했더니 어머니를 닮았네요."

"호호호."

엄마의 입이 귀에 걸린 건 태어나서 처음 보았다. 엄마와의 즐거운 시간을 보낸 그들은 간병인이 오자 같이 병실을 나왔다.

"오늘 진짜 감사했어요."

그의 차에 오르며 그녀가 태식에게 말했다.

"마음에 들었다니 다행이야."

"사실 엄마에게 말을 했는데 믿지 않아서요. 딱 좋은 타이밍이었어요."

은수의 얼굴에서 모처럼 미소가 끊이지 않았다. 김 기사가 운전을 하고 그들은 뒷좌석에 나란히 앉았다. 유난히 커브길이 많은 해성병원이었다. 차가 움직일 때마다 그의 허벅지와 그녀의 허벅지가 자꾸 스쳤다.

그러다가 급커브에서 은수는 본의 아니게 그의 품에 안기게 되었다.

"죄송합니다."

기사가 룸미러를 보며 태식에게 사과를 했다.

"괜찮아요. 공사 중이라서 길이 이런데 할 수 없지."

은수는 몸을 얼른 일으켜 민망한 마음에 창밖만을 응시하고 있었다.

집에 도착한 그들은 저녁식사를 먼저 하기로 했다. 중국에 다녀온 후부터는 매일 집에서 저녁을 먹은 그였다. 월요일엔 유럽으로 일주일간 출장을 간다는데 솔직히 보고 싶을 것 같았다.

식사를 하는 내내 그들은 말이 없었다. 아니, 은수가 생각이 많아서 아무런 말도 하지 않았다. 저녁을 먹을 후에 그가 샤워를 하기 위해 방으로 들어갔다.

은수는 그릇을 치우다 말고 앞치마를 벗었다. 그리고 그가 들어간 욕실로 향했다. 오늘은 그를 유혹하고 싶었다. 매일 같은 침대에서 잤지만 그는 그녀에게 손조차 대지 않았다. 더 이상 이렇게는 살 수 없었다.

아이를 갖기 위해 만난 인연이었다. 그는 오늘 엄마에게 진짜 잘해주었다. 그렇다면 그녀 또한 그가 바라는 일을 해야 했다. 아이를 갖는 일을 그녀는 할 것이다.

그리고 아주 조금 그녀의 사심도 채울 생각이었다. 그의 마음은 아직 모르겠지만 지금 은수의 마음은 벌써 태식을 향해 있었다.

오늘은 부끄러움 따위는 잊을 생각이었다. 침실 바닥에 그녀의 옷이 뱀허물이 벗어진 듯이 벗어져 있었다. 그녀는 용기를 내서 수증기가 가득한 샤워부스를 열었다.

"같이 씻어도 돼요?"

"……."

그녀의 갑작스러운 출현에 태식은 가만히 서 있었다. 더 이상 물었다가는 용기를 끌어 모아서 들어왔는데 쉽게 쫓겨날 것 같았다. 그녀는 샤워부스의 유리문을 닫았다.

쾅!

세게 닫았는지 그녀가 깜박 놀랄 만큼 소리가 컸다. 은수는 정신을 차리고 그에게 한발 다가섰다. 차가운 물줄기가 흘러내리고 있었다.

"안 추워요?"

아직은 봄이었다. 차가운 물로 하긴 이른 계절이었다. 물을 맞은 그녀의 몸에 소름이 돋았다. 그러자 그가 갑자기 그녀를 자신의 품 안으로 가두었다.

"조금 있으면 더워지겠는데?"

그의 말을 이해하기도 전에 그의 입술이 은수의 입술을 덮어버렸다. 그의 살결은 차가운데 그의 입술은 용광로처럼 뜨거웠다. 처음으로 이렇게 깊은 키스를 했다.

은수는 언제나 남자를 멀리했었다. 남자들은 언제나 배반을 한다는 걸 자신의 아버지를 통해서 너무 어린 나이에 알아버린 그녀였다. 그래서 남자들과는 아예 담을 쌓고 살았었다. 엄마처럼 배신당하기 싫어서 말이다.

그녀가 딴생각을 하는 사이에 그의 혀가 그녀의 입안으로 들어왔다. 살짝 놀라기는 했지만 그의 혀가 주는 부드러움에 은수는 눈을 감았다. 그의 혀가 그녀를 미치게 만들고 있었다. 입안을 구석구석 돌며 그녀를 자극하고 있었다. 혀만이 그녀를 자극하는 게 아니었다. 그의 강한 입술이 그녀의 아랫입술을 거칠게 빨아대고 있었다.

"으으음."

이제는 완벽하게 그녀의 입을 그의 입술로 막고는 숨조차 쉴 수 없는 깊은 키스를 하고 있었다. 은수가 숨을 쉬는 데 정신을 판 사이에 그의 손이 은수의 가슴을 잡았다. 어찌나 놀랐는지 은수는 하마터면 자리에 주저앉을 뻔했다.

그 누구도 만지지 않은 곳이었다. 하지만 태식은 너무나 자연스럽게 그녀의 가슴을 만지고 있었다.

"예뻐."

그의 한마디에 은수는 용기란 게 생겨 버렸다. 이곳에 들어오면서 다 쓴 줄 알았는데 그녀에게 약간의 용기가 남아 있기는 했다. 은수는 자신의 손을 그의 가슴에 올려놓았다. 처음 남자의 가슴을 만져보았지만 탄탄한 느낌이 너무나 좋았다. 그녀의 손이 점점 더 아래로 내려갔다. 손가락 끝에 닿은 그의 체모에 은수는 자기도 모르게 흠칫 놀랐다.

그녀의 반응을 느낀 걸까? 그의 가슴이 웃느라 들썩이고 있었다. 하지만 지금 은수는 아무것도 귀에 들어오지 않았다. 오로지 그의 페니스를 잡아보겠다는 일념뿐이었다. 할 수 있어, 를 속으로 수백 번, 수천 번을 외치고 나서야 은수는 그의 페니스를 잡을 수 있었다.

"아!"

그의 입에서 웃음 대신에 신음이 터져 나왔다. 좋은 느낌의 신호였다. 그녀 손안에 있는 그의 페니스가 갑자기 점점 더 커지고 있었다.

놀라서 놓칠 수도 있었지만 은수는 힘껏 그의 페니스를 잡았다. 그리고 자신도 모르게 위아래로 페니스를 만지작거렸다.

"으윽!"

이렇게 커다란 것이 자신의 몸 안에 들어온다면 죽을 것 같았다. 며칠 전에 본 영화를 더듬어 기억하니 여자가 남자의 페니스를 위아래로 빠르게 움직이던 게 기억이 났지만 차마 용기가 나지 않아서 천천히 만지기만하고 있었다.

"그만!"

그가 신음을 내뱉으며 그만하라고 하자 은수는 얼른 손을 떼고 그에게서 한 발짝 뒤로 물러섰다.

"죄송해요."

마치 큰 죄를 저지른 기분이었다. 그가 꼭 한 대 칠 것 같은 느낌이었다. 그의 가슴이 거칠게 들썩거리고 있었기 때문이었다.

"안 되겠어."

그가 그녀의 손목을 거칠게 잡았다.

"죄송해요. 다시 안 그럴게요."

은수는 두려운 마음이 들었다. 그의 눈은 짙게 변해 있었고 마치 악마와 같았기 때문이었다.

"악!"

그녀의 몸이 공중으로 들렸다. 그가 안아 올린 것이다. 은수는 자신이 괜한 짓을 했다는 생각이 들기 시작했다. 두려움에 눈물이 터질 것 같았다.

풀썩!

그녀의 등에 푹신한 이불이 닿았다. 매일 아침 그와 함께 눈을 뜨던 침대였다.

"태식 씨."

은수가 그제야 눈을 뜨고 그를 바라보았다. 짐승같이 거친 호흡을 내뱉으며 그가 침대 위로 올라왔다.

"헉헉헉."

그의 숨소리가 그녀를 일깨워 줬다. 그는 화가 난 게 아니라 흥분하고 있다는 걸 말이다. 은수는 용기를 내어 그를 똑바로 봤다. 그리고 말했다.

“날 가져요.”

그의 낮은 포효 소리가 들리더니 이내 은수를 덮쳐왔다. 그의 거친 키스에 입술이 터졌지만 은수는 상관없었다. 오히려 그의 머리카락 안으로 자신의 손을 집어넣어 그의 얼굴을 강하게 끌어당겼다.

“더 해줘요.”

그녀의 말에 완전히 이성을 잃은 태식이 그녀의 가슴을 주무르기 시작했다. 모든 게 처음이었지만 은수는 이 남자라면 괜찮다는 생각이 들었다. 그의 손이 점점 더 아래로 내려오더니 그녀의 여성을 만지기 시작했다.

촉촉이 젖은 그녀의 여성에서 질척거리는 소리가 났지만 은수는 부끄럽지 않았다. 오히려 그가 앞으로 그녀에게 해줄 일에 기대가 되었다. 하지만 달콤하기만 할 것 같은 섹스는 이물감과 함께 아픈 고통을 가져다주고 있었다.

“으윽.”

그의 손가락이 들어온 질은 이물감과 함께 고통이 밀려왔다. 손가락만으로도 이런데 그의 커다란 페니스가 몸 안에 들어온다면 그녀는 죽을 것 같았다.

"아아악."

손가락이 사정없이 그녀의 질 안을 휘젓고 있었다. 은수는 태식의 어깨에 손톱을 세우고 고통을 견뎌냈다.

"아파?"

"으윽, 네."

"조금만 참으면 아주 좋을 거야."

하지만 은수는 자신의 아래에서 느껴지는 손가락의 움직임이 좋다기보다 이상했다. 하지만 이 고통은 잠시 뒤에 있을 고통에 비하면 아무것도 아니었다.

그가 손가락을 빼고는 거친 숨을 내뱉으며 그녀의 입술을 삼켰다. 그리고 자신의 거대한 페니스를 질에 문지르기 시작했다.

"헉헉, 아플 거야."

다정한 말이었다.

"하지만 참을 수가 없어. 윽."

"아악!"

그의 페니스가 그녀의 질을 찢을 듯이 들어오고 있었다. 그도 고통스러운지 인상을 쓰며 강하게 자신의 페니스를 밀어 넣으려고 안간힘을 쓰고 있었다.

"너무 오랜만이야."

그가 알 수 없는 이상한 말을 하고 있었다.

"악, 너무 좋아."

그는 굉장히 좋은 것 같았지만 은수는 지금 온몸이 찢겨져 나가는 느낌이었다.

"아아아악!"

그녀의 신음 소리는 비명에 가까웠다. 마침내 그의 페니스가 그녀의 몸 깊숙이 들어왔다.

퍽퍽퍽!

그가 움직이기 시작했다. 사람들은 그에 대해 잘못 알고 있었다. 그는 지극히 정상인 몸을 가지고 있었다. 아주 미칠 정도로 건강한 몸을 말이다.

"헉헉헉, 너무 조여."

은수는 그의 말을 알아들을 수가 없었다. 다만 지금 은수의 질이 불에 덴 듯이 아프다는 것 외에는 아무 생각도 할 수가 없었다. 본능적으로 은수는 그의 탄탄한 가슴을 양손으로 밀어냈다.

"아파요."

"조그만……."

은수는 그의 말에 따를 수밖에 없었다. 점점 더 몸에 힘이 빠져나가는 느낌이었다. 그녀의 손이 힘없이 떨어졌다.

퍽퍽퍽!

그래도 아까보다 고통은 덜해지고 있었다. 쾌감은 아직 느끼지 못했지만 그가 하도 거칠게 움직이니 아랫부분이 무감각해지고 있었다. 하지만 그가 다시 그녀의 입술에 키스를 하자 언제 그랬냐는 듯이 그녀의 모든 감각이 다시 살아났다.

퍽퍽퍽!

그리고 이상하게 조금 전까지도 고통이던 감각들이 아주 묘하게 느껴지고 있었다. 안에서부터 찌릿함이 올라왔다.

"헉헉."

그의 움직임이 빨라졌다. 그리고 잠시 후에 땀으로 뒤범벅이 된 그가 자신의 분신들을 은수의 안에 뿌리고는 그대로 무너져 내렸다.

"헉헉헉."

도대체 태식에게 무슨 일이 일어난 걸까? 그는 거친 숨을 몰아쉬며 5년 만에 해방감을 느꼈다. 자신의 아래에 그와 같이 거칠게 숨을 쉬고 있는 은수의 목에 그는 얼굴을 묻고 그렇게 한참을 있었다.

아직도 부풀어 있는 그의 페니스는 은수의 안에 자리 잡고 있었다. 따뜻하고 부드러운 은수의 살결이 주는 감촉이 너무나 좋았다. 온몸이 땀으로 젖은 그처럼 은수의 몸도 땀으로 젖어 있었다.

그녀는 처음이었다. 확실히 그녀가 처녀임은 놀라운 일이었다. 이렇게 섹시한 몸을 여태까지 지키고 있었다니 믿어지지 않았다. 거기다가 여자에게 더 이상 흥미를 느끼지 못하던 그의 페니스를 5년 만에 회복하게 만든 것만으로도 놀라운 일이었다.

그가 몸을 일으키자 그녀가 순결한 처녀였음을 알리는 자국이 이불 위 곳곳에 묻어 있었다. 은수는 여전히 눈도 뜨지 못하고 그대로 누워 있었다.

태식은 은수를 안아 올렸다. 은수의 무거운 눈이 그제야 떠졌다.

"아주 순진한 줄 알았는데 요물이었어."

"요물?"

"그래, 요물."

그가 그녀를 안아 들고 욕실에 들어서서 욕조에 물을 받기 시작했다. 욕조에 물이 받아지는 동안 그는 은수의 몸에 묻은 처녀의 자국들을 씻기기 시작했다.

"난 이런 거 잘 못 해요."

"아주 잘하던데?"

"그렇지만 열심히 배울게요."

"나한테 잘 가르치라는 뜻이야?"

"네."

은수가 그를 보며 미소를 지었다.

"그럼, 우리 시험관 아기 안 해도 돼요?"

"아마도."

"다행이다."

그가 좋아하는 눈부신 미소를 은수가 지었다.

"사람들이 난자 채취할 때 많이 아프다고 썼더라고요. 솔직히 조금 무서웠거든요."

"그러니까 나와 섹스를 하고 싶어서가 아니었어?"

은수가 솔직하게 고개를 끄덕였다.

"은수는 너무 쓸데없이 솔직해."

"전 태식 씨도 저에게 그렇게 솔직했으면 좋겠어요."

"그래?"

"네."

"그러지 뭐."

그가 은수를 안아 올렸다.

"어머!"

"이제부터 남자가 여자에게 솔직한 게 뭔지 보여줄게."

"진짜요?"

은수가 또다시 그의 마음을 흔드는 미소를 지었다. 진짜 요물이 따로 없었다. 그의 페니스는 벌써부터 은수의 안으로 들어가고 싶어서 안달이었다. 5년 동안 쉬더니 이제 아주 고삐가 풀린 망아지가 되어버린 그의 페니스였다.

욕조 안에 은수를 넣고는 그녀의 뒤에 앉은 태식은 서로의 살이 물속에서 닿자 또 다른 흥분을 느끼고 있었다.

"난 여자와 이렇게 욕조에 처음 들어와 봐."

"진짜요? 이렇게 자연스러운데?"

은수가 삐죽 입을 내밀었다.

"진짜야."

"믿어보려 애쓸게요."

"뭐?"

그가 은수의 코를 꼬집었다. 한없이 아이같이 순수한 은수였지만 잠자리에서는 완전 요물이었다. 그의 손이 은수의 풍만한 가슴을 감쌌다.

"아주 부드러워."

"태식 씨는 아주 딱딱해요."

은수가 손을 뒤로해서 그의 페니스를 잡았다.

"그런데 만지면 아주 부드러운 느낌이에요."

은수는 아주 순진하게 말을 하고 있었지만 그에게 미치는 영향은 실로 대단했다. 그녀의 손을 잡은 태식이었다.

"아파요?"

"아니."

"그럼요?"

"은수를 아프게 할지도 몰라."

은수가 얼른 손을 치웠지만 이미 온몸이 붉어진 후였다.

"만질 때는 괜찮으면서 왜 얼굴이 빨개지지?"

"우리 또 하는 거예요?"

"아마도."

"또 아플까요?"

"아니, 이제 점점 더 원하게 될 거야. 내가 출장 가는 게 싫어질 만큼."

그가 은수를 마주 보게 돌려 앉혔다. 그리고 자신의 페니스 위에 그대로 앉혔다.

"아악!"

여전히 고통스러워하는 은수였지만 태식은 하나도 남김없이 그녀의 표정을 기억하고 있었다. 그가 가만히 있자 은수가 물었다.

"왜 그래요?"

"은수를 기억하고 싶어서."

"우리 헤어지는 건가요?"

불안한 얼굴로 그에게 묻는 은수였다.

"언제 헤어질지 모르니까……."

그는 지금 장미의 얼굴이 떠오르지 않았다. 5년 동안 한 번도 잊지 않았던 여잔데 신기하게 떠오르지 않았다. 지금 그의 머릿속에는 오로지 은수만이 가득했다.

그녀가 갑자기 그를 안았다.

"아이 낳고 행복했으면 좋겠다는 생각이 들었어요."

은수의 표정이 그렇게 밝지는 않았다. 생각이 많은 것 같았다.

"그럴 거야."

그는 은수를 안심시켜 주고 싶었다. 자신의 가정이 사랑으로 이루어졌든 그렇지 않든 그는 가정을 지킬 마음이었다.

"고마워요."

그녀가 그의 입술에 입을 맞추었다. 방심할 때면 도발을 해오는 은수 때문에 그는 미칠 것 같았다. 그의 위에서 은수가 본능적으로 허리를 움직이기 시작했다.

"아흐."

그의 귀에 은수의 신음 소리가 기분 좋게 들렸다.

철퍽철퍽.

물 안에서 그들의 몸이 부딪치는 소리가 요란했다. 이렇게 여자의 몸을 강하게 원하게 되리라고는 상상도 하지 못했었다. 태식은 은수의 우윳빛 가슴을 강하게 빨았다. 그녀의 가는 허리를 삽고 그는 은수의 가슴에 얼굴을 묻었다.

예쁘다고 생각을 했지만 이렇게 그를 녹일 만큼 섹시한 줄은 몰랐었다. 그의 페니스는 은수의 안에서 나올 줄 모르고 점점 더 부풀어 올랐다.

"헉헉, 미칠 것 같아."

"아흐, 나도요."

태식은 앉은 그대로 은수의 안에 그의 분신들을 쏟아냈다. 욕조 안에서의 섹스는 처음이었지만 굉장히 만족스러웠다. 출장을 다녀오기 싫을 만큼 태식은 은수와의 섹스가 마음에 들었다.

샤워를 마친 그는 배가 고팠다. 이렇게 에너지를 쏟은 적이 근래에 없었기 때문이었다.

"배가 고픈데……."

"저도요."

"은수도?"

"네."

둘은 가운만 걸친 채 욕실에서 나왔다.

"이럴 땐 집에 음식이 많은 게 좋네요."

"그런가?"

"네."

다시 한상 가득 차려지고 나자 그가 웃었다.

"저녁상이 그대로인 것 같아."

"아까 그랬잖아요. 많다고."

그들은 다시 저녁을 먹었다. 그의 앞에서 음식을 먹고 있는 은수를 보니 왠지 모르게 마음이 꽉 찬 느낌이었다.

"예뻐."

"자꾸 그러지 마요. 진짠 줄 알아요."

"사실인데. 남들이 그런 말 안 해?"

"하죠. 하지만 전 거울 속의 제 모습을 알거든요. 평범한 얼굴이에요."

은수는 자신이 얼마나 아름다운지 알지 못하고 있었다. 연예계에서 가장 예쁘다는 여자들은 다 만나본 그였지만 은수만큼 아름답지 않았다.

"이리 와."

"네."

그가 손을 뻗었다. 그러자 은수가 그의 옆으로 왔다. 그가 은수를 자신의 무릎에 앉히고는 그녀의 얼굴을 손으로 어루만졌다.

"진짜 내가 본 여자 중에 가장 예뻐."

"원래 아부가 이렇게 심한 사람이었어요?"

"아니."

그가 은수의 입술에 입을 맞추었다. 부드럽고 따뜻한 입술이었다. 그리고 이제 그는 은수가 얼마나 정열적인 여자인지도 알아버렸다. 태식이 은수의 가운을 옆으로 살짝 밀자 그녀의 풍만한 가슴이 그대로 나타났다.

태식은 분홍색 유두를 빨았다. 이렇게 자극적인 유두는 처음이었다. 은수처럼 수줍은 듯하면서도 도발적으로 튀어나온 유두였다.

"쪽쪽, 주인을 닮았어."

"아흐."

"아주 도발적이야."

"못 참겠어요."

"나도."

그가 일어나 대리석 식탁의 그릇들을 밀고 그녀를 그 위에 앉혔다. 그리고는 다리를 벌리고 섰다. 그녀의 여성이 그의 눈앞에 그대로 드러났다. 벌써 젖어버린 질이 그의 페니스를 기다리고 있었다.

"5년간 잠잠하던 녀석이 아주 난리가 났어."

그의 말에 은수가 웃었다.

"거짓말!"

"진짜야."

"그럼 소문이 맞았네요."

"맞아."

그의 말에 은수가 아주 놀란 얼굴을 했다.

"왜 그런 거예요?"

"나중에 말해줄게. 지금은 다른 일이 더 바빠."

그가 은수의 질에 자신의 페니스를 밀어 넣자 은수가 자지러지는 소리를 내기 시작했다. 태식도 더 이상 다른 생각을 할 수가 없었다.

"마녀에게 홀린 것 같아."

"아흐."

그들은 그렇게 밤을 불태우고 있었다.

일요일 오전은 항상 사람을 게으르게 만들었다. 엄마의 병원에도 가봐야 하고 할 일이 많은데 은수는 꼼짝을 할 수가 없었다. 그녀를 안고 있는 태식도 일어나기 싫은 모양이었다.

"일어나기 싫다."

"나도."

그녀의 말에 태식이 그녀의 정수리에 입술을 대고 말했다.

"손가락 하나도 까딱할 힘이 없어요."

"나도."

하지만 그의 손가락은 그녀의 가슴에서 움직이고 있었다.

"일어나야 해요."

"왜?"

그의 입술이 그녀의 목덜미를 물었다.

"병원에 가야 하거든요."

"오늘은 좀 늦게 가."

"엄마가……."

그가 은수의 머리를 뒤로 돌리게 한 다음에 입술로 입을 막아버렸다. 이성을 마비시키는 아주 못된 키스였다.

"아주 못됐어요."

"내가?"

"자꾸 사람을 이상하게 만들어요."

"어떤 면에서?"

그의 손이 그녀의 여성을 감싸고 있었다. 그러다가 손가락으로 그녀의 여성을 가르고 들어와 질을 건드리기 시작했다.

"아흐, 다른 생각을 못 하게 하잖아요."

"내가 그런가?"

"네."

그의 손가락이 간밤의 섹스로 부어오른 그녀의 여성을 부드럽게 어루만졌다.

"진짜 그만해요."

하지만 은수의 목소리는 욕망으로 인해 잠겨 있었다.

"은수의 여기는 다른 말을 하는데? 너무 젖었어."

솔직히 은수는 이제 그의 맛을 알아버린 몸이 되었다. 그가 옆에만 있어도 그녀의 여성은 자동적으로 반응을 했다.

"이게 다 태식 씨 때문이에요."

"난 은수 때문에 이렇게 됐는데?"

그가 자신의 페니스를 그녀의 엉덩이에 가져다 댔다.

"벌써 이렇게 된 거예요?"

"아까부터 이랬어."

그의 페니스가 마치 막대기처럼 그녀의 엉덩이에 닿았다.

"원래 남자들은 이렇게 수시로 그러는 거예요?"

"아니."

"그런데 왜 태식 씨는 이래요?"

"상대방이 너무 막강하게 섹시하니까."

그의 말에 은수는 웃을 수밖에 없었다.

"너무 쓸데없이 솔직해졌어요."

"은수를 닮아가나 보지."

은수와 태식은 그렇게 오전 시간을 침대 속에서 달콤하게 보냈다.

"엄마에게 다녀올게요."

"응."

여전히 침대 속에 있는 그를 두고 은수가 집을 나섰다. 그런데 아주 기분이 묘했다. 운전기사 아저씨와 나왔는데 어느 순간부터 검은색 차가 그들의 뒤를 따르고 있었다.

"김 기사님."

"네."

"저기 뒤에 검은색 자동차 아까부터 따라오는데 아는 차예요?"

"아닙니다. 처음 보는데 저도 그렇게 생각은 들더라고요."

그녀가 중요한 사람도 아닌데 별일 없으려니 생각을 하고 그녀는 병원까지 왔다.

"은수 씨!"

그녀를 부른 건 다름 아닌 윤소희였다. 그녀의 시어머니가 될 사람이었다.

"안녕하세요?"

검은 차에서 내린 게 분명했다. 그런데 왜 김 기사님이 모르셨을까? 그녀는 좀 의아했다.

"반가워요. 누굴까 궁금하기도 하고 해서……."

"먼저 인사드렸어야 하는데……."

"아니야."

아나운서 출신답게 목소리가 귀에 익숙하다 보니 낯설게 느껴지지 않았다.

"우리 잠깐 얘기 좀 할까?"

"네."

그녀를 따라간 곳은 아까 그 검은 차였다. 윤 여사가 직접 운전을 하고 온 모양이었다.

"사실은 부탁할 것도 있고."

"뭔데요?"

"우리 태식이 잘 좀 부탁한다고."

생각보다 착한 구석이 있는 사람 같았다. 태식 씨 말만 들었을 때는 세상에서 가장 못된 새엄마 같았는데 그건 아닌 모양이었다.

"우리 태식이가 성 기능이 안 좋은 건 알고 있지?"

"네."

"여자가 그걸 참고 산다는 게 어떤지 알아?"

"……."

"아직 젊어서 모를 거야. 아니, 젊으니까 더 힘들까?"

윤 여사가 갑자기 혼자서 웃기 시작했다. 뭔가 실없어 보이기도 했고 좀 전과는 다른 느낌이 들었다.

"그래서 이건 내가 예전에 장미에게도 줬던 약인데?"

벨벳으로 된 아주 고급스런 상자였다. 그 안에는 청심환처럼 금박으로 싸인 환약이 여러 개 들어 있었다. 아주 비싼 약 같아

보였다.

“장미가 누군지…….”

“몰랐어? 우리 태식이가 그렇게 된 게 다 백장미 때문이잖아.”

백장미가 죽기 전에 재벌과 스캔들이 있다고는 들었는데 그게 태식이었는지는 몰랐었다.

“백장미와 사귄 게 사실인가요?”

“그럼, 죽는 날도 같은 방에 있었어.”

태식이 받았을 충격이 얼마나 컸을지 짐작이 가고도 남았다. 지금 얘기만 들어도 은수의 온몸에 소름이 돋을 정도니까 말이다.

“그런데 왜 이 말씀을 해주시는지?”

그녀에게 좋은 뜻에서 이야기해 주는 것 같지는 않았다. 굳이 그녀가 신경 쓸 과거의 여자 이야기를 아주 즐겁게 이야기를 하는 윤 여사가 은수의 눈에 좋게 보일 리가 없었다.

“우리 태식이가 그때는 괜찮았는데 장미가 죽고 남자 구실을 못 하게 됐어. 우리 황 회장님이 그동안 수많은 미인들을 방에 넣어줬는데 아무도 성공하지 못했거든.”

윤 여사가 자꾸만 태식의 안 좋은 면만 부각시키는 게 왠지 신경이 쓰였다. 은수는 지금 그와 불같은 밤을 보냈다고 말하면 안 될 것 같다는 생각이 들었다. 은수는 조용한 성격일 뿐이지 바보가 아니었다.

"그래서 남자 몸에 좋다는 약하고 이건 은수 먹으라고."

"네."

왠지 찜찜한 기분이 들었다. 무턱대고 이렇게 귀한 약을 주는 것도 그렇고 약의 성분이 어떤 걸지도 모르는데 그냥 막 먹기는 그랬다. 특히 상대방이 적군일 것 같은 느낌이 들 때는 말이다.

"한약은 정성이라고 했어. 아침, 저녁으로 먹어."

"네, 감사합니다."

"태식이가 날 새엄마라고 아주 싫어해."

"……."

"하지만 우리는 잘 지낼 수 있잖아. 안 그래?"

"네."

대답은 차분하게 했지만 은수는 여전히 윤 여사가 믿음이 가지 않았다. 왜 이 사람이 이렇게 친절하게 구는지도 알 수 없었고 또 아무도 모르게 이렇게 은밀히 만나는 것도 그랬다.

"태식이한테는 말하지 마. 약은 은수가 지었다고 해. 장미도 그랬어. 괜히 오해할 수 있잖아."

의심은 벌써 들고 있었다.

"네."

"난 빨리 2세가 태어나서 태식이가 마음을 잡길 바라. 매년 양평에 있는 장미 무덤에 가서 그렇게 마음 아파하지 말고 말이야.

남자들은 첫사랑을 가슴에 묻는다고 하더니 딱 그 짝이야."

윤 여사는 이상하게 자꾸 태식이 백장미를 잊지 못한다는 말만 되풀이하고 있었다. 그녀가 상처를 받을 줄 알면서 말이다.

"나도 늙은 회장과 사는 이유가 돈 때문인 것처럼 우리 은수도 돈 때문이라지?"

"……."

"난 아버지가 아프시다가 돌아가셨어."

이건 또 다른 전개였다.

"동생들 학비도 보태야 했고. 많이 힘들었어. 난 은수가 남 같지 않아. 우리 잘 지내. 민 변호사가 말이 새엄마지 그렇게 이기적인 사람이 없거든. 그래도 날 회장님에게 소개시켜 줬으니 내겐 은인이지만 말이야. 비슷한 처지의 사람들끼리 잘 지내자고."

"네."

윤소희에게 받은 한약 두 박스를 들고 은수는 어머니의 병실로 갔다.

"오늘은 쉬지."

"엄마 얼굴 보는 낙에 사는데?"

"거짓말, 황 부회장 보느라고 정신이 없더고만."

"그랬나?"

"그건 뭐야?"

"황 부회장님 한약."

"건강해 보이던데 한약은 왜?"

은수는 엄마에게 대충 둘러댔다.

"공진단 같은 건가?"

"꼭 청심환같이 생겼어. 환으로 된 한약은 처음이라서."

"부자들은 다른가 보지."

"그러게."

오늘은 엄마의 얼굴만 잠깐 보고 갈 예정이었다. 내일 유럽 출장을 가는 태식과 조금이라도 시간을 갖기 위해서였다.

"엄마, 나 오늘은 일찍 가봐야 해."

"왜?"

엄마의 얼굴에 서운함이 그대로 드러났다.

"부회장님 내일부터 출장이거든."

"그래? 그럼 가봐야지."

엄마도 얼른 가보라며 거의 등을 떠밀었다. 태식이 마음에 쏙 드는 모양이었다. 그가 마음에 드는 건 은수도 마찬가지였다. 은수는 정신없이 태식에게 빠져드는 자신이 너무나 두려웠다.

강남에서 가장 유명한 한의원인 명인한의원 주차장에 검은색 벤츠가 들어섰다. 차에서 운전자가 내리자 주차장에 있던 모든 사람들의 시선이 쏠렸다.

또각또각또각.

명품구두 소리가 주차장을 울리며 여자가 시야에서 사라질 때까지 사람들은 그렇게 그 뒷모습을 넋을 놓고 바라보았다.

소희는 자신의 한의원에 올 때 너무나 기분이 좋았다. 동생이 병원장으로 있는 이곳은 한의원치고는 굉장히 컸다. 강남의 금싸라기 땅에 10층 병원 건물이면 굉장한 가격을 자랑하는 것이었다.

그녀가 늙은이 황 회장과 결혼해서 얻은 선물이었다. 물론 처음엔 결혼했다가 이혼할 생각이었지만 황 회장은 나이가 들었어도 남자로서의 매력 또한 강했다. 그래서 소희는 그냥 참고 견딜 생각이었다.

오래 살면 살수록 그녀의 위자료 금액도 높아지니까 말이다.

"누나."

원장실에 들어오자 그녀의 남동생이 아주 환한 미소로 그녀를 맞이했다.

"아침에 약은 받아 갔어?"

"응, 네가 줘야지 그렇게 간호사에게 맡겨놓으면 어떻게 해."

"무슨 약인지 어떻게 알겠어."

"하긴."

그녀의 남동생은 두 살 많은 누나에게 쩔쩔매고 있었다. 집안을 일으킨 사람이 누나였기 때문이었다.

"엄마는?"

"아버지하고 유럽에 가셨어."

"아버지는 무슨."

그녀의 아버지는 평생을 놀고먹은 사람이었다.

"엄마는 왜 그런 사람과 결혼을 했는지 몰라."

"잘생기셨잖아. 그 덕을 본 건 누나고."

아버지와 판박이인 소희였다.

"약 가져갔으면 됐지, 왜 왔어?"

"내 약이 떨어져서."

"알았어."

"이번엔 확실히 해."

임신이 되는 약을 꾸준히 먹는 그녀였다. 그리고 남편에게도 정관수술이 풀어진 사실을 말하지 않았다. 6년 전에 우연히 임신이 된 적이 있었다. 물론 아이가 사산이 된 후에 알게 된 일이지만 말이다.

그래서 소희는 그 사실을 아무에게도 알리지 않고 꾸준히 몸 관리를 하고 있었다. 자궁이 선천적으로 약한 소희는 습관성 유산을 자주 했다. 황 회장을 만나기 전에도 여러 번의 유산을 경험한 그녀였다.

"노산이라 위험할 수도 있어."

"이번엔 꼭 돼야 해."

단아하고 예쁜 이미지로 아나운서계를 평정한 그녀는 가난한 집안을 살리기 위해 어려운 결단을 했고, 사랑하던 사람마저 버리고 돈을 택했다. 이렇게 된 바에야 더 욕심을 낸다 한들 티가 날 것도 없었다.

지금까지 그녀를 괴롭혀 온 것이 있다면 아이는 안 된다는 황 회장의 말이었다. 자신의 아들에게 혹시나 피해가 갈까 봐 그녀에게 못을 박아둔 것이었다. 하지만 그럴 수는 없는 일이었다. 그렇게 하기엔 해성그룹 황 회장의 재산이 너무나 많기 때문이었다.

그녀의 위자료는 이미 정해져 있었다. 그건 혼전 계약서에 다 명시되어 있다. 다만 그 액수가 늘어나는 건 결혼 기간이 길어질수록이었다.

"이번 여자는 잘 꼬셨어?"

동생이 궁금했는지 물었다.

"모르겠어. 순한 것 같기는 한데, 봐야 알지."

"약은?"

"고맙다면서 넙죽 받았지. 어디서 그런 고급스런 한약을 받아 보겠어."

"하긴, 케이스부터가 최고급인데……."

"하지만 좀 불안해. 태식이가 고자라고는 하지만 원래부터 그런 게 아니니까."

"약만 잘 먹으면 앞으로도 쭉 그러고 살 거야."

태식이 아이를 갖게 되면 그녀의 자리가 더 좁아지기 때문에 차라리 태식이 자식이 없는 게 그녀에겐 유리했다.

"어떻게 해서든지 아들이든 딸이든 아이를 낳아야 해."

"다른 데서 만들 수도 없고……."

"그렇게 할 수도 있지만 완벽한 성격의 황 회장이 아이의 유전자 검사를 안 할 리가 없어. 아마 한군데가 아닌 여러 군데에 의뢰할걸."

"아이고 힘들다."

"누나가 얼마나 피를 말리며 고생하는 줄 알겠지?"

"그럼."

동생의 곱상한 얼굴에 미소가 걸렸다.

"은비는?"

"은비야 쌍둥이 키우느라 정신없지."

"전화 좀 하라고 해."

동생의 부인인 은비는 그녀의 후배 아나운서였다. 태식과 연결을 해주려 했지만 장미가 막고 있어서 안 되고 엉뚱하게 그의 동생과 눈이 맞아버렸었다.

"누나 조심해."

"뭘?"

"장미처럼 그렇게 자살해 버리면 누나가 의심받을 수도 있어."

"이번이 마지막이야. 넌 그냥 우울하게 만드는 약이나 잘 만들어. 알았어?"

동생이 고개를 끄덕였다. 꼬리가 길면 잡힌다는 건 알지만 포기하기엔 대가가 너무나 컸다.

제5장 다가가는 만큼 멀어지다

하루하루가 길었다. 프랑스의 에펠탑도 이탈리아의 피렌체도 태식의 눈에는 하나도 들어오지 않고 있었다. 벌써 서울을 떠나온 지 3일째에 접어들었다. 프랑스의 최고급 식당에 앉아 있으면서도 그의 표정은 그리 밝지가 않았다.

큰 패션쇼 무대를 마치고 여는 파티 자리였다. 예의상으로 웃음이라도 지어야 하는데 오늘은 전혀 그럴 기분이 아니었다.

“부회장님, 너무 얼굴이 어두우시다.”

콧소리를 섞어가며 말하는 여자는 세계 모델계의 탑 오브 탑 모델인 해리였다. 해성어페럴의 모델이자 세계 명품의 뮤즈인 그녀가 지금 그의 앞에 앉아 있었다.

"식사도 안 하시고."

"부회장님."

이번 해성의 디자이너인 크리스토퍼 최가 그를 불렀다.

"무슨 일 있으신 건 아니죠?"

"아닙니다. 몸이 좀 피곤해서 오늘은 먼저 일어나겠습니다."

그가 뒷일을 부탁하고 자리에서 일어났다. 그가 일어서자 모델들이 아쉬워했다. 하지만 그는 쉬고 싶은 마음뿐이었다.

"괜찮으십니까?"

최 실장이 그의 안색을 보고 물었다.

"괜찮아."

"얼굴이 창백하십니다. 의사를 부를까요?"

"아니야, 그냥 좀 피곤해. 쉬면 좋아질 것 같아."

은수가 보고 싶어 이렇다고는 차마 말을 할 수가 없었다. 솔직히 당황스러운 마음이었다. 일을 하는 도중에 여자가 생각나는 건 처음이었다.

사람들의 소리 가운데 은수의 목소리가 들리기도 했고 다른 여자의 얼굴을 통해 보이기도 했다. 멍하게 그녀를 생각하기도 했다. 상사병에 걸린 사람처럼 입맛도 없었다. 이렇게 며칠을 보내다 보니 얼굴이 핼쑥해지고 창백해 보이기까지 했다. 그러니 최 실장이 그를 보고 걱정을 하는 것이었다.

호텔로 돌아오자마자 그는 은수에게 전화를 걸었다.

[여보세요?]

은수의 목소리였다. 하루 종일 얼마나 그리워했는지 몰랐다. 황태식의 인생에서 처음 있는 일이었다.

"자?"

지금 시간이면 한국은 새벽 4시였다. 프랑스와는 8시간 정도의 시차가 났기 때문이었다.

[훗!]

그녀의 첫 반응은 웃음이었다. 서운했다. 뭔가를 바란 건 아니었지만 그래도 웃음은 아니었다.

"웃는 거야?"

[지금 시간이면 당연히 잘 시간이죠.]

"미안해."

[아니에요. 기다렸어요.]

그녀의 이 말 한마디가 그를 기쁘게 만들었다. 이 한마디로 서운함을 잊게 만들었다. 이게 바로 은수의 힘이었다. 가까워지려는 순간 출장이라서 아쉬운 면이 많았는데 이런 말을 들으니 솔직히 좋았다.

[오늘은 프랑스예요?]

"응."

[난 에펠탑이 보고 싶어요.]

"다음에 오자."

[진짜요? 난 우리나라 빼고 가본 적이 없어요. 그래도 제주도 갈 때 비행기는 타봤어요.]

그는 이렇게 순수하고 거짓이 없는 은수가 좋았다.

"다음번엔 같이 오자. 보고 싶어서 안 되겠다."

[진짜 바람둥이처럼 말하는 거 알아요?]

"어?"

[여자들을 설레게 하는 말만 하는 거 같아요.]

"난 은수만 떨리면 돼."

[이거 봐요. 아주 떨려서 미치게 만드는 거 봐.]

그의 한마디에 그녀가 떨린다고 말했다. 태식은 이런 은수가 미치게 보고 싶었다.

"뭐 입었어?"

[아무것도 안 입었어요.]

진짜 이 여자는 못 말리는 여자였다. 지금 그가 어떤 상태가 되어 있는 줄도 모르고 이렇게 해맑게 말하고 있으니 말이다.

"진짜야?"

갑자기 그녀가 영상폰으로 모드를 바꾸었다. 태식이 마른침을 삼키고 있었다.

[보여요?]

진짜 그녀는 아무것도 걸치지 않고 있었다. 요즘 스마트폰의 성능이 이렇게 좋은지 몰랐다. 해성전자 직원들을 칭찬해 주어야 할 일이 생겨 버렸다. 그녀의 하얀 가슴이 그의 눈에 들어왔다.

[예뻐요?]

"응."

바보처럼 그녀의 물음에 답을 한 그였다. 여자에게 이렇게 끌린 적은 한 번도 없었다. 그의 눈이 화면에 고정되었다. 그녀가 보여주는 은밀한 것들을 지금 당장 만지고 맛보고 싶은 마음뿐이었다.

"아주 못됐어."

[제가요? 새벽에 전화해서 잠자는 사람을 깨운 사람이 나쁜 게 아니고요?]

태식은 다시 한 번 마른침을 삼켰다. 그의 눈앞에 지금 그녀의 여성이 보이기 때문이었다. 무성한 검은 숲이 눈앞에 있었지만 만질 수도 없는 그림의 떡이었다.

"기대해. 내가 가서 어떻게 할지."

태식이 이를 악물고 말했다.

[기대할게요.]

갑자기 화면이 음성으로 돌아갔다.

"왜 그래?"

[너무 오래 보면 그립지 않잖아요.]

여우도 이런 여우가 없었다. 아주 그의 피를 말릴 생각인 것 같았다.

[나 자고 싶어요.]

"난 잠자기 틀렸어."

[잘 자요. 내 꿈 꾸고.]

그녀가 전화를 끊었다.

"은수 꿈을 안 꿀 수가 없겠어."

아주 오랜만에 그는 찬물로 샤워를 해야 했다. 은수 때문에 온몸에 열기가 식을 줄을 모르고 있었기 때문이었다. 착한 줄 알았는데 아주 못된 은수였다. 태식은 오늘 밤이 얼마나 길어질지 두려웠다.

드디어 그가 출장을 간 지 일주일이 되는 날이었다. 아침부터 은수는 정신이 없었다. 태식이 돌아오면 작은 이벤트라도 해주고 싶은 마음에 이것저것 생각이 많았지만 오늘은 오롯이 태식에게만 신경을 쓸 수 있는 날이 아니었다.

바로 엄마의 수술 날이었다. 말기 암이라서 수술 전에 검사할 것도 많고 또 위험부담이 있어서 입원한 지 2주가 지난 오늘 드디어 수술을 하기 때문이었다. 그녀는 급하게 옷을 입고 병원으로 향했다.

"괜찮을 거야."

왠지 이번 수술이 잘될 것 같은 느낌이 드는 은수였다. 엄마가 병원에 입원을 하게 된 것도, 태식과의 일이 잘된 것도 좋은 일만 계속되고 있으니 이번 수술도 잘될 것 같았다.

병원에 도착한 은수는 너무나 좋은 날씨에 미소를 지었다.

"아주 맑은 날이야. 뭐든지 잘될 것 같은 좋은 날이야."

은수는 이렇게 중얼거리며 따뜻한 햇살이 비치는 병원 안으로 들어갔다. 병원의 특실에서 간병인 아주머니와 앉아 있던 엄마가 그녀를 보며 웃었다.

"엄마, 오늘은 아주 좋은 기운이 느껴져."

"그래?"

"그러니까 수술 잘될 거야."

수술실에 들어갈 준비를 마친 엄마의 손을 꼭 잡았다. 치료 때문에 이제는 뼈밖에 남지 않은 손이었다. 한때는 너무 예뻐서 은수가 자기 손이랑 바꾸자고 할 정도의 손이었는데…….

"엄마, 이제 좋은 일만 있는 거 알지?"

은수가 다시 한 번 엄마의 손을 꽉 잡았다.

"그럼."

"힘들겠지만 힘내."

"알았어. 우리 딸이 이렇게 예쁘게 컸어. 엄마가 사랑해."

"나도 사랑해."

병 때문에 엄마의 몸이 많이 말라 있었다. 은수는 엄마를 한번 안아주었다.

"엄마, 파이팅!"

엄마가 수술실로 들어가자 은수는 수술실 복도를 서성이기 시작했다.

"은수야."

아버지의 목소리였다. 지금은 듣고 싶지 않은 목소리였다. 어머니를 버리고 그녀를 자신의 이득을 위해 이용한 사람이었다.

"여긴 어떻게……."

"네 엄마 수술이라고 해서 왔다."

아버지는 걱정스런 표정을 지었지만 눈동자에는 차가움이 그대로 드러났다. 사람의 본성은 숨긴다고 숨겨지는 게 아니었다.

"김 사장님."

"조 원장."

갑자기 때 맞춰 병원장이 그들을 찾아왔다.

"이분이……."

"내 딸아이야. 이번에 부회장님과 결혼하게 될……."

"아이고, 작은사모님이십니까? 잘 부탁드립니다. 안 그래도 어머님 수술 전에 부회장님께서 전화 주셨습니다.”

“네, 잘 부탁드립니다.”

태식이 이렇게 신경을 써주니 은수는 감동을 받았다.

“김 사장님도 정기 검진 받으셔야죠?”

“안 그래도 오늘 겸사겸사해서 왔지. 조금 있다가 검사 받으러 갈 거야. 우리 딸이 걱정이 돼서 견딜 수가 있어야지.”

겸사겸사라는 말을 하기엔 엄마는 목숨을 건 중요한 수술이었다. 자신의 건강 검진을 하러 온 김에 들를 상황은 아니었다. 아버지의 염치없음을 그리고 자신밖에 모르는 이기적인 마음을 은수는 참을 수가 없었다.

그래도 다른 사람들에겐 자신이 아주 선한 마음을 가진 사람이라는 걸 강조하는 것 같아 은수는 열이 받았다.

“우리 김 사장님 딸 바보십니다.”

“내가 좀 그렇지.”

아버지의 말에 어이가 없는 은수였다. 몇 주 전까지 한 번도 딸을 만나러 온 적도 없는 양반이 딸 바보라니, 아버지에겐 부끄러움이라는 단어가 존재하지 않는 것 같았다. 조금만 더 나갔다가는 은수가 화를 참지 못할 것 같았다. 짐승만도 못 한 인간이 그녀의 아버지란 사람이었다.

“회장님께서는 연락 없고?”

아버지는 은근슬쩍 회장님의 관심도를 체크하고 있었다.

"연락이 없기는요. 벌써 몇 번이나 전화를 하셨는데요."

아버지의 얼굴에 화색이 돌았다. 해성그룹 회장까지 전화를 해서 걱정을 한다니 좋은 모양이었다.

"작은사모님, 너무 걱정하지 마세요."

"네."

"그리고 앞으로 잘 부탁드립니다."

조 원장이 그녀에게 고개를 숙였다. 병원장도 아버지와 비슷한 사람인지 그녀에게 아부를 하느라 바빴다. 돈과 권력이 좋기는 좋은 것 같았다.

"아이고 우리 조 원장이 벌써부터 우리 딸에게 인사를 하네. 그냥 편하게 대해."

"그럴 수 있습니까? 제가 이제부터 주치의가 될 텐데……."

해성병원 원장이 집안의 주치의라니 놀랄 일이었다. 해성그룹이 대단하기는 한 것 같았다. 그녀 같은 사람은 얼굴 보기도 힘든 해성병원의 원장이 집안의 주치의라니 말이다.

"김 사장님은 검진 끝나고 원장실에 들르세요."

"알겠네."

기분이 이상했다. 엄마가 아무리 아파도 언제나 엄마를 신경 쓰고 그 곁은 지킨 사람은 은수뿐이었다. 그런데 오늘은 그런 엄마를 걱정해 주고 신경 써주는 사람들이 참 많은 것 같았다. 물론 그녀가 걱정해 주길 바라지 않는 사람까지 포함해서 말이다. 은수는 아버지를 경멸에 찬 눈으로 보았다.

조 원장이 가고 나자 아버지와 단둘이 남게 된 은수는 서먹하기 그지없었다.

"건강 검진 받으신다고 하지 않으셨어요?"

은수의 말투가 그리 좋지 않았다.

"그랬지."

"그런데 왜……."

이번엔 낯이 많이 익은 사람이 그녀에게로 다가왔다. 황성호 해성그룹 회장이었다. 놀란 은수의 표정을 보고 눈치 빠른 아버지가 고개를 돌렸다.

"회장님."

어찌나 반가워하는지 꼭 죽은 사람이 살아 돌아온 것 같았다.

"김 사장. 우리 은수 양도 있었네."

은수는 황 회장을 처음 보는데 황 회장은 은수를 아주 잘 아는 것처럼 인사를 했다. 황 회장의 뒤로는 윤 여사가 있었다. 아마 윤 여사가 이야기를 한 모양이었다. 그리고 방금 전에 왔던 조 원장이 어느샌가 그 뒤에 서 있었다.

"우리 은수 양이 고생이 많아."

그녀의 손을 잡으며 황 회장이 진심으로 걱정해 주었다. 은수는 황 회장의 얼굴에서 황태식의 얼굴을 보았다. 진짜 너무나 닮은 부자였다.

"조 원장."

"네."

황 회장이 부르자 조 원장은 마치 내시같이 굽실거리며 대답했다.

"자네가 들어가야지?"

황 회장이 화를 내자 조 원장이 꼼짝도 못 했다.

"죄송합니다. 하지만 저보다 더 유능한 의사를 보냈으니 걱정 마십시오. 부회장님이 어찌나 전화를 하시는지……."

"나한테만 해서 들들 볶은 게 아니구만."

태식이 전화를 했다는 사실만으로도 기뻤다. 엄마를 신경 써주는 태식의 마음이 은수는 고마웠다.

"우리 작은사모님을 많이 아끼시나 봅니다. 이런 적이 한 번도 없으신데 말입니다."

은수는 태식을 빨리 보고 싶은 마음뿐이었다.

"회장님께서 이렇게 직접 오실 줄은 몰랐습니다."

"하하하, 걱정이 돼서 말이야. 자넨 어쩐 일인가?"

황 회장은 생각보다 무섭지는 않아 보였다. 품위가 있어 보이면서 뭔가 일반인들하고는 차원이 다른 포스가 있었지만 사람을 대하는 건 오히려 그녀의 아버지보다도 더 편안해 보였다.

"은수 엄마가 걱정이 돼서 가만있을 수 있어야지요."

말하는 것마다 거짓말이었다. 언제부터 엄마를 걱정했다고.

"그렇군."

황 회장에게 잘 보이려 드는 아버지의 모습이 씁쓸했다. 그럼 그렇지, 몇십 년간 전혀 연락도 하지 않던 사람이 이제 와서 걱정이 된다고 나타나다니 진짜 양심도 없었다.

"제가 여기 지키고 있을 테니 두 분은 가셔서 커피라도 한잔하세요."

윤 여사의 말에 황 회장과 아버지 그리고 조 원장이 원장실로 갔다. 가식 덩어리인 사람이 하나 더 있었는데 잠시 잊고 있었다. 은수는 윤 여사를 멍하니 바라보았다. 아무리 배우려고 해도 배울 수 없는 뻔뻔함이었다.

"이렇게 와주셔서 힘이 됩니다."

은수는 다른 건 다 잊고 엄마의 병문안을 와준 건 진심으로 감사했다.

"우리 부회장이 아주 예뻐하나 봐."

윤 여사의 말에는 가시가 있었다.

"네?"

"진짜 회장님에게 매일같이 전화하더라고, 신경 좀 써주라면서 말이야."

그 말을 하는 윤 여사의 표정이 그리 좋지만은 않았다.

"약은 먹어?"

지난번에 준 한약을 이야기하는 것 같았다. 물론 그 한약은 입도 대지 않았다. 그리고 태식에게도 먹이지 않았다.

"그럼요. 잘 먹고 있습니다."

거짓말을 잘하는 사람들을 보다 보니 그녀도 닮아가는지 아주 자연스럽게 거짓말을 했다.

"그런데 우리 부회장은 효과가 좀 있나?"

그게 가장 궁금했던 것 같았다. 그 약이 만약에 정력에 좋은 약이었다면 아주 대박이 날 제품이었지만 그게 아니란 걸 알기에 안 먹이길 잘했단 생각이 들었다.

"아직 잘 모르겠습니다. 제가 알 수 있는 부분이 아니라서……."

아직 잠자리를 하지 않은 것처럼 말했다.

"약효가 좋은 약인데 이상하네. 은수가 노력을 해야 하는 거 아니야?"

"제가 그런 주변머리가 없어서요."

"호호호, 그런가?"

윤 여사는 그녀의 말에 아주 즐거워했다. 그녀가 원하는 답을 은수가 한 것 같았다.

"그런데 어떻게 그렇게 우리 부회장의 마음을 잡았을까?"

"제가 안쓰러우신 것 같아요. 보시다시피 불쌍하니까요."

"왜 그래, 예뻐서 그러는 거야. 남자들이 딱 좋아할 스타일이야. 굳이 우리 까칠한 부회장이 아니어도 남자들이 줄을 섰을 텐데……."

이런 말은 태어나서 처음 들어본 말이었다.

"우리 은수가 날 조금 더 일찍만 알았었어도……."

시어머니가 될 사람이라기보다는 꼭 중매쟁이 같다는 생각이 강하게 들었다. 아나운서 출신이라는 생각이 들지 않을 정도로 그녀는 경박스러웠다.

"언니!"

민 변호사였다. 윤 여사가 먼저 발견하고 민 변호사에게 손을 힘차게 흔들었다. 오늘은 밉상들이 총집합하는 날인 것 같았다.

"그래, 연락 잘 받았어. 은수 넌 엄마가 수술을 하면 우리에게 먼저 알려야 하는 거 아냐!"

민 변호사 얼굴이 붉으락푸르락했다. 은수의 얼굴도 그닥 좋지 않았다. 이제 민 변호사에게 이런 수모를 당할 이유가 없었다. 하지만 보는 눈이 많아 은수는 잠시 참기로 했다.

"뭐 좋은 일이라고 알리겠어. 우리도 부회장 전화를 받고 알았어."

"회장님도 오셨어?"

"네, 김 사장님하고 커피 마시고 계십니다."

윤 여사의 말에 그제야 웃는 민 변호사였다. 목적은 달성했다고 생각하는 모양이었다.

"윤 여사님, 서로서로 좋은 일이니까 신경 좀 써주세요."

민 변호사가 윤 여사를 가르치듯이 말했다. 둘의 관계는 참 묘해 보였다.

"윤 여사님하고 난 아주 각별한 사이니까. 윤 여사님 앞으로 잘 모셔야 한다."

"네."

마치 그녀에게 명령하듯이 말하는 민 변호사였다.

"하여튼 아픈 사람 하나 때문에 많은 사람이 바빠."

민 변호사는 비꼬듯이 말했다.

"제가 자리를 지킬 테니 두 분은 커피 한잔하시고 오세요."

"그럴까? 가시죠, 윤 여사님."

두 사람은 그녀의 말이 떨어지기가 무섭게 사라졌다. 아버지는 아마 자신의 출세 때문에 그녀를 이용하는 것 같았다. 민 변호사도 아버지의 출세에 어떻게 해서든지 힘을 실어주려고 하는 것 같았다.

모든 게 은수의 눈에는 우습게 느껴지고 있었다. 만약에 태식과 결혼을 하고 아이를 갖게 된다면 그녀는 아버지와 민 변호사를 용서하지 않을 것이다. 그때를 위해 은수는 조용히 참았다.

오늘은 엄마의 수술 날이었다. 더 이상 다른 일에 신경을 쓰고 싶지 않았다. 진짜 엄마와 태식만 아니라면 그녀는 당장 이곳을 떠나고 싶었다. 그녀에게 아버지는 없는 존재였다.

시간이 흐르고 엄마의 수술이 무사히 끝이 났다. 전이가 너무 광범위하게 돼서 걱정했는데 일단은 수술로 거의 다 제거했다고는 말했다. 상황을 두고 봐야 하지만 경과는 좋다는 말이었다.

은수는 아직 회복실에 있는 엄마를 기다렸다. 아침에 진행이 된 수술은 저녁이 가까워서야 끝이 났다. 오전에 어른들이 다녀가시고 그녀 혼자 병원에 있으려니 무서운 생각이 들었다.

일단 엄마가 병실에 돌아와야 안심이 될 것 같았다.

"엄마."

드디어 엄마가 회복실에서 나왔다.

"은수야."

"엄마, 수술이 아주 잘됐대. 그러니까 마음 편하게 가져."

엄마가 고개를 끄덕였다.

"힘드니까 말하지 말고 푹 자. 응?"

엄마가 다시 눈을 깜박이며 답했다. 은수는 그런 엄마의 모습을 보며 환하게 웃었다. 왠지 한 고비를 넘긴 기분이 들었기 때문이었다.

시계를 보니 7시가 넘었다. 간병인에게 잘 보살펴 달라고 부탁을 한 은수는 병원을 나섰다. 너무 힘든 하루였다.

"은수야!"

어두운 주차장에서 누군가 그녀를 부르는 소리가 들렸다. 놀란 은수가 주차장 주변을 살폈다. 그리고 저 멀리 서 있는 태식을 발견하고는 그에게로 달리기 시작했다. 너무 그리운 나머지 헛것을 본 게 아니길 바라며 은수는 태식을 향해 달렸다. 그리고 언제 봐도 멋진 그의 품에 안겼다.

"진짜 태식 씨예요?"

"응."

그의 품 안은 역시나 따뜻했다. 은수의 눈에서 하염없이 눈물이 나왔다.

"1년은 못 본 것 같아요."

"다음엔 같이 가자."

은수가 고개를 끄덕였다. 그녀의 착각일까 태식의 얼굴이 까칠해 보였다. 출장이 굉장히 힘들었던 모양이었다.

"다음엔 이렇게 오래 출장 가지 말아요."

남자의 일을 막는 것 같았지만 솔직한 마음이 그랬다.

"알았어. 이렇게 먼 곳은 다른 사람 보낼게. 어머님은?"

"수술은 아주 잘됐고 지금 주무세요."

"다행이다."

"그래요."

그가 은수를 품에 꼭 안았다.

"보고 싶었어요."

"나도."

그는 그녀의 손을 잡고 어머니의 병실을 찾았다. 힘이 들 텐데도 그는 이렇게 섬세하게 그녀를 챙기고 있었다. 은수는 이런 그를 마음에 담아버렸다. 그래서 헤어날 수가 없을 만큼 그가 좋았다.

어머니의 얼굴을 살피는 그의 얼굴을 은수는 사랑을 담아 쳐다보았다.

"고마워요."

"뭐가?"

"모든 게 다요."

은수가 태식의 손을 꼭 잡았다.

"이번 출장은 힘이 들었나 봐요?"

"왜?"

"좀 피곤해 보여요."

그가 은수를 보며 웃었다. 많은 의미가 담긴 웃음이었다. 그들은 엄마가 깰까 봐 조용히 병실을 나왔다.

"저녁 안 먹었죠?"

은수가 그의 팔에 팔짱을 끼며 물었다.

"응."

"배고프죠? 빨리 밥 먹으러 가요."

"다른 게 더 먹고 싶어."

그들은 그의 리무진에 탔다. 그가 리무진에 오르자마자 운전기사 사이의 차단막을 올렸다.

"이게 뭐예요?"

"이제 우리만의 공간이 되는 거야."

그의 입술이 그녀의 입술을 덮었다. 일주일간의 긴 그리움을 담아서 말이다. 자동차 안에서 이러는 건 처음이라서 은수는 어떻게 반응을 해야 할지 몰랐다.

"김 기사님이……."

"아니, 안 들려. 우리가 뭘 하는지 상상은 하겠지만 말이야."

은수가 그를 살짝 밀어냈다. 하지만 그는 단단히 버티고 있었다.

"여기선 싫어요."

"난 못 참겠어."

그가 은수의 윗옷 안으로 손을 집어넣었다. 그의 손이 들어오자 은수는 온몸이 뜨거워지기 시작했다.

"그대로 있었군."

그가 순식간에 그녀의 윗옷을 벗기고 브래지어마저 없애 버렸다. 그리고 벌써 기대에 가득차서 단단해져 있는 그녀의 핑크색 유두를 물었다.

"아흐."

"마음껏 소리 질러도 돼."

은수에겐 이제 부끄러움이라곤 존재하지 않았다. 그녀의 옆에는 태식이 있기 때문이었다. 태식의 손이 급하게 그녀의 치마 속의 팬티를 벗겨냈다. 그리고 자신의 바지를 내렸다. 그의 바지 속의 페니스는 가다렸다는 듯이 그 위용을 드러내고 있었다.

그가 성 기능 장애가 있다는 소리를 하는 사람들에게 보여주고 싶을 정도였다. 겁이 날 정도로 큰 사이즈였다.

"보고 싶었어요."

"나도."

"빨리 넣어줘요."

거친 숨을 몰아쉬며 은수가 그에게 부탁을 했다. 그가 그녀의 부탁을 들어주었다.

"아악!"

일주일 만에 그의 페니스의 크기는 더 커진 것만 같았다. 어찌나 큰지 그녀의 몸을 둘로 나누는 것만 같았다.

"아아아앙."

그의 목을 팔로 감으며 은수는 신음을 터트렸다.

"미치겠어."

"저도 미치겠어요."

그녀 안에서 움찔거리는 그의 페니스였다. 너무나 흥분한 그는 은수를 의자에 눕히고는 그 위에 자리를 잡았다. 불편한 자세였지만 서로의 쾌감을 만족시키기에는 충분했다.

"은수야."

그가 거친 숨을 토하며 그녀의 이름을 불렀다.

퍽퍽퍽!

그의 거친 몸짓은 얼마나 그가 일주일 동안 그녀를 기다렸는지를 말해주고 있었다. 둘의 거침없는 욕망은 차가 멈춘 후에도 계속되었다. 그의 마지막 욕망이 폭발을 한 후에 그들은 힘없이 좌석의 등받이에 몸을 기댔다. 김 기사는 그들이 멈추기까지 기다리고 있었다.

"창피해요."

"뭐가?"

"김 기사님 얼굴을 어떻게 봐요."

"우리가 어때서."

그는 너무나 당당했다. 그리고 옷을 입고 있는 그녀의 귀에 속삭였다.

"또 하고 싶어."

"미쳤어요?"

하지만 그는 그녀의 손을 잡고 뛰듯이 집 안으로 들어갔다.

탁!

집 안 현관에 들어오자마자 그녀의 옷은 갈기갈기 찢어지고 있었다. 그리고 집 안의 곳곳을 돌아다니며 그들은 서로의 몸을 탐했다. 입술이 손이 그리고 서로의 살들이 무섭게 부딪치고 있었다.

쏴악!

식탁 위의 물건들을 한 손으로 쓸어버린 태식이 그녀를 식탁 위에 눕혔다. 그리고 다리를 세워 벌리고는 곧바로 그녀의 여성을 입에 물었다.

"아아아앙."

저도 모르게 허리를 위로 들어 올리며 은수가 소리를 질렀다. 하지만 태식은 그런 은수를 아랑곳하지 않고 검은 숲을 헤치고 들어가 클리토리스를 찾아내 희롱하기 시작했다.

할짝할짝.

그가 그녀를 핥는 소리가 온 집 안을 야하게 울리고 있었다. 욕망으로 인해서 돌아버릴 것만 같았다. 그의 머리를 잡고는 허리를 좀 더 들어 올린 은수는 이제 더 야릇함을 그에게 원했다. 그를 알기 전에 그녀는 자신이 이렇게 섹스를 원하는 여자인 줄 몰랐었다. 하지만 지금은 그와 함께하는 섹스가 세상에서 가장 좋았다.

그가 자리를 잡았다. 그의 커다란 페니스가 그녀의 질 입구에 다다랐다. 그가 애를 태우듯이 그녀의 입구에 페니스를 비벼댔다.

"넣어줘요."

이제 은수도 부끄러움 따위는 집어치워 버렸다. 그를 원했다.

"뭐?"

이번엔 태식이 그녀의 말에 놀란 것 같았다.

"제발 넣어줘요."

"그렇게 날 원하나?"

"네."

그의 귀두 끝이 살짝 그녀의 질에 들어왔다.

"제발……."

은수가 허리를 들었다. 그러자 그도 더 이상은 참지 못하겠는지 그녀의 질 안으로 힘차게 자신의 페니스를 넣었다.

"으윽."

그의 입에서 신음 소리가 터져 나왔다.

퍽퍽퍽!

차 안에서보다 더 큰 소리가 집 안에 울려 퍼졌다. 이제 매일 아침밥을 먹을 때마다 이렇게 섹스를 했던 게 생각이 날 것 같았다.

"아, 너무 조여."

"싫어요?"

"아니, 미쳐 버릴 것 같아. 이런 건 어디서 배웠지?"

"모르겠어요."

사실 뭐가 조인다는 건지 그녀는 알지 못했다. 하지만 그의 페니스가 들어올 때마다 그녀는 자신도 모르게 질이 움직인다는 건 알고 있었다. 본능적인 움직임이었다.

그녀가 태식의 허리를 다리로 감았다. 더 가까이 있고 싶은 마음이었다. 그가 그녀를 다시 안아 올렸다. 그리고 서로가 연결이 되어 있는 상태로 소파 쪽으로 이동을 했다.

"살이 좀 쪘으면 좋겠어."

"왜요?"

"너무 가벼워."

그가 은수를 너무나 가볍게 안고 다녔다.

"살이 찌면 이상하게 가슴만 커져요."

그녀는 살이 찌면 가슴부터 커졌다. 그게 너무 싫었다. 하지만 그는 다른 모양이었다.

"뭘 먹어야 살이 찌지?"

은근히 바라는 눈치였다.

소파 위에서 그녀의 입술에 깊은 키스를 한 태식은 알 수 없는 눈빛으로 그녀를 내려다보았다.

"빨려들 것 같아."

그녀가 그를 바라봤다.

"어서 들어와요."

그녀의 안으로 그가 다시 페니스를 넣었다.

"아흐."

그녀의 신음 소리에 그의 몸짓이 더 빨라졌다. 그렇게 그들의 밤은 깊어만 가고 있었다.

다음날 아침 은수는 부스럭거리는 소리에 눈을 떴다. 기분 좋은 하루의 시작이었다. 그가 그녀의 곁에 있으니 너무나 좋았다. 출장은 가지 않았으면 좋겠다는 생각이 들었다.

은수는 이런 생각을 하는 자신이 웃겼다. 얼마나 그에게 빠져 있는지 알 수 있었다.

얼굴에 웃음을 머금은 은수는 눈으로 그를 찾았다. 침대 옆에 그가 없었기 때문이었다. 밤새 그렇게 뜨거운 섹스를 했는데 그는 체력도 좋았다. 그녀보다 먼저 일어난 것이었다.

온몸이 쑤셔서 은수는 침대에 꼼짝도 하지 않고 눈만으로 그를 찾았다. 그의 나체가 그녀의 눈에 들어왔다. 완벽한 조각상이 그녀의 눈앞에 있었다. 그의 모습을 보자 은수는 어젯밤의 뜨거웠던 기억이 되살아났다.

하지만 그는 뭔가 분주히 움직이고 있었다. 그가 먼저 일어나서 뭔가를 서둘러 상자 안에 넣고 있었다. 그의 드레스룸에 있는 검은색 가죽 상자였다. 그러더니 그걸 다시 드레스룸으로 가지고 갔다.

"뭐지?"

은수는 궁금한 마음이 들었지만 묻지 않았다. 그리고 일어나서 샤워를 하고 아침을 준비하기 위해서 주방으로 나갔다. 평온한 화요일 아침이었다. 너무나 평온해서 불안한 그런 아침이었다.

태식이 출근을 하고 메이드들이 집 안을 정리하고 있었다.

"작은사모님, 실례하겠습니다."

메이드가 세탁소에서 온 옷을 들고 침실로 들어왔다.

"이리 주세요."

"아닙니다."

"아니에요."

그녀가 옷을 받아 들어 드레스룸에 정리를 했다. 그의 명품 슈트들이 정갈하게 정리가 되어 있는 드레스룸이었다. 옷을 거는 순간 옷들 사이로 아침에 보았던 구두상자 크기의 검은 가죽 상자가 눈에 띄었다.

"뭐지?"

판도라의 상자는 이렇게 해서 열렸는데, 하는 생각이 들자 잠시 망설였지만 그 몹쓸 궁금증이 그녀를 가만히 두지 않았다. 검은색 상자가 오늘따라 계속해서 그녀의 머릿속에 맴돌 것 같았다.

"별거 있겠어."

은수는 돌아서려다가 다시 검은 상자가 있는 곳으로 가서 상자를 꺼냈다. 그리고 잠시 망설인 후에 상자를 열었다.

상자 안에는 그녀도 아는 여자의 사진들이 가득했다. 그리고 목걸이와 반지 등의 값비싼 물건들도 있었다.

은수는 사진 한 장을 들었다. 낡은 폴라로이드 사진이었다. 그 안에는 침대 위에서 행복한 웃음을 짓고 있는 백장미와 태식의 모습이 있었다. 그녀에겐 한 번도 보여준 적이 없는 함박웃음을 그가 짓고 있었다.

은수의 손에는 자신도 모르게 다른 폴라로이드 사진이 들려 있었다. 그 사진 안에는 욕실에서 수염을 깎고 있는 그의 모습이 찍혀 있었고 그 아래에는 네임 펜으로 '수염 깎지 마. 내 꺼야.' 라는 문구가 쓰여 있었다.

수백 장의 폴라로이드엔 그들의 사랑이 녹아 있었다. 그리고 은수는 떨리는 손으로 카드 한 장을 들었다.

"내 모든 게 떠난 지 5년…… 나도 데려가. 사랑한다. 영원히……."

생일 축하카드를 읽고 난 후에 은수의 눈에서 눈물이 흘렀다. 그는 아직도 장미를 잊지 못하고 있었다. 5년이라면 요즘까지 그는 장미를 떠나보내지 못하고 있었던 것이었다.

은수에게 보였던 그 정열은 단지 섹스일 뿐이었고 그녀에게 보여준 따뜻함은 그저 동정일 분이었는데 은수 혼자서 착각을 하고는 넘지 말았어야 할 감정의 선을 넘어버린 것이었다.

"나의 자리는 침대뿐이었어."

은수는 그렇게 자리에 앉아서 하염없이 눈물을 흘렸다.

"흑흑흑."

은수는 드레스룸에 그대로 주저앉아 버렸다.

"착각이었어. 나 같은 게 주제넘게……."

태식을 사랑하게 되어버렸다. 그녀는 그저 그의 침대 파트너이자 해성그룹의 대를 이어줄 사람에 불과했다. 그의 마음엔 다른 여자가 자리 잡고 있었다. 그녀의 아버지가 그랬듯이 그녀는 또 한 번 남자에게 버림을 받은 기분이 들었다.

은수의 인생에 남자는 언제나 상처였다. 이번엔 진짜 아니라고 생각했는데 침대 위의 정열이 사랑이라고, 아니, 적어도 그녀를 좋아는 한다고 생각하게 만들었는데 다 거짓이었다. 비참했다.

"흑흑흑."

울지 않으려 해도 눈물이 하염없이 흘러내렸다.

"잘해주지나 말지. 그럼 기대도 하지 않는데……."

은수는 샤워를 하며 한참을 울다가 준비를 마치고 병원을 찾았다. 다행히 엄마는 회복이 되고 있었다.

"황 서방이 꽃을 보내왔어."

아까부터 보았지만 굳이 아는 체를 하지 않았다. 그러니 엄마가 먼저 말을 한 것이었다. 꽃바구니에는 사랑하는 장모님이라고 쓰여 있었다.

"호호호, 사람이 참 좋아. 재벌이라서 까칠할 줄 알았는데 말이야."

"……."

엄마는 완전히 그 사람에게 반한 것 같았다.

"왜 그렇게 말이 없어?"

"아니야."

은수는 엄마 옆에 앉아서 오랜만에 뜨개질을 하기 시작했다. 엄마의 머리가 자꾸 빠져서 엄마를 위해 모자를 뜨고 있었다.

"우리 은수는 진짜 잘 뜨는 것 같아."

"엄마가 더 잘하잖아."

"엄마야 시간 때우느라고 그냥 막 한 거고. 넌 진짜 잘해."

"예뻐?"

은수가 반쯤 뜬 모자를 보여주었다.

"응, 너무 마음에 들어."

"다행이다."

엄마는 잠이 들었고 은수는 계속해서 모자를 떴다. 엄마가 규칙적인 숨을 쉬자 은수의 눈에서 눈물이 쏟아졌다. 가슴이 아픈데 어떻게 할 방법이 없었다.

제6장 뻔한 오해

어두운 방 안에 야릇한 재즈 선율이 흐르고 있었다. 며칠 전부터 준비한 일이었다. 황 회장이 나이가 있다 보니 매일 같은 섹스는 힘이 들었다. 일주일에 한 번 아니면 이 주일에 한 번 정도 섹스를 했다.

오늘은 그녀의 가임 기간 중에 가장 좋은 날이었다. 속이 훤히 비치는 검은색 슬립을 입은 소희는 황 회장이 욕실에서 나오기를 기다리고 있었다. 샤워를 마친 황 회장은 좋아하는 금빛 가운을 걸치고 머리를 수건으로 털면서 나왔다.

"오늘은 분위기가 야릇하군."

"싫어요?"

"아니, 나야 황송하지. 이렇게 예쁜 마누라가 섹시하게 기다리고 있는데."

"와인 한잔하고 자요."

"좋지."

나이가 많아서 그렇지 황 회장은 상당히 매력이 있는 사람이었다.

"이리 와."

그녀가 황 회장이 옆에 가서 앉았다. 그녀의 미끈한 다리를 황 회장이 쓰다듬으며 와인을 마셨다.

"오늘은 왜 이렇게 끈적거리는 거지?"

"하고 싶어서요."

"대담하기까지? 위험한데?"

"위험한데 더 자극적인 거죠."

"하긴."

소희가 회장의 손을 자신의 풍만한 가슴 위에 올려놓았다.

"나야 환영이지."

"그럼 가져요."

오늘은 기필코 아이를 가지고 싶었다. 아니, 가져야 했다. 그래야 조금이라도 많은 것을 차지할 수 있으니까 말이다. 그리고 얄미운 태식도 그녀를 건드릴 수 없게 되기 때문이었다.

소희는 회장의 위에 올라가서 그녀가 알고 있는 모든 섹스의 기술을 선보이며 황 회장을 케이오시켰다. 목적을 달성한 그녀는 드레스룸으로 들어가서 물구나무까지 섰다. 그래야 아이가 잘 생긴다는 말을 들었기 때문이었다. 평소에 요가로 단련된 그녀였다. 일단 아이가 생길 수 있다면 무슨 일이든지 다 했다.

"소희야."

회장이 그녀를 불렀다.

"네."

"뭐 해?"

"가요."

방금 전의 섹스가 좋았는지 황 회장이 그녀를 찾았다. 큰일을 도모하기 위한 일이었다. 한 치의 오차도 있어서는 안 된다. 그리고 이제 은수를 장미처럼 만드는 일만 남았다. 서서히 피를 말리는 것이었다.

사업적으로 태식의 자리를 빼앗을 수는 없지만 나중에 그녀의 자식에게 물려줄 수는 있는 것이었다. 훗날을 도모하려면 태식에게 자식은 없어야 했다. 그건 여자도 마찬가지였다. 장미 때 받은 충격으로 다시는 여자를 가까이하지 않을 것 같더니 이번엔 뭔가가 달랐다.

황 회장의 품에 안겨서도 소희는 잠들지 못했다. 이제부터가 점점 더 바빠질 것 같았기 때문이었다.

다음날 아침 일찍부터 은수에게 전화를 건 소희는 은수를 근처의 사우나로 불렀다. 사우나를 즐기는 소희는 특별한 일이 없으면 거의 매일 이곳을 찾았다.

"어머니 때문에 힘이 들 텐데 몸이나 풀라고."

"네, 감사합니다."

"오늘은 왜 이렇게 힘이 없어 보여?"

"아닙니다."

은수는 얼굴만 예쁜 줄 알았는데 몸매는 더 예술이었다. 연예인들의 아름다운 몸매들을 많이 봤지만 은수는 역대급 몸매였다.

"우리 부회장은 좋겠어. 이렇게 섹시한 여자를 부인으로 맞이해서."

"감사합니다."

"사실인데 뭐."

조용히 앉아서 사우나만을 즐기는 은수와는 달리 소희의 머리는 빠르게 움직이고 있었다.

"요즘은 우리 부회장이 잘해주지?"

"……."

모래시계만 멍하게 보고 있는 은수였다. 무슨 일이 있는 게 분명했다.

"은수."

"네."

놀란 은수가 그녀를 보았다.

"무슨 일이냐고?"

"그게……."

은수가 우물쭈물하고 있었다. 뭔가 소희에게 좋은 일이 일어나고 있는 게 분명했다.

"장미하고 태식 씨하고는 어땠나요?"

약발이 들고 있는 것 같았다. 우울하면서 초조하고 불안한 증상이 은수에게 오고 있는 듯했다.

"그냥 장미는 잊어."

"네?"

"사람이 지울 수 있는 게 있고 없는 게 있어. 장미는 부회장에겐 잊을 수 있는 존재가 아니야."

은수의 표정이 굳어졌다.

"은수 씨한테 잘해주면 그걸로 만족해. 더 많은 걸 바라는 건 욕심이야. 우리 부회장이 정상이었다면 재벌집의 잘나가는 아가씨와 결혼했지. 안 그래?"

아픈 곳을 한 번 더 꼬집어주었다. 은수는 말은 없었지만 상처를 받은 게 분명했다.

"장미가 보통 예쁜 애야? 거기다가 그렇게 섹시하다는데 남자들이 아주 사족을 못 썼다잖아. 그런 여자는 나도 상대가 안 돼. 거기다가 살아 있으면 정이라도 뗄 수 있지. 죽은 사람을 어떻게 당해."

"……."

"안 그래?"

확인 사살까지 했다.

"약은 잘 먹고 있지?"

"네."

은수가 불쌍할 정도로 힘이 없어 보였다.

"지금은 엄마만 걱정해. 알았지?"

"네, 감사해요."

"감사는 무슨."

사우나를 마친 그녀는 은수를 데리고 근사한 점심을 사주었다. 물론 은수는 먹는 둥 마는 둥 했지만 오늘 소희는 이상하게 입맛이 돌았다.

최첨단의 시설을 자랑하고 있는 태식의 벤츠는 업무를 보기에도 효율적으로 디자인이 되어 있었다. 노트북을 보기 편하도록 테이블이 설치가 되어 있어서 그는 출퇴근을 하거나 이동을 할 때 업무를 차 안에서 보았다. 그만큼 태식에겐 시간이 돈이었다.

퇴근길에 최 실장이 그가 출장을 갔을 때 국내에서 일어난 일에 대한 브리핑을 하고 있었다.

"해성전자의 김 사장님이 세력을 모으신다는 소문입니다. 아마 부회장님께서 자신의 딸과 결혼을 할 예정이기 때문에 차기 부회장을 노리고 사람들을 모은다는 이야기가 있습니다."

김 사장은 태식이 좋아하는 사람이 아니었다. 업무 능력에 거품이 너무 많은 사람이었다. 그게 다 민 변호사 덕이었다.

"잘 살펴봐."

"네, 해성건설 오 사장님이 그 일 때문에 내일 뵙자고 하시는데 어쩌죠?"

"점심시간으로 잡아."

"알겠습니다."

요즘 그는 저녁 약속을 일절 잡지 않았다. 집돌이도 이런 집돌이가 없었다. 사업은 저녁 술자리에서 이루어지는데 최 실장이 걱정을 하고 있는 듯했다. 하지만 그는 은수와의 시간을 포기할 수가 없었다.

"걱정되나?"

"네."

"뭐가?"

"요즘 너무 빠져 계신 것 같아서 좀 낯섭니다."

최 실장은 솔직하게 말했다.

"나도 내가 낯설어."

사실이었다. 이런 자신이 참 신기하게 느껴지는 그였다.

"너무 아끼시면 아킬레스건이 될 수도 있습니다."

"알아."

"상대방은 그걸 노릴 거고 은수 씨가 다칠 수도 있습니다."

그랬다. 냉정한 세계였다. 돈과 권력을 위해서라면 무슨 일이든지 서슴없이 할 수 있는 곳이 이곳의 세계였다. 겉보기엔 걱정 없어 보이고 화려해 보이지만 그들은 언제나 위험에 노출이 되어 있는 사람들이었다.

"조심하지."

그는 이렇게 말을 하고 자신의 빌라에서 내렸다. 집으로 들어서자 은수의 향이 그의 코끝에 와 닿았다.

"다녀오셨어요."

앞치마를 한 단아한 모습의 은수가 그를 맞이했다.

"배고프다."

"상 차려놓았어요."

거실로 가다 보니 뜨개질 꾸러미가 그의 눈에 들어왔다.

"뭐야?"

"엄마 모자요."

아주 예쁜 빨강 털실이었다.

"이런 것도 할 줄 알아?"

"이런 것 좋아해요. 잘하진 못하지만……."

"나도 하나 만들어줘."

"모자요?"

"뭐든 하고 다닐 수 있는 거."

그녀가 웃었다. 그렇게 웃는 게 너무 좋은 태식이었다.

"식사하세요."

"그럴까?"

태식이 은수를 안았다. 그리고 그녀의 정수리에 입을 맞추었다.

"엄마 때문에 고민이 많지?"

"……."

"너무 걱정하지 마. 내가 병원장에게 최선을 다하라고 말했어."

"고마워요."

태식은 은수의 입술에 살며시 입을 맞추었다. 벌써 그의 페니스는 못된 생각으로 서 있었다. 지금 태식은 밥보다는 은수가 더 고팠다.

"안 되겠어."

"네?"

그는 은수를 안아 들었다.

"밥은 나중에."

그는 은수를 안고 침실로 들어갔다. 하루 종일 그리웠던 은수의 몸을 만져야 살 것 같았다. 오늘따라 이상하게 은수는 힘이 없어 보였다. 아마도 엄마의 병간호 때문에 힘이 든 모양이었다. 하루 정도는 쉬게 해줘야 하는데 태식은 그럴 수가 없었다. 은수의 몸이 너무나 필요했다.

그는 장미를 이제 떠나보내기로 마음먹었다. 아침에 그가 항상 지니고 다녔던 장미의 사진을 지갑에서 빼서 상자에 담았다. 마지막으로 장미의 납골당에 가서 태워 버리기로 마음을 먹었다.

이제 그의 곁에 유일한 여자는 은수뿐이었다.

그의 품에서 아침에 눈을 뜨고 잠들어 있는 그의 모습을 몰래 훔쳐보는 게 은수의 유일한 행복이었는데 상자를 열어본 이후 은수의 마음이 복잡해지기 시작했다. 실체가 있는 대상이면 싸워보기라도 할 텐데 죽은 여자와 어떻게 싸울 수 있겠는가?

은수는 너무나 편하게 잠들어 있는 태식이 원망스러웠다. 이렇게 그녀의 마음을 온전히 차지한 사람은 없었다.

은수가 손을 뻗어 그의 얼굴을 만졌다. 그녀의 손길에 잠을 깬 그가 은수를 그의 품에 안았다.

"벌써 일어날 시간이야?"

"아니오, 30분 더 잘 수 있어요."

"출근하지 말까?"

그의 말에 은수가 피식 웃었다.

"이렇게 하루 종일 있고 싶어."

"저도요."

은수도 솔직하게 자신의 마음을 표현했다. 그가 은수의 입술에 키스를 했다.

"좋다."

그의 말에 은수는 아무런 말도 할 수가 없었다. 뭐가 그의 진심인지 이제는 알 수가 없었다. 온전히 그를 가졌다고 생각했는데 그녀는 빈껍데기만 가진 것이었다.

"오늘도 기운이 없어 보이는걸?"

"아니에요."

"알았어. 얼마나 기운이 남았는지 볼까?"

그가 갑자기 이불 안으로 들어와서 그녀의 가슴을 입술로 물었다.

"아! 하지 마요."

"여기는 해주길 바라는데?"

그의 조그만 터치에도 그녀의 몸은 이제 민감하게 반응하고 있었다. 어제도 지칠 때까지 섹스를 한 그녀였다. 하지만 아침에도 여전히 그를 열렬하게 원하고 있었다.

"으으음."

그녀의 신음 소리가 침실을 뒤덮었다.

그들은 한바탕 진한 섹스 후에 식탁에 마주 앉았다.

"한 가지 물어봐도 돼요?"

"말해."

오늘도 상다리가 부러지게 차려진 아침을 먹으며 그가 말했다.

"그냥 나도 다른 사람들처럼 궁금해서요."

"뭐가?"

은수는 돌려 이야기를 했다. 솔직히 그와 장미의 스캔들은 많은 사람들이 알고 있었다.

"이제 장미 씨는 당신에게 뭐예요? 처음이자 마지막으로 물을게요."

"……."

그는 답하지 않고 밥만 먹었다.

"태식 씨?"

"그런 거 묻지 않았으면 좋겠어. 나중에 천천히 말해도 되잖아."

그의 말에 은수는 입을 닫았다.

"미안해요. 그냥 궁금했어요."

"내가 은수한테 잘하잖아? 죽은 사람 얘기하면 뭘 해."

"맞아요. 제가 경솔했어요."

은수는 의기소침해졌다. 하지만 속으로 맹세했다. 다시는 장미에 대해 묻지 않으리라고 말이다.

태식이 출근을 하고 그녀는 어머니가 있는 병원으로 향했다. 모자도 이제 반 이상 떠지고 있었다. 지금 은수가 엄마를 위해 할 수 있는 유일한 일이었다. 평소처럼 그녀는 병실의 문을 열고 들어갔다.

"엄마, 저 왔……."

그런데 병실에 엄마가 없었다. 침상이 어질러져 있었고 엄마만 없었다.

"뭐예요?"

때마침 간호사가 병실에 들어왔다.

"방금 병원에서 연락했는데 못 받으셨어요?"

간호사의 표정이 안 좋았다.

"왜요?"

"갑자기 아침에 열이 심하게 오르시더니 폐렴이 와서요."

"뭐요?"

은수는 들고 있던 뜨개질 가방을 바닥으로 떨어뜨렸다.

"엄마는요?"

"중환자실이요."

은수는 정신없이 엄마가 있는 중환자실로 달렸다. 이럴 수는 없었다. 수술 결과도 좋았고 어젯밤까지 엄마는 건강했었다. 회복이 되고 있었는데 폐렴이라니 믿을 수가 없었다.

"안 돼."

은수는 눈물이 앞을 가려 어디가 어딘지 구분을 할 수가 없었다. 다리가 떨려서 한 걸음도 걸을 수가 없었다. 그래서 그냥 병원 바닥에 그렇게 앉아서 한참을 울었다. 하지만 정신을 차려야 했다.

눈물을 닦아내며 다시 중환자실로 간 은수는 침대 위에 눈을 감고 편안히 잠들어 있는 엄마를 보았다.

"괜찮을 거야."

이렇게 말을 하며 은수는 무거운 걸음으로 엄마에게 한 걸음 한 걸음 다가갔다. 의사와 간호사들이 엄마를 빙둘러 있었다. 그리고 뭔가를 적고 있었다.

"아니야. 아닐 거야. 엄마는 다 나았어."

간호사가 호흡기를 떼어내고 있었다.

"뭐 하는 거예요? 엄마는 괜찮다고요. 왜 호흡기를 떼요?"

은수가 화들짝 놀라서 간호사에게 말했다.

"운명하셨습니다."

"아니에요. 다시 해봐요."

은수가 간호사의 손을 잡았다.

"……."

"아니라고……!"

은수가 소리를 지르자 남자 간호사가 그녀를 중환자실에서 끌어냈다.

"엄마! 우리 엄마 보게 해줘요."

그러자 간호사들이 그녀를 놓아주었다.

"엄마, 눈떠. 이러는 게 어딨어? 제발……."

소리를 지르고 몸부림을 칠수록 엄마와의 이별이 자꾸만 실감이 나고 있었다. 아니라고 누군가 이야기를 해준다면 좋을 것만 같았다. 엄마는 그저 잠이 든 거라고 누군가 말해주었으면 좋겠다고 은수는 생각했다.

"아니에요. 아니죠? 아니라고 말해줘요?"

은수의 몸부림에 간호사들도 안타까운 표정을 지었다.

"엄마, 흑흑흑."

은수의 울음소리가 중환자실 복도에 크게 울려 퍼졌다.

"제발, 아니라고 해줘요!"

은수의 절규가 한동안 계속되었다.

한 줌의 재였다. 엄마는 한 줌의 재가 되어 작은 항아리에 담겼다. 엄마의 고향이자 애증의 장소이고 그녀와 행복했던 기억이 있는 양평에 엄마를 묻기로 했다. 양평의 납골당에 엄마를 모시고 온 은수는 몸과 마음이 온전하지 않았다. 안 그래도 마른 은수는 이제 뼈밖에 남지 않았을 만큼 살이 빠져 있었다.

"은수야."

태식이 은수를 위로했지만 그녀의 귀에 들어오지 않았다. 엄마의 묘 앞에 앉아 있던 그녀는 몸을 일으켰다. 그리고 천천히 집으로 돌아갈 준비를 했다. 양평의 집을 정리하고 엄마의 흔적이 없는 곳으로 가고 싶었다. 그렇지 않고는 엄마가 그리워서 살 수가 없을 것 같았기 때문이었다.

이제 그녀에게 남은 건 다른 여자를 가슴에 담은 태식뿐이었다. 그러다가 은수는 자신도 모르게 태식을 찾았다. 하지만 그녀의 눈에 태식은 보이지 않았다. 방금 전까지 있었던 것 같은데. 그녀의 눈이 말없이 태식을 찾았다.

넋을 잃은 그녀를 대신해서 최 실장이 그녀의 짐을 들어주었다.

"괜찮으세요?"

"네."

"이럴 때일수록 건강을 챙기셔야 합니다."

"감사해요."

최 실장이 차로 먼저 나가고 그녀는 엄마에게 마지막 작별 인사를 했다.

"엄마, 또 올게."

억장이 무너지고 있었다. 이제 그녀의 곁엔 아무도 없었다. 그렇게 그녀는 천천히 엄마에게서 멀어졌다. 엘리베이터를 타기 위해 나오다가 그녀는 누군가의 묘 앞에 서 있는 태식을 보았다. 그 묘가 누구의 것인지 말 안 해도 알 것 같았다.

주변엔 아직도 팬들이 보낸 꽃들이 가득했기 때문이었다. 태식의 뒷모습은 엄마를 잃은 그녀보다 더 슬퍼 보였다.

"아무리 그래도 오늘은 가지 말지."

은수는 태식의 뒷모습을 바라보며 원망의 말을 쏟아냈다. 오늘은 아무리 그에게 하찮은 사람인 그녀지만 세상에 하나뿐인 엄마를 떠나보내는 날인데 그녀의 곁에 몸이라도 있어주지, 꼭 사랑하는 여자의 곁으로 가야만 했나라는 생각이 들었다.

원망스러웠다. 그리고 자신이 한없이 불쌍하게 느껴지고 있었다. 태식에겐 은수의 자리가 없는 것 같았다. 이런 상황에서도 저렇게 장미의 납골당 앞에 가 있는 걸 보면 말이다.

이제 그녀가 떠날 때가 온 것이었다. 빈껍데기인 그를 갖기엔 그녀는 그를 너무도 사랑하게 되어버렸다.

"사랑하고 있는데……."

더 이상 버틸 힘이 은수에겐 없었다.

끝까지 행운은 그녀의 편이 아니었다.

동생의 한의원 원장실에서 소희는 깊은 한숨을 내쉬었다. 이번에도 임신이 되지 않았다. 분명히 6년 전엔 임신이었다. 그리고 황 회장은 아직 그 사실을 모르고 있었다. 정관수술을 다시 할 리가 없었다.

병원에서 모든 검사를 다 해봐도 그녀는 지극히 정상이었다. 그리고 황 회장과의 성 생활도 문제가 없었다.

"뭐가 문제지?"

"누나, 그냥 포기해. 이 정도면 되는 거 아니야?"

동생의 말에 소희가 화를 냈다.

"너 황 회장의 재산이 얼만 줄이나 알아?"

"누나가 지금 가진 돈도 많다는 거 알아."

동생은 너무 순했다. 공부만 할 줄 알았지 계산적이지 못했다.

"엄마, 아빠가 얼마나 쓰고 다니는지 몰라?"

"알아. 하지만 그건 누나 책임도 있어."

그녀는 엄마가 그녀에게 울면서 말할 때마다 어마어마한 용돈을 주었다.

"어쩌려고 그래?"

"일단은 임신부터 해야지 안 되겠어."

"엉뚱한 생각은 하지도 마. 이혼 당하면 그나마 받을 것도 못 받아."

하지만 이미 소희의 머릿속에는 사고 칠 생각뿐이었다. 그녀는 자신과 몰래 만나온 아나운서 선배를 찾았다. 이혼남인 그는 소희의 섹스파트너였다.

"무슨 일이야?"

"하고 싶어서 만나자고 했지."

소희는 과감하게 그의 옷을 벗겼다.

돈만 주면 얼마든지 유전자 검사를 할 수 있다는 걸 알았다. 황 회장을 잘하면 속일 수 있을 것 같았다. 큰 보상을 얻으려면 위험이 따르는 법이었다.

"잠깐."

소희가 옷을 벗다 말고는 방 안을 서성이기 시작했다.

"뭐야?"

선배가 그녀를 당황스러운 얼굴로 보았다.

"이런다고 해결될 일이 아니었어."

그녀가 황 회장을 속이는 건 그리 쉬운 일이 아니었다. 하지만 머리가 좋은 민 변호사를 이용한다면 충분히 승산이 있는 싸움이 될 수도 있었다.

그녀가 갑자기 옷을 마저 입고는 그의 오피스텔에서 나왔다.

"언니."

소희는 민 변호사에게 전화를 걸었다.

"우리 좀 만나."

소희는 민 변호사의 사무실로 향했다. 임신이 중요한 게 아니었다. 지금 그녀가 유산 순위의 1순위가 되려면 태식이 사라지는 게 가장 좋은 방법이었다. 하지만 그럴 수 없다면 태식이 사업에서 스스로 물러날 수밖에 없게 만들면 되는 것이었다.

그녀의 힘을 보태면 태식을 몰아내고 김덕훈을 부회장 자리에 앉힐 수 있을지도 몰랐다. 그러려면 민 변호사의 머리가 필요했다.

"내가 회장이 되면 되는 거였어."

소희의 욕심이 끝이 없어지고 있었다.

집으로 돌아오는 내내 은수는 말이 없었다. 그저 창밖을 보며 멍하게 있었다. 그가 어머니를 떠나보내고 집으로 오던 때의 모습이 생각이 났다. 은수를 위해 아무것도 해줄 수 없다는 게 가슴이 아팠다.

"은수야."

"……."

대답이 없었다. 태식은 은수의 손을 살며시 잡았다. 너무나 차고 말라 있었다. 그가 손에 힘을 주자 은수가 손을 쓱 뺐다. 아마도 모든 게 귀찮은 모양이었다. 태식은 잠시 은수를 가만히 두기로 했다. 지금 은수는 그 어떤 위로도 소용이 없다는 걸 알기 때문이었다.

집에 은수를 내려주고 그는 회사로 향했다. 요즘 회사는 아주 어수선했다. 아버지가 회장 자리를 그에게 물려준다는 소문이 파다하기 때문이었다.

그러면 부회장은 누가 될까를 두고 사장단 사이에서 난리가 난 것 같았다. 이번 인사에 많은 사람들의 이목이 몰려 있었다.

그는 7월쯤에 은수와 결혼식을 올릴 생각이었다. 하지만 지금 은수의 어머니가 갑자기 돌아가셨고 회사의 분위기도 이러니 당분간은 결혼식을 하지 못할 것 같았다. 그리고 지금 은수에겐 시간이 필요했다.

회사에 도착하자마자 그는 회장실부터 찾았다.

"그래, 장례는 잘 치르고?"

"네, 덕분에 잘 치렀습니다."

"어디 은수가 남이야?"

아버지는 이상하게 은수를 예뻐하셨다.

"은수가 예쁘세요? 재벌가의 딸이 아닌데도요?"

최고만을 선호하시는 분이라 좀 의외였다.

"이상하게 은수를 보면 네 엄마가 생각나."

아버지는 어머니를 아주 사랑하셨다. 병으로 돌아가시기 전까지 두 분은 그야말로 금술이 좋으셨다. 그래서 윤소희와의 재혼이 그에겐 충격이었다.

"닮은 구석이 많죠."

"그런 아이가 어떻게 너와 인연이 되었는지 신기해. 조용하고 여성스럽고 예쁘긴 하지만 튀지는 않는 아이잖아."

"그래서 좋습니다."

"넌 장미처럼 화려한 아이를 좋아한 게 아니야?"

"그렇다고 생각했는데 아니었습니다."

"아니야?"

"네, 그냥 은수 자체가 좋습니다."

"그래도 다행이야. 네가 여자가 좋다고 말을 하니 말이다. 결혼은 어떻게 할 계획이야?"

"결혼식은 당분간 미뤄야 할 것 같습니다. 은수의 어머니 일도 있고 하니 말입니다."

"그러게나 말이다."

아버지도 한숨을 쉬셨다.

"윤 여사님의 고군분투가 계속되고 있다던데? 아십니까?"

"늦둥이?"

"네."

"난 아이를 못 가져. 지난번에 수술했다가 풀린 모양인데 다시 했어."

아버지는 윤 여사가 하는 짓이 다 귀여운 모양이었다.

"하는 짓이 철이 없어서 그렇지 나쁜 사람은 아니다."

"이해하려고 노력 중입니다."

"내가 잘 지키고 있으니 걱정하지 마라."

"네."

그는 장례 때문에 며칠 동안 하지 못한 일들을 정신없이 처리하기 시작했다. 그러다 보니 평소보다 늦은 시간이 되었다.

"최 실장, 다른 일은?"

"없습니다. 제가 처리해도 되는 일만 남았습니다."

"알았어. 그리고 김덕훈 사장의 주변 동태를 좀 살펴봐."

"네?"

"요즘 그곳의 기운이 심상치가 않아."

"알겠습니다. 들어가시는 길에 이거……."

"이게 뭔가?"

예쁘게 포장이 된 박스였다.

"우울해하실 사모님께 드리십시오. 초콜릿입니다."

최 실장은 가끔 아주 사람을 놀라게 할 정도로 섬세한 면을 보일 때가 있었다.

"고맙군."

"요 며칠 고생하셔서 그런지 뼈밖에 없으십니다."

"알아."

최 실장이 머뭇거리고 있는 게 보였다.

"뭐야?"

"그게……."

"빨리 말해."

느낌이 좋지 않았다.

"보셨습니다."

"뭘?"

"백장미 씨 묘 앞에 서 계신 걸 사모님께서 보셨습니다. 너무 상처받은 눈이어서 제 마음에 걸려서 말입니다."

"그걸 왜 이제 말해."

그가 재킷도 잊은 채 주차장으로 달렸다. 그래서 은수가 그렇게 창만 보고 있었고 그의 손을 뿌리쳤던 것이었다. 가뜩이나 슬픈 사람에게 그가 상처를 준 것이었다.

"김 기사, 빨리 가지."

"네."

김 기사는 처음으로 도심을 질주했다.

그의 불안함은 현실로 다가왔다. 그녀의 짐이 모조리 집에서 빠져나갔다. 물론 올 때 가져온 게 많지 않았기 때문에 가져갈 것도 많지 않았다.

침대 위 그녀의 베개 위에 간단히 적힌 메모에는 감사하다는 말이 남겨져 있었다. 나중에 이 은혜는 어떻게든 갚겠다는 말이었다.

"은수야."

태식은 가슴이 무너짐을 느꼈다. 그리고 그 밑에 그의 마음을 무너지게 하는 말이 적혀 있었다. 죽은 사람을 못 잊는 사람을 사랑하게 되어버렸다고, 그걸 견딜 수가 없다고 말이다.

태식은 그 자리에 주저앉아 통곡을 하기 시작했다. 이제야 진짜 사랑을 찾았다고 생각했는데 그 사랑이 그를 떠나버렸다. 이게 다 그의 실수였다.

그녀가 물었을 때 정확하게 답해줄 걸이라는 뒤늦은 후회가 그를 덮쳐왔다.

도시의 불빛이 오늘따라 아주 현란하게 비치고 있었다. 낮부터 캐리어 하나를 끌고 돌아다니다 보니 벌써 밤이었다.

양평의 집으로 내려가지 않았다. 진짜로 혼자서 새로운 삶을 개척할 생각이었다.

지금 들고 있는 돈이 천만 원 정도이니 작은 원룸 하나를 얻고 어린이집 선생님 자리를 알아보면 될 것 같았다. 다른 생각 안 하고 돈만 모을 생각이었다. 뜨개질 솜씨도 좋고 십자수 같은 것도 잘하니 목돈은 아니더라도 부업도 할 수 있을 것 같았다.

은수는 이제 아무것도 생각하지 않고 오르지 자신만 생각하기로 했다. 오늘은 근처의 찜질방에서 자고 내일은 방부터 구하기로 마음을 먹었다.

지하철을 타고 그냥 무작정 내려오다 보니 안양이었다. 태어나서 처음 와보는 동네이고 그가 위치 추적을 할까 봐 핸드폰도 두고 나와서 그녀는 편의점의 학생에게 근처의 찜질방을 물었다.

처음으로 찜질방에서 잠을 잔 은수는 낯선 사람들 사이에서 불안한 마음이 들어 결국은 뜬눈으로 밤을 새웠다.

찜질방에서 나온 은수는 근처의 부동산을 찾아가서 작은 원룸을 알아보기 시작했다. 생각보다 저렴한 곳도 많아서 은수는 다행이라고 생각했다. 어린이집 선생님 자리도 생각보다 빨리 구해졌다.

너무 빠르게 착착 일이 진행되니까 은수는 오히려 불안했다. 여자의 느낌이란 참 묘했다. 뭔가 그렇지 않을까라는 감이 올 때는 반드시 그런 일이 일어나고 마는 것이었다.

어린이집에서 한 달간 선생님의 일을 하면서 지내던 은수는 임신 사실을 알게 되었다. 하루 이틀 숨기는 건 가능했지만 언제까지 숨길 수는 없었다.

태식에게 알려야 하나 하는 생각도 들었지만 은수는 그냥 자신이 선택한 삶을 계속 살기로 했다. 그리고 알아본 곳이 미혼모 시설이었다.

당장에 돈을 벌지 않아도 정부의 지원으로 살아갈 수 있고 아이를 낳아도 혼자 키우며 살아갈 수 있는 자립의 기회가 주어진다는 걸 알고 은수는 뱃속의 아이를 생각해서 모든 걸 정리하고 천주교에서 운영하는 미혼모 시설에 들어갔다.

은수는 생각했다. 이게 정말 자신의 미래를 위해 잘하는 선택이라고 말이다. 태식이 매일매일 생각이 났지만 그의 곁에서 다른 여자를 그리워하는 그를 보는 것보다는 나았다.

제7장 홀로서기

2년 후.

노랑색과 초록색이 어우러진 사무실이 꼭 어린이집 같았다. 하긴 사무실이라기보다는 공동 육아를 하는 곳 같아 보였다. 이곳의 사장이 아이를 키우는 미혼모다 보니 모든 구성원이 다 미혼모들이었다.

국가의 지원을 받아 운영하는 이곳은 각종 팬시용품들의 다자인을 하고 납품을 했다. 쇼핑백부터 장식용품까지 그 종류가 아주 다양했다. 은수는 이곳에서 디자인 일을 했다.

처음에 살길이 막막했던 그녀는 미혼모 단체를 찾았고 그 단체에서 현욱이를 낳을 때까지 보호를 받았었다. 그리고 현욱이가 태어나고 11개월이 되기까지 육아와 일을 함께 할 수 있는 행운을 얻었다.

그가 찾지 못하는 곳으로 깊이 숨을 생각이었고 그녀는 현욱이에겐 미안했지만 그를 잊으려 노력하며 살고 있었다.

집을 나왔을 때는 현욱이를 가진 지 얼마 되지 않은 상황이었다. 그래서 몰랐었고 나중에 현욱이를 가진 걸 알았을 땐 혼자가 아님을 감사했다. 그렇게 그녀의 아들은 은수에겐 선물과도 같은 존재였다.

고생스러운 나날이었지만 그녀에겐 미혼모 시설의 친구들이 있었고 지금도 그들과 함께 서로를 의지하며 살고 있었다. 이곳 늘푸름은 국가에서 운영하는 곳이 아닌 마음이 맞는 미혼모들이 모여 만든 회사였다.

사장인 소영이 먼저 제안을 했고 향기 언니와 은수 이렇게 처음엔 세 명이 시작했고, 지금은 10명의 미혼모 사원들이 같이 일하고 있었다.

작은 회사에서 아이들을 돌보며 일을 하다 보니 은수는 눈코 뜰 새 없이 바쁜 나날이었다. 하지만 태식은 아직도 그녀에게 그리움의 대상이었다. 가끔 태식이 TV화면에 나오면 그걸 보는 것으로 그리움을 달랬다.

"은수 씨, 완전 좋은 소식이야."

자고 있는 현욱을 등에 업고 새로운 쇼핑백 다자인을 하고 있는 은수를 사장이 불렀다. 사장 소영 역시 3살 혜민이를 키우는 미혼모였다. 그녀의 등에서 자고 있는 현욱의 엉덩이를 토닥거리며 은수에게 좋은 소식을 전했다.

"현욱이 깰라."

"괜찮아요. 말씀하세요."

"이거 은수 씨가 디자인한 늘푸름 에코백을 해성백화점에서 사은품으로 주기로 했어. 이거 주문 개수가 엄청나."

"진짜요?"

은수는 기분이 좋았다. 회사가 잘되어야 월급이 오를 거고 그래야 내년부터 현욱이 교구들을 많이 사줄 수 있기 때문이었다. 이곳은 10명의 아이들이 있었고 여유가 되는 대로 교구들을 사기 때문에 은수처럼 교육에 욕심이 많은 엄마들은 부족한 감이 있었다.

다행인 건 은수처럼 유치원 교사도 있고 초등학교 선생님 출신들도 있었다. 모두가 육아 때문에 더 나은 삶을 포기한 엄마들이었다.

해성그룹에 속한 백화점이라는 게 걸리긴 해도 그들이 알 턱이 없었다.

"그래서 그 시리즈로 백화점의 쇼핑백을 만들었으면 한다는 거야."

"왜요?"

"클라이언트의 뜻을 우리가 어떻게 알겠어. 안 그래?"

"하긴……."

"해성백화점의 여사장이 미혼모에 대해 일을 많이 하시는 분이야. 이번에 우리가 선정된 것도 어느 정도 그런 이유도 있으니까 책임감 있게 잘해."

"넵."

"그런 의미에서 오늘 우리 치킨 파티는 어떨까?"

다들 난리가 났다. 아이들 때문에 식당에 못 가지만 가끔 이렇게 사장이 한턱 쏘면 다들 간만에 단백질을 보충한다며 좋아했다.

"오늘 숙소에서 닭 먹고 회의도 하면 되겠다."

"넵."

사무실은 상가 건물에 있었고 지금 그들은 사무실 근처에 단독주택을 얻어서 한꺼번에 숙소생활을 했다. 그래서인지 서로에게 의지가 되었다. 작은 문제들이 있긴 했지만 비슷한 처지다 보니 서로 힘이 되었다.

퇴근 후에 회식은 통닭 5마리와 피자 2판에 맥주였다. 모유 수유를 하는 엄마들은 술을 먹지 못하고 그 외의 엄마들만 한 캔씩

마셨다. 각자의 기막힌 사연들로 그들의 얘기를 글로 쓰면 책 몇 권은 나올 사람들이었다.

은수는 그중에서 제일 나이가 많은 향기와 친했다. 5살 승재 엄마인 향기는 아주 씩씩한 사람이었다. 생긴 건 엄마라기보다 아빠에 가까웠다. 스포츠머리에 키도 175cm가 넘는 사람이었다.

처음 이곳에 왔을 때부터 향기는 그녀에게 잘해주었다.

"언니, 승재 닭 너무 잘 먹어요."

"그러게. 그런데 너무 먹어."

승재의 별명은 푸우였다. 진짜 동그란 얼굴에 조그만 눈, 그리고 터질 듯한 볼이 곰돌이 푸우를 연상시켰다.

"승재야, 현욱이 아직 닭 못 먹어."

"아니야 먹어. 지금 먹었어."

한눈을 파는 사이에 승재가 현욱이에게 치킨을 먹이고 있었다. 앉아서 오물거리고 있는 게 현욱이의 입맛에도 맞는 모양이었다.

"야!"

승재 엄마가 현욱이를 번쩍 들었다.

"이거 주면 안 돼."

"왜, 맛있는 거 나눠 먹으라며."

"맞네. 승재 말이."

사장인 소영이 울먹이는 승재를 안았다.

"이거 먹는다고 현욱이 안 죽는다."

"그래도."

"너무 야단치지 마세요."

언제나 빈번하게 일어나는 일이었다. 아이들이 많다 보니 서로 친형제 간인 줄 알고 잘 챙겼다. 가끔 이런 일이 일어나긴 해도 말이다.

"빨리 닭들이나 드세요."

"네."

언제나 웃음이 가득한 이곳이 은수는 좋았다. 엄마하고만 생활을 한 탓 일까 은수는 이곳이 참 편했다.

저녁에 같은 방을 쓰는 향기 언니가 승재와 한바탕 난리를 치긴 했지만 이렇게 하루가 또 마무리되고 있었다.

아침 일찍 회사에 도착한 은수는 가게 문을 빠르게 열고 놀이방에서 현욱과 둘만의 시간을 보냈다. 둘이 있을 시간이 많지 않다 보니 이렇게라도 하지 않으면 현욱이가 스트레스를 받을 것 같았다.

그렇게 한 시간쯤 현욱이와 놀아주다 보면 하나둘씩 출근을 하기 시작했다. 승재는 요즘 유치원을 다녔는데, 같은 또래가 없어서 승재만 또래 친구들이 있는 유치원에 가는 것이었다.

"다들 모였으면 회의를 시작합니다."

그때였다. 에코백 공장의 사장이 그녀들의 회의에 참여하기 위해 왔다.

"안녕하십니까?"

40대 초반의 돌싱인 사장님은 향기에게 관심이 이만저만 있는 게 아니었다. 작은 체구의 사장은 큰 키의 향기가 좋은 모양이었다. 오늘도 회의는 뒷전이고 향기를 보느라 정신이 없는 사장이었다.

"박 사장님?"

"네?"

"우리 향기 씨 얼굴 뚫어지겠어요."

사장의 말에 모두가 뒤로 넘어갔다. 사장 소영은 요즘 에코 사장을 놀리는 재미로 사는 것 같았다.

"아, 제가 그랬습니까?"

얼굴이 홍당무가 된 에코 사장이었다.

"네, 그러셨네요."

"죄송합니다."

"좀 잘하시든지요. 답답해서 못 보겠습니다."

사장은 좋은 사람을 만나는 걸 반대하는 사람이 아니었다.

회의가 계속 진행되었다. 그녀가 도안했던 아기와 엄마의 모습이 마음에 들었던 모양이었다. 도안 속에는 한 집 안에 아기와 엄마만이 있었다. 아빠의 존재는 없는 그림이었다. 지금 그녀와 현욱의 상황이었다.

"오늘 해성백화점의 담당자가 온다고 하니 은수 씨는 준비하고. 알았죠?"

"네."

"에코 사장님은 단가 좀 맞춰줘요."

"안 됩니다."

"향기 씨 끼워준다니까."

"사장님!"

가만히 있던 향기 언니가 소리를 질렀다.

"이럴 때라도 좀 도움이 돼봐."

"은수야, 네가 오늘 담당자에게 가격 많이 달라고 해."

불똥이 애꿎은 은수에게 튀었다.

"아니, 끝까지 에코 사장님 편드네."

"아니에요."

"아니긴."

모두가 사장과 향기 언니 때문에 웃었고 에코 사장의 얼굴은 홍당무가 되어 있었다.

해성그룹의 차기회장 자리가 유력시 되는 태식에게 요즘 웃기지도 않게 가소로운 것들이 뭉쳐서 그를 귀찮게 하고 있었다. 아버지는 요즘 쉬고 싶다는 말을 반복하고 계셨다. 그의 생각에도 이제는 편하게 지내실 때가 된 것 같았다.

"회장님께서 또 절로 들어가신다고 난립니다."

"이번엔 또 왜?"

"부회장님께서 결혼을 안 하셔서……."

"지겹군."

솔직하게 은수가 사라지고 1년간은 잠잠했었다. 그의 마음이 어떨지 아버지가 잘 아셨기 때문이었다. 하지만 그것도 유효기간이 지났는지 요즘은 허구한 날 결혼하라고 아주 난리셨다. 가만히 있으려고 해도 이렇게 한 번씩 그의 속을 뒤집어놓는 아버지였다.

"그쪽에서 연락은?"

우리나라에서 최고의 흥신소에 의뢰를 한 상황이었다.

"아직……."

"이 손바닥만 한 땅덩어리에서 잘도 숨어 있군."

"그러게 말입니다. 웬만하면 그렇게 뒤지면 찾을 수 있는데 너무 신기할 지경입니다."

은수의 마지막은 집을 나가면서 완전히 끝이었다. 양평의 집에 당연히 내려갈 줄 알았는데 그렇지 않았다. 모든 게 다 예상 밖이었다.

"노력하고 있습니다."

"……."

노력 가지고 될 일이 아니었다. 어쩌면 또다시 장미처럼 극단적인 선택을 하지 않았을까라는 생각이 들 때면 진짜로 미칠 것만 같았다. 그가 자리에서 갑자기 일어나자 최 실장이 깜짝 놀라는 눈치였다.

장미처럼 극단적인 선택을 할 리가 없었다. 갑자기 태식의 목이 타들어갔다.

"술이나 한잔하지."

"네?"

"뭐 해?"

최 실장이 그의 뒤를 불안하게 좇았다. 꼭 도살장에 끌려가는 소 같았다.

"제가 요즘 속이 좀……."

"안 갈 거야?"

"아뇨, 그럴 리가요."

1년 전부터 그의 술받이가 되어버린 최 실장은 요즘 자신이 간경화가 온 것 같다고 난리였다.

"아무래도 알콜 중독이신 것 같습니다."

"내가?"

"네, 아주 심각한……."

알콜 중독은 아니어도 확실하게 술이 는 것 같기는 했다. 아무리 마셔도 취기가 오르지 않고 오히려 정신이 멀쩡했다.

태식은 최 실장과 근처의 포장마차에 들렀다.

"경호원들은 부담스러워."

"하지만 어쩔 수가 없습니다."

포장마차의 꼭짓점처럼 서 있는 경호원들 때문에 주인아주머니가 신경이 쓰이는 모양이었다. 오늘따라 날씨가 참으로 좋았다. 술 마시기에 딱이었다. 이런 핑계 저런 핑계를 대며 그는 오늘도 잔을 기울였다.

"마지막 잔입니다."

"한 병만 더 해."

"제발……."

마지막 잔을 마시고 오늘은 최 실장이 장렬히 전사했다. 앞에 누워 있는 최 실장의 정수리를 보며 태식은 혼자 한 병을 더 마셨다.

"도대체 어디 있는 거야?"

그는 마지막 잔을 마시며 이렇게 말했다. 아무리 마셔도 정신은 더 선명하게 은수를 기억하고 그의 마음은 쓰디쓴 술처럼 쓴 진액을 고통 속에서 토해내고 있었다.

그녀가 디자인한 에코백의 도안이 너무 마음에 든 해성백화점 사장이 이번엔 특별한 제의를 했다. 티셔츠와 컵, 공책 등에 도안을 넣어서 대규모 자선행사를 한다는 것이었다. 완전히 기쁜 소식이었지만 부담스러운 말도 했다.

그녀의 회사 직원들과 아이들이 이번 해성백화점 카탈로그의 모델이 되어줄 수 있냐는 것이었다. 사장인 소영은 흔쾌히 응했고 언니들도 다들 좋아했다.

그런 상황에서 도저히 그녀만 빠질 수는 없었다.

"사장님, 저는……."

은수가 말을 꺼내보았지만 그들은 자신들의 이야기를 하느라 은수의 이야기는 들어줄 겨를이 없었다.

"맞아요, 우리 늘푸름의 대표 미인이 우리 은수 씨 아니야. 은수 씨가 내 옆에서 찍으면 안 돼. 얼굴 커 보인단 말이야."

사장의 설레발에 입도 떼지 못한 은수였다. 하지만 말을 할 기회를 노리고 은수는 사장의 옆에 계속 머물렀다. 은수의 얼굴이 잡지에 나간다니 말도 안 되는 일이었다. 그렇게 되면 여태 숨어 산 보람이 없었다. 거기에 현욱이의 존재를 알게 된다면 진짜 생각만 해도 끔찍했다.

"뭐가 그렇게 걱정이야?"

향기 언니가 그녀의 표정을 보고 말했다.

"혹시 현욱이 알아볼까 봐서요."

그래도 그녀의 말을 들어줄 사람이 있어서 다행이었다.

"절대 못 알아봐. 알아본다고 해도 아니라고 말해. 알게 뭐야? 아빠가 누군지."

향기 언니에게 말해도 소용이 없었다. 그녀가 얼마나 대단한 인물을 피해 다니는지 그들은 알지 못했다. 하긴 2년의 시간이 지났는데 그녀에 대해 신경이나 쓸까? 라는 생각이 들기도 했다.

찾으려고 마음을 먹었다면 황태식이 그녀를 못 찾을 리가 없었다. 아니, 은수가 누군가에게 쫓기는 느낌을 한 번도 받은 적이 없었다. 그가 혹시나 찾지 않을까 혼자서 기대하고 있는지도 몰랐다.

"그럴까요?"

"그래, 사장이 이번 일 때문에 얼마나 입이 귀에 걸렸는데 산통 깨지 말고."

"네."

진짜 사장은 너무나 좋아했다. 클라이언트라는 말이 하루에도 수백 번은 튀어나오고 있었다. 가뜩이나 호탕한 사람이 어찌나 크게 웃는지 모두가 하루에도 몇 번이나 깜짝깜짝 놀라고 있었다.

은수는 그동안 사장에게 입은 은혜를 보답하는 마음에서라도 어쩔 수 없이 가겠다고 말했다.

드디어 광고 사진을 촬영하는 날이었다.

7월이라 덥다 못해서 찌는 날씨였지만 아이들이 있어서 그런지 에어컨을 빵빵하게 틀어주어서 촬영하는 데 고생은 덜했다.

"저기, 김은수 씨하고 김현욱 군은 한 컷만 더 찍죠."

"네?"

"메인으로 쓰면 좋을 것 같아서요. 모델들보다 사진을 더 잘 받으시는데요."

"저기……."

"그래요? 우리 늘푸름의 얼굴이에요."

사장이 옆에서 거들기 시작했다. 기분이 좋은 사장은 오늘 완전히 정신 줄을 놓은 것처럼 들떠 보였다.

그녀는 아들과 한 컷을 더 찍었다. 신통하게도 현욱인 방긋방긋 잘도 웃으며 사진을 찍었다. 나중에 나올 때는 사진작가가 그녀에게 명함을 주었다. 다음엔 아기용품 사진을 찍는 데 현욱이를 모델로 쓰고 싶다고 했다.

"생각해 볼게요."

"그러지 말고 연락주세요. 모델료도 아주 많아요."

사진작가의 말을 들은 사장이 벌써 오케이를 해버렸다. 하긴 그녀의 얼굴은 알아도 현욱이의 얼굴은 모를 테니 오히려 현욱이는 괜찮을 수도 있었다.

해성그룹은 작은 그룹이 아니었다. 계열사의 작은 잡지 모델까지 그가 일일이 확인하지 않을 것이다.

사진을 찍은 후에 해성백화점 사장이 그들을 해성호텔 뷔페에 초대해 주어서 아주 배부르게 잘 먹고 돌아왔다. 별일도 없었고 모처럼 똑같은 일상을 사는 그들에게 아주 특별한 날이었다.

이 주일 후, 그들에게 해성백화점 카탈로그가 도착했다. 그리고 그녀는 걱정을 할 수밖에 없었다. 그녀와 웃으며 메인을 장식하고 있는 현욱이는 태식의 판박이였다. 그녀의 생각이 너무나 안일했었다. 하는 게 아니었다는 후회가 계속되었다.

"아니야, 절대로 이걸 보지 못할 거야."

그녀는 속으로 이렇게 주문을 걸고 또 걸었다. 하지만 아무리 마음속에 주문을 건다고 해도 불안한 마음이 드는 건 어쩔 수 없었다.

8월 초의 찜통더위를 피하는 방법은 사무실에서 한 발자국도 안 나가는 일이었지만 그게 어디 가능한가? 상사가 특히 돌아다니기를 좋아한다면 비서는 언제나 덤으로 고생을 하는 것이었다.

"요즘 매일같이 술을 마셨더니 아주 몸속의 모든 장기가 고장이 난 것 같아."

최 실장은 요즘 과민성 대장증후군 증상에 완전히 미칠 것만 같았다. 먹기만 하면 화장실 행이었다. 화장실에 앉아 있으니 심심한 그는 누군가 고맙게도 놓고 간 카탈로그를 집었다. 해성백화점 카탈로그였다.

화장실에선 역시 심각한 책보다는 잡지나 카탈로그가 좋았다. 그는 아무런 생각 없이 카탈로그를 보기 시작했다.

그리고 잠시 후 최 실장은 미친 듯이 웃기 시작했다.

"찾았다!"

그는 바로 화장실을 나와 부회장실로 미친 듯이 뛰기 시작했다. 그의 이런 모습을 본 적이 없는 직원들은 다들 놀란 표정이었다.

"헉헉, 부회장님."

임원회의 중인 것도 잊은 최 실장이 들어서자 임원진들의 시선이 모두 그에게 쏠렸지만 지금 그게 중요한 게 아니었다.

"헉헉, 부회장님."

"최 실장."

부회장의 표정이 좋지 않았다. 그건 임원들도 마찬가지였다.

"이거……."

그가 카탈로그를 부회장에게 보여주자 부회장은 말 그대로 얼음이 되었다. 어느 순간에도 흐트러짐이 없던 부회장의 눈빛이 흔들렸다.

"죄송합니다. 오늘 회의는 다음에 날짜를 다시 잡겠습니다."

"왜 그래?"

임원들이 난리였다.

"죄송합니다."

아무 말 없이 있는 부회장을 대신해서 최 실장이 대신 임원들을 내보냈다.

"확실한가?"

"어떻게 이보다 더 확실할 수가 있습니까? 은수 씨 옆의 아기를 보고 전 더 놀랐습니다. 부회장님 붕어빵이에요."

"……."

누가 봐도 부회장의 아들이 맞았다. 그런데 왜 은수 씨는 재벌가의 아이까지 낳고 사라진 건지 도무지 알 수가 없었다. 최 실장은 부회장이 은수를 그리워하고 있다는 걸 너무나도 잘 알았다.

"그래서 어디 있어?"

"……."

"어딨냐고?"

아니, 그가 숨긴 것도 아닌데 화를 내고 있었다.

"해성백화점 홍보팀에 알아보면 될 것 같습니다."

부회장은 바로 해성백화점 홍보팀을 찾았다.

벌써 2시간째 한 건물 앞에 서 있는 최 실장의 차였다. 태식의 리무진이 건물 앞에 지키고 있으면 은수가 알아보고 또 도망을 칠까 봐 최 실장의 차를 타고 왔다.

오전에 한바탕 부산을 떨고 알아낸 결과였다. 홍보팀에선 늘푸름이라는 곳을 가르쳐 주었고 안양에 위치한 사무실의 주소도 알려주었다. 부회장의 갑작스러운 출현에 백화점 사장까지 홍보실로 오기는 했지만 그래도 목적은 달성했다.

"여긴 늦게 끝이 나나 봐요? 벌써 8신데……."

은수가 일을 한다는 이곳은 미혼모들이 운영하는 곳이라고 들었다. 해성백화점의 김은주 사장이 미혼모들의 복지에 관심이 많아서 이번 일이 성사가 된 거라고 했다. 당장에 김 사장의 연봉이라도 올려주고 싶은 마음이었다.

"저기……."

최 실장이 손가락으로 은수를 가리켰다. 은수의 가슴에는 그 아이가 안겨 있었다. 엄마의 가슴에 얼굴을 묻고 있어서 제대로 볼 수 없었지만 사진 속의 아이가 그 아이가 맞는다면 태식의 아이임을 부인할 수는 없었다. 그의 어릴 때 모습과 똑같았기 때문이었다.

"어떻게 할까요?"

"……."

그는 대답하지 않고 창밖을 바라보기만 했다. 그립고 또 그리웠던 은수가 그의 앞에 있었다. 청바지에 광고에서 보았던 그 흰색 티를 입고 머리는 포니테일로 묶은 은수는 2년 전의 모습과 똑같았다.

다만 달라진 게 있다면 행복하게 웃는 모습이었다. 마지막 그녀의 모습은 우울한 모습이었는데 지금은 아주 밝아 보였다. 자신의 가슴에 안겨 있는 아이와 무슨 말을 그리도 재미있게 하는지 은수는 즐거워 보였다. 겉으로는 화려하지 않았지만 그녀는 그 어떤 때보다도 밝게 빛이 났다.

그의 존재가 없었어도 그녀는 괜찮았던 모양이었다. 그만 힘든 2년간의 시간을 보낸 것 같았다.

"부회장님?"

최 실장이 그를 조심스럽게 불렀다.

"가자."

"네?"

"오늘은 어디에 있는 줄 알았으니 됐어."

그는 떨어지지 않는 발길을 돌렸다. 그냥 만나면 좋을 줄 알았는데 그녀를 막상 보니 생각이 달라졌다. 장미 때문에 힘이 든 줄로만 생각했는데 경제적으론 어떨지 몰라도 은수는 지금 2년간 힘든 그와는 달리 아주 행복해 보였다.

"아주 행복하다?"

태식은 화가 났다. 어떻게 해야 그가 힘들었던 만큼 그녀도 힘들지 생각할 시간이 필요했다.

"괜찮을까요?"

"이제 갈 곳이 없어."

"지금껏 그렇게 찾았어도 흔적조차 없었는데 저런 단체에서 보호받고 계실 줄은 몰랐습니다."

그의 머릿속에는 온통 은수와 자신의 아들로 추정이 되는 아이뿐이었다.

"홍보팀에서 그러는데 이번에 해성백화점 사진을 찍은 작가가 은수 씨 아들을 모델로 유아용품 화보를 다음 주에 찍는다고 합니다."

"어디서?"

"파주에 있는 사진작가 작업실에서요."

"알았어."

그는 생각이 많아졌다. 철저하게 복수를 하는 방법이 무엇일지 침착하게 고민해야 할 것 같았다.

일주일이 지나고 파주의 작업실에 태식은 미리 도착해 있었다. 시간이 남아도는 그가 아니었지만 어떻게 해서라도 기회를 잡고 싶은 마음에 그는 거의 매일 고민을 했었다. 드디어 은수가 타고 온 밴이 도착했다.

태식은 지금 자신의 차에 모니터를 설치하고 CCTV로 안의 모습을 보고 있었다. 이건 모두 미리 감독에게 양해를 구한 일이었다.

밴에서 은수와 아이가 같이 내렸다. 자신이 봐도 신기할 정도로 아기는 자신의 어릴 때의 모습과 똑같았다. 한번 가까이서 보고 싶은 마음이 간절했지만 그는 은수를 용서할 수가 없었다.

촬영이 시작되고 은수와 아기의 모습이 미리 설치된 모니터에 나타났다.

"현욱이는 진짜 부회장님과 똑같이 생겼습니다."

그와 함께 모니터를 보고 있는 최 실장이 감탄을 할 정도였다. 이목구비는 물론이고 어릴 때 곱슬머리였던 그와 똑같이 아이노 곱슬머리였다. 커다란 눈까지 이국적으로 생긴 할머니를 그대로 닮은 아들이었다.

"사진작가에게 말했어?"

"네, 이번엔 해성그룹 이미지 광고에 아기 모델을 넣고 싶다는 부회장님의 의견을 말했습니다."

그건 그의 꿈이었다. 자신과 아이가 해성의 모델로 서는 게 그의 꿈이었다. 물론 아버지도 함께하면 더없이 좋고 말이다. 하지만 처음은 그의 아들부터 해성의 이미지 광고에 선보일 생각이었다.

물론 은수에게는 해성의 광고라는 말은 하지 않을 생각이었다. 놀라운 건 아이가 굉장히 사진 찍기를 좋아한다는 것이었다. 어찌나 웃는 게 엄마와 똑같은지 태식은 모니터에 빨려드는 기분이었다.

"현욱이 끼가 있는데요? 부회장님도 안 그러시고 회장님도 안 그러신데 누굴 닮아서 저렇게 끼가 있는지……."

확실히 그가 봐도 아이는 끼가 넘쳤다. 아이가 사진을 잘 찍으니 촬영도 쉽게 끝이 났다. 은수와 아이가 가고 그가 사진작가와 만났다. 사진작가는 그에게 아이의 사진을 주었다.

"진짜 예쁘죠? 아기 모델들은 사진 찍기 힘든데 이 아기는 사진 찍는 걸 너무 좋아해요."

사진작가도 만족스러워하고 있었다.

"진짜 탁월하신 선택인 것 같습니다. 해성의 이미지에 딱 맞는 아이예요. 아이들하고 동물들이 촬영하기 힘들어서 그렇지 소비자 반응은 가장 좋아요."

"그래서 한다고 하나요?"

"처음에 망설이다가 아기가 잘하니까 어머니가 승낙하시더라고요. 원래 어머니를 더 모델로 쓰고 싶었는데 어머님은 안 하신다고 하네요. 굉장히 미인인데 아쉬워요."

사진작가의 말을 들은 태식은 촬영일자를 듣고 스튜디오를 나왔다.

"어쩌시려고요?"

"……."

일을 크게 벌이는 그를 막으려고 최 실장이 애를 썼지만 이미 그는 막을 수 있는 상태가 아니었다.

얼마나 피곤했는지 현욱이는 완전히 잠들어 버렸다. 아기에게 미안하기도 했지만 이번 광고로 받은 돈이 그녀의 반년 치 월급과 거의 같았다. 벌써 돈은 통장에 들어왔고 오늘 그녀가 회사 식구들에게 치킨을 쏘기로 했다.

하지만 오늘 그녀에게 행운이 더 찾아왔다. 현욱이 다른 광고사진도 찍게 되었기 때문이었다. 이번엔 오늘 찍은 금액의 두 배였다.

“피자도 사야지. 아니다 오랜만에 고기파티라도 할까?”

은수는 언니들과 기쁨을 함께할 생각을 하니까 너무나 좋았다. 광고는 이번 것까지만 하고 그만할 생각이었다. 꼬리가 너무 길면 잡히는 법이었다. 이 돈은 현욱이가 초등학교에 들어가면 쓸 돈으로 따로 모아두어야겠다고 생각했다.

“저 왔어요!”

일요일이라서 모두가 집에 있었다.

“와, 우리 스타 왔어?”

향기 언니가 현욱이를 받아주었다.

“잘 찍었어?”

“네.”

“다들 부러워서 죽는다.”

“그래, 한턱 쏴.”

모두 자기 일처럼 기뻐해 주어서 고마웠다.

“오늘은 제가 쏩니다.”

저녁에 맥주와 치킨으로 모두가 즐거운 시간을 보냈다. 현욱이가 광고 하나를 더 찍게 되었다고 하니 다들 기뻐해 주었다. 저녁을 먹고 방에 들어온 은수는 잠든 현욱이의 얼굴을 쓰다듬었다.

"그렇게 예뻐?"

향기 언니가 그녀를 보며 말했다.

"네."

"거봐, 일이 잘 풀릴 거라고 했잖아."

언제나 희망을 주고 위로를 해주는 고마운 사람이었다. 다들 처지가 비슷한 사람들이라서 그런지 이런 한마디 한마디가 모두 위로가 되었다.

"그런 것 같아요."

"현욱이랑 여기 떠날 거야?"

"아뇨, 향기 언니랑 승재 두고 어딜 가겠어요. 그리고 여기 있으면 돈도 덜 들고 좋아요. 제가 가진 돈으로는 집도 못 얻어요. 언니는요?"

솔직히 그녀는 아직 이곳을 나갈 형편은 아니었다.

"난 승재 학교 갈 때까지만 있으려고."

향기 언니도 처지가 비슷했다.

"그러지 말고 에코 사장님하고 잘해봐요."

이건 은수의 진심이었다. 에코 사장은 좋은 사람 같아 보였다.

"너까지 이러기야?"

화를 내기는 했지만 싫은 것 같지는 않았다.

"남자 만나기 무서워. 그냥 마음에 맞는 친구하고 사는 게 나을 것 같아."

이곳의 여자들은 아직 남자에 대한 확실한 믿음들이 없었다. 모두가 다 배신을 당했기 때문일 것이다.

"그런 것도 좋을 것 같아요. 여자들이 더 의리가 있다니까요."

"내가 궁금해서 그러는데 현욱이 아빠가 누구야?"

갑작스런 향기 언니의 질문에 은수는 말문이 막혀 버렸다.

"……."

"내가 알 만한 사람이야?"

"왜요?"

"현욱이를 보면 자꾸 누구 얼굴이 떠올라서 그래. 내가 보기에 현욱이는 뭐랄까 좀 귀한 얼굴이거든."

순간적으로 향기 언니의 입에서 해성그룹의 황태식 부회장의 이름이 나올까 봐 겁이 났다.

"언니가 점쟁이예요? 관상까지 보게?"

애써 농담을 해본 은수였다.

"그런가?"

"나중에 기회가 되면 말할게요. 지금은 그 사람 얘기만 나와도 제가 울컥해서 그래요."

그건 사실이었다. 생각만 해도 그리운 사람이었다.

"언니, 우리가 선택한 길이잖아요? 그냥 과거는 생각하지 말고 현재에만 충실해요. 우리.”

“알았어.”

향기 언니는 더 이상 그녀에게 아무런 말도 하지 않았다. 은수도 고단했던 하루라서 금방 깊이 잠들었다.

제8장 클라이언트

화려한 조명에 무서울 법도 한데 현욱이는 방글방글 잘도 웃고 있었다. 스탭들도 아기가 너무 예쁘다고 난리들이었다. 이런 게 엄마의 마음일까, 은수의 얼굴에도 미소가 떠나지 않았다.

"아기 준비시켜 주세요."

첫 번째 사진을 위해 현욱이는 천사의 날개를 어깨에 달았다. 그 모습이 어찌나 사랑스러운지 은수의 눈은 완전 하트를 날리고 있었다.

두 번째 컷은 가을을 겨냥한 광고라서 트렌치코트를 입혔다.

"진짜 너무 간지난다."

모두가 난리였다. 역대급 아기 모델이 나왔다며 현욱이에게 칭찬을 아끼지 않았다. 여러 벌의 옷을 갈아입어도 현욱이는 마치 즐기는 것처럼 좋아했다.

"마지막 촬영이요."

현욱이가 입은 건 턱시도였다.

"우리 아들 진짜 예쁘다."

"마지막은 성인남자 모델하고 같이 찍어요. 울지 않겠죠?"

"현욱이가 남자들은 좀 무서워해요."

감독이 난감한 표정을 지었다.

"따로 찍어서 합성 같은 걸 하면 안 되나요? 우리 현욱이 혼자서는 잘하는데……."

"클라이언트의 특별 주문이라서요."

"특별 주문요?"

"다른 건 다 빼도 이건 꼭 넣고 싶다고 해서요."

클라이언트 마음이니 어쩔 수 없다는 반응이었다. 아빠 없이 여자들 틈에서 자랐기에 성인남자를 어색해하는 현욱이었다. 그런 모습을 볼 때마다 은수는 마음이 좋지 않았다. 태어나서 남자들의 품에 안긴 건 손에 꼽을 정도였다. 가끔 사무실에 오는 에코 사장님이 안아도 현욱이는 자지러지게 울었다. 은수는 걱정이 되기 시작했다.

"일단은 모델 분 나오세요."

은수의 시선은 현욱이에게 가 있었다. 아이는 스탭 누나의 품에서 잘 놀고 있었다.

"너무 걱정하지 마세요. 완전 끝내주는 분이니까. 아이들은 예쁘고 잘생기면 좋아해요."

사진작가가 그녀가 걱정을 하니까 이렇게 말해주었다. 제발 그렇게만 되길 바라는 마음이었다.

키가 큰 남자 모델이 스튜디오 안으로 들어왔다. 조명이 눈부셔서 그녀 쪽에선 정확하게 보이지 않았지만 여자 스탭들의 반응으로 봐선 아주 멋진 남자임은 분명했다.

그녀에게 등을 돌리고 있어서 얼굴은 아직 보진 못했지만 확실한 건 엉성하게 아이를 안았다는 것과 신기하게도 현욱이가 울지 않는다는 것이었다.

현욱이의 까르르 웃는 소리가 그녀에게까지 들렸다. 정말 신기한 일이었다.

"다행이네요."

"그러게요."

은수도 그제야 미소를 지었다.

"자, 준비하세요."

사진작가의 말이 떨어지기가 무섭게 모델 옆에 있던 스탭들이 밖으로 나오고 현욱이와 남자 모델만이 서 있게 되었다.

은수는 현욱을 불안하게 안고 있는 남자 모델의 얼굴을 드디어 보게 되었다. 그리고 그녀의 안색은 창백하다 못해 얼어붙어 버렸다.

"부회장님, 아기를 좀 더 자연스럽게 안아주세요."

사진작가가 말하는 소리가 은수의 귀에도 들렸지만 이제 온몸이 떨려오는 은수는 서 있기조차 힘이 들어 옆에 있는 벽을 짚었다.

"이럴 수는 없어."

은수는 아이를 바라보는 태식을 보았다. 냉정함이 가득한 그였다. 아이를 아직 알아보지 못한 게 분명했다. 그때 태식의 눈이 아이에게 고정되었다.

"제발……."

절대로 알아보지 않길 바라고 또 바란 은수였다. 은수는 입술을 깨물며 속으로 기도했다. 오늘 태식의 눈에 현욱이 그저 아기 모델로만 보이기를.

아버지와 아들을 한 앵글로 보니 은수는 마음이 아팠다. 거기에 현욱이 자신의 아빠를 본능적으로 알아보고 웃는 모습을 보니 안쓰러웠다.

"내가 무슨 짓을 한 거야."

은수의 눈에 눈물이 고이기 시작했다. 그런 은수를 태식이 차가운 눈으로 쳐다보고 있었다.

"어쩌지?"

은수는 스탭들 뒤에서 발을 동동 굴렀다.

"으앙~"

촬영을 잘하던 현욱이 울음을 터트렸다. 배가 고픈 모양이었다.

"잠깐 쉬었다가 갈게요."

"어머니!"

스탭들이 그녀를 불렀지만 은수의 발이 쉽게 떨어지지 않았다.

"현욱이 배고픈가 봐요."

모유를 먹일 시간이 되기는 했다. 은수는 떨어지지 않는 발걸음을 억지로 떼며 태식의 곁으로 갔다. 그녀에게 등을 지고 있는 태식은 아직 은수를 보지 못했다. 그의 넓은 등에 자꾸만 시선이 가는 은수였다.

"부회장님, 아기 엄마 왔어요."

스탭의 말에 그제야 뒤를 돌아서 그녀를 확인한 태식은 그녀를 보고도 생각보다 그리 놀라지 않았다. 마치 어제 본 사람처럼 그냥 그런 표정이었다. 그의 기억 속엔 이미 그녀는 남인 것 같았다. 은수는 정신을 차렸다. 그리고 현욱이를 그의 품에서 빼앗았다.

"오랜만인데 인사는 해야 하지 않나?"

"……."

은수는 뒤도 돌아보지 않고 현욱이에게 젖을 먹이기 위해 대기실로 들어갔다. 현욱이는 그녀의 가슴에 입을 가져다 대며 배가 고프다고 칭얼거렸다.

"알았어, 잠깐만."

은수가 현욱이를 안아 들고 의자에 앉아서 모유를 주기 시작하자 현욱이 배가 많이 고팠는지 허겁지겁 그녀의 가슴을 빨기 시작했다. 그 모습을 바라보며 은수는 방금 전에 자신을 냉정하게 바라보던 태식의 얼굴을 떠올렸다.

그리고는 나오려는 눈물을 억지로 참았다.

"배고팠구나."

그녀가 현욱의 머리를 쓰다듬어 주었다. 얼마나 허겁지겁 먹는지 아이의 이마에 땀이 흥건했다. 손수건으로 현욱이의 이마를 닦아주는 사이에 태식이 대기실 안으로 들어왔다.

그가 들어오자 대기실이 지옥으로 변한 느낌이었다. 태식은 마치 먹이를 노리는 짐승처럼 그들 앞을 서성였다. 한참을 말없이 그들을 쳐다보던 태식이 드디어 입을 뗐다.

"아주 잘 숨었더군."

그의 음성은 심하게 갈라져 있었다. 예전 같았으면 그녀를 너무나 원한 나머지 욕망으로 인해 저런 잠긴 목소리가 나온다고 생각했겠지만 지금은 아니었다.

"……."

"덕분에 찾는 데 애를 좀 먹었지."

"……."

"이 아이는 누구지?"

알면서 묻는 건지 진짜 모르는 건지 은수는 알 수가 없었다. 하지만 차가운 그의 표정으로 봐서는 모르는 것 같았다.

"나야 상관없지만 말이야."

그의 말에 은수는 상처가 되었다. 그리고 현욱이 아빠의 말을 들을까 아이의 귀를 손수건으로 살짝 막았다.

"아주 잘생긴 남자를 만났나 봐? 아이가 예쁘게 생겼어."

"그래요."

은수는 얼른 그가 사라지길 바랐다. 그녀의 가슴에 시선이 가 있는 태식이 신경이 쓰였다. 2년간 남자라고는 몰랐던 은수였다. 하지만 이상하게 그가 옆에 있자 온몸의 신경들이 다 살아난 느낌이었다.

"그만 나가주세요."

"나에게 나가라고?"

"네."

"여기는 모델 대기실이야. 그리고 난 클라이언트이기도 하고."

그가 이 사진 광고의 광고주였던 것이었다.

"이거 해성그룹 광곤가요?"

"몰랐어?"

"알았다면 안 했겠죠."

그녀는 차갑게 말했다. 그렇지 않으면 태식을 붙들고 키스해 달라고 매달릴 것만 같았다.

"원래 이렇게 모유 수유를 하나?"

태식은 대기실에서 나갈 생각이 없는 것 같았다. 자꾸만 그녀에게 말을 걸었다.

"다행히 아기가 잘 먹어서요."

은수는 최대한 그가 보지 못하게 몸을 틀어 현욱이에게 수유를 했다.

"이렇게 큰데도 먹여?"

"원할 때까지?"

"커서도?"

더 이상은 말하기 싫었다. 그가 아기의 나이를 계산하는 건 진짜 막고 싶었다.

"한참 남았어요."

요즘은 모유와 이유식을 반반으로 하고 있었다. 은수는 조용히 현욱이를 쳐다봤다. 아빠가 신기한지 현욱이는 그녀의 젖을 빨면서도 눈은 아빠에게 가 있었다.

"아무리 봐도 잘생긴 녀석이야."

그가 현욱이의 볼을 잡았다. 그러면서 그의 손이 그녀의 가슴을 스쳤다. 흠칫 놀란 은수는 다시 자세를 바로잡았다. 그는 더 이상의 말은 하지 않고 현욱과 은수를 바라보기만 할 뿐이었다.

2년의 공백이 있었지만 왠지 매일 본 것 같은 느낌이 들었다. 하긴 은수는 매일 그의 사진을 보며 버텨왔다. 그가 다른 여자를 가슴에 깊이 새긴 것처럼 은수도 그를 가슴 깊이 새겨 넣었다.

그녀의 처음이자 마지막 남자가 바로 황태식이었다.

똑똑!

그때 스탭이 그들의 대기실로 들어왔다.

"아기 수유는 다 끝나셨어요?"

"10분만요. 트림을 시켜야 하거든요."

"네, 천천히 나오세요. 그래도 다른 아기들보다 훨씬 빠른 아이예요."

스탭은 이렇게 말을 하고는 모유 수유를 하는 그녀 옆에 아무렇지도 않게 서 있는 태식을 이상한 눈으로 보더니 대기실을 나섰다.

"조금만 기다려 주세요."

"뭘?"

"네?"

"나에게 말 안 하고 도망간 걸 말하려고 그러는 거야? 아니면 아이의 아빠가 누군지 말해주겠다는 거야?"

기가 막힌 말만 골라서 하는 그였다.

"다 틀렸어요. 아기 모유 먹이고 금방 나가겠다는 의미였어요."

"그런가? 난 또 내가 듣고 싶은 말을 해주겠다는 의미인 줄 알았지."

그가 사정없이 그녀의 말을 비꼬았다.

"우연인가요?"

"그래, 사진작가의 작품이 마음에 들어서 부탁을 했는데 아주 지나친 우연으로 은수를 보게 된 거지."

그는 진짜 기분이 좋지 않아 보였다.

"그럼 다른 아이로 교체할 건가요?"

돈은 이미 적금 통장에 묶어두었다. 만약에 그가 해약을 원한다면 돌려주면 그뿐이었다. 오늘 하루 종일 고생한 현욱이에게는 좀 미안한 마음이 들지만 말이다.

"아니, 그러고 싶진 않아. 내가 시간이 그렇게 많은 사람은 아니고 아기도 말을 잘 들으니까."

다행이라고 해야 하는 건지 알 수가 없었다.

현욱이의 컨디션이 좋아지자 뒤이어 촬영이 계속되었다. 태식도 처음보다 아이를 잘 안았다. 확실히 머리가 좋은 사람이라 가르쳐 주면 한 번에 다 했다. 마치 현욱이처럼 말이다.

"피는 못 속이겠어."

은수는 혼잣말을 했다. 그녀의 뒤에는 최 실장이 서 있어서 은수는 너무나도 놀랐다. 부회장의 비서니까 최 실장이 있는 게 당연한데 말이다. 처음엔 태식 때문에 주변의 사람들이 신경 쓰이지 않았는데 이제야 그가 눈에 들어왔다. 최 실장과 눈이 마주친 은수는 그에게 고개를 숙여 간단히 인사를 했다.

"잘 지내셨습니까?"

여전히 깍듯한 최 실장이었다.

"네, 실장님도 잘 지내셨죠?"

의례적인 인사말이었다. 지금은 최 실장도 반갑지 않기는 마찬가지였다.

"저야 뭐, 매일 술 마시느라 배만 나왔습니다."

"술이요?"

"네, 그런 게 있습니다. 직장인의 애환 같은 거죠."

알다가도 모를 소리만 하는 최 실장이었다. 하지만 더 이상은 그와 말을 섞고 싶지 않았다. 뭔가를 알아차릴 것 같았기 때문이었다. 최 실장은 눈치가 아주 빠른 사람이었다.

"현욱이 너무 예쁩니다."

"우리 아기 이름을 아시네요?"

은수가 날카롭게 물었다.

"아까 스탭들이 하도 예쁜 아이라고 해서 들었습니다."

왠지 둘러대는 느낌이었다.

"우리가 오늘 오는 거 알았나요?"

"아뇨."

느낌이 좀 이상했지만 확실한 증거도 없는데 다그칠 수는 없는 노릇이었다.

촬영이 무사히 끝이 나고 은수는 자신들을 태우고 왔던 밴으로 향했다. 하지만 밴은 보이지 않고 그의 리무진이 그들을 기다리고 있었다.

"타."

굳은 표정의 태식이 차 문을 열면서 말했다.

"저희 밴은요?"

은수가 주위를 두리번거렸다. 이렇게 그와 가까이 있는 게 싫었다. 마음을 들킬 것만 같았기 때문이었다.

"보냈어."

아까 모델을 하면서 입은 그 옷 그대로 차 앞에 서 있는 그는 진짜 심장이 두근거릴 만큼 멋졌다. 9월의 바람이 그녀의 볼을 물들였다. 설레서는 안 되는데 자꾸만 그에게 눈길이 가는 은수였다.

"저희 밴을 불러주세요. 아니면 택시라도 부를게요."

그녀가 자신의 휴대폰을 들자 태식이 그녀의 핸드폰을 빼앗았다. 어쩔 수 없이 그의 차에 올라타고는 숙소로 향했다.

"어디지?"

"안양이요."

"안양?"

"숙소가 안양이에요."

서울과 가깝지만 또 먼 곳이었다. 하지만 그는 놀라지 않았다. 관심이 없는 게 분명했다. 2년이란 시간은 그리 짧지 않은 시간이었다. 그와 연예인들의 만남을 심심치 않게 보고 있었다. 매번 다른 여자들이었다.

"잘 지냈어요?"

너무 조용한 게 싫어서 그에게 먼저 말을 건 은수였다. 현욱이는 아빠에게 가고 싶은지 그에게 자꾸 팔을 뻗었다. 은수가 현욱이를 못 가게 하자 급기야 울음을 터트렸다.

"이리 줘."

그가 손을 뻗었다.

"네?"

"현욱이 이리 달라고."

"괜찮아요."

그가 그녀의 품에서 현욱이를 데려다가 그의 큰 품에 안았다.

그녀의 품 안에서 커 보이던 아이가 아빠의 품에선 작아 보였다.

"엄마."

"응, 현욱아. 이리 와."

그녀가 손을 뻗었지만 현욱이 고개를 돌렸다. 좋고 싫음이 분명한 아이였다.

"그냥 둬."

은수는 다시 고개를 돌려 밖을 쳐다보았다. 그와 닿아 있는 다리가 몹시 신경이 쓰였다. 굳은 자세로 그녀는 숙소까지 왔다. 숙소 앞에서 그는 현욱이를 그녀에게 다시 돌려주었다.

"감사해요."

"신경 쓰지 마."

"그래도 아기 보는 게 쉬운 일은 아닌데 덕분에 제가 편하게 왔어요. 반가웠고 다시는 뵙지 않았으면 좋겠어요."

은수는 확실하게 선을 긋고 싶었다. 그를 다시 만나서 설레고 떨리는 마음이었지만 그래도 그는 그녀의 남자가 아니었다.

"왜, 또 도망치게?"

"……."

그가 이제까지 본 적이 없는 차가운 눈으로 그녀를 보았다.

"그러지 않는 게 좋을 거야. 이번에 만약 사라진다면 둘 다 다칠 테니까. 내가 내 이름을 걸고 맹세할게."

그가 멍하게 서 있는 그녀를 세워두고 차를 타고 떠나 버렸다. 심장이 터져 버릴 것 같았다. 그리워했지만 이렇게 미칠 듯이 원하게 되리라고는 상상조차 하지 못했었다.

부회장실의 분위기는 싸늘함 그 자체였다. 태식의 손에 들린 한 서류 때문이었다. 자신의 자식이라는 확실한 증거인 유전자 검사 결과표였다. 헤어 스타일리스트에게 부탁해서 현욱이의 머리카락을 몇 개 뽑아오도록 했었다. 그리고 그 결과가 그의 손에 들려 있었다.

"내 아이였어."

그냥 느낌으로도 현욱이는 그의 자식이라는 생각이 들었지만 이렇게 확실하게 결과가 나오고 나니 더 애틋했다. 태식은 현욱이를 스튜디오에서 안는 순간 가슴 뭉클함을 느꼈었다. 작은 손이 그의 손가락을 꼭 쥐었을 때의 느낌은 잊을 수가 없었다.

"내 아들의 존재조차 모르게 했어."

그의 주먹이 피가 안 통할 정도로 강하게 쥐어졌다. 도저히 용서할 수가 없었다.

"최 실장."

그가 인터폰으로 최 실장을 호출했다.

"늘푸름이라고 했나?"

"네."

"그 건물을 사도록 해. 그리고 세입자들에게 재계약을 하도록 하고."

그의 의도는 너무나 뻔한 일이었다. 이제 은수의 목을 조일 차례였다. 그가 그리워한 만큼 말이다.

아니, 더 악랄한 방법을 찾으려 해도 찾을 수가 없었다. 지금 태식의 머릿속을 혼란하게 만드는 사람은 은수였다. 그녀에 대해선 철저하게 괴롭히고 싶었지만 그가 하는 건 고작 이 정도였다. 더 잔인한 걸 못 하는 게 아니라 태식은 은수가 견딜 만큼의 시련을 주고 있는 것이었다.

어쩌면 그는 복수라기보다는 그에게 은수의 관심이 쏠리길 바라는 건지도 몰랐다.

"부회장님, 그것보다 회장님의 호출이십니다."

"왜?"

"아무래도 이번에 난 열애설 때문인 것 같습니다."

잊을 만하면 한 번씩 터지는 기사였다. 태식은 신경도 쓰이지 않는 일에 아버지는 예민하게 반응하셨다.

그는 자리에서 일어나 회장실로 향했다. 이런 일로 회장실에 가는 건 싫었다.

회장실로 가는 도중에 윤 여사와 민 변호사가 그의 앞에 보였다. 아무래도 회장실을 다녀온 모양이었다. 둘이서 무슨 일을 꾸미던 그건 그의 손바닥 안이었다.

"부회장님."

민 변호사는 여전했다. 그가 고개만 까닥했다. 말을 별로 섞고 싶지는 않았다. 은수가 사라지고 난 다음에 민 변호사와 김 사장이 그에게 한 일을 생각하면 지금도 몸서리가 처진다. 아버지에게 찾아가서 그가 얼마나 은수에게 잘못했으면 사라져 버리냐며 울고불고 난리를 친 민 변호사였다.

그가 마치 은수를 집에서 내친 것처럼 소문나게 만들어 그의 이미지가 한동안 바닥으로 곤두박질 친 적도 있었다.

"회장님이 기다리고 계셔."

이번엔 더 싫은 윤 여사가 그를 아는 체했다.

"네."

그는 차갑게 그들을 지나쳤다. 그가 그녀들의 뒤를 캐면 캘수록 썩은 내가 나는 사람들이었다.

회장실에 그가 들어서자 아버지의 표정은 그리 좋지 않았다. 두 여자가 무슨 소리를 했을지 뻔했기 때문이었다.

"무슨 일 있으십니까?"

"앉아."

심각한 아버지의 표정이 불안한 듯 떨리고 있었다.

"이번에 건강 검진을 했다."

그의 스캔들 문제가 아니었다.

"아직 소희는 몰라. 오늘도 철없는 소리를 하고 갔다."

왠지 아버지의 표정이 어두웠다. 건강상의 문제가 심각한 것 같았다.

"아버지?"

한참을 망설이며 말을 잇지 못하는 아버지를 그가 불렀다.

"암이라는구나."

너무나 담담하게 말을 해서 잘못 들은 줄 알았다.

"네?"

"초기 위암이라서 걱정할 정도는 아니지만……."

"아버지."

태식은 충격을 받은 표정을 감출 수가 없었다.

"사람이 천년만년 사는 건 아니야. 그래서 회장직을 너에게 물려주고 난 좀 쉬고 싶구나."

"아버지."

그냥 건강할 때 그에게 회장직을 주는 것과는 다른 문제였다. 그는 아버지가 천년만년 살면서 그에게 잔소리를 할 줄 알았었다. 이건 미처 마음이 준비가 안 된 일이었다.

"그래서 네가 회장이 되면 부회장직에는 김덕훈 사장이 어떨까

하는데 넌 어떤 것 같으냐?"

"……."

"태식아."

그의 눈에서 눈물이 흘러내렸다.

"죄송합니다."

"죽을 것같이 그런 건 싫다."

아버지는 그를 무뚝뚝하게 위로하고 계셨다.

"난 말이다, 네가 안정적인 가정을 가지고 조금은 부드러워졌으면 좋겠구나. 나도 네 엄마와 행복했다. 그건 소희가 채워줄 수 있는 게 아니다. 네 엄마와 함께 난 인생에서 가장 좋은 날과 행복한 날을 함께했다. 그리고 네 엄마의 가장 아름다웠던 시절을 기억하는 유일한 사람이다. 그런 소소한 행복을 너도 느꼈으면 좋겠구나."

아버지에게 할 말이 없었다. 아니, 면목이 없었다.

"힘들 것 같아?"

"아닙니다."

"그만 은수는 잊고 다른 여자를 만나. 이상하게 넌 좋아하는 여자마다 왜 자꾸 그러는지……."

"은수 찾았습니다."

"뭐?"

"찾았습니다."

하지만 아버지의 표정은 좋지 않았다.

"한 번 떠난 아이다."

아버지는 그를 버리고 떠난 은수가 미우신 모양이었다. 하긴 자식의 가슴에 대못을 박은 여자를 어떻게 좋아할 수 있겠는가? 거기다가 아주 마음에 들어 하시던 며느릿감인데 그러고 갔으니 더 미우실 게 뻔했다.

"정리를 하든 다시 시작하든 제가 알아서 하겠습니다."

"아버지는 반대란 것만 알아둬."

그는 조용히 회장실을 나왔다. 아버지는 아직 다른 사람들에겐 철저하게 비밀이라고만 말씀하셨다. 아버지의 병에 대한 소문이 나서 좋을 게 없었다. 주식 시장이 요동칠 게 뻔했고 회사 안에서 자리다툼이 생길 게 뻔했다.

아버지는 이런 날이 올 걸 아시고 그를 위해 후사를 두지 않으셨다. 이제 그가 정신을 차리고 회사를 이끌어 나갈 때였다. 그의 어깨가 무거웠다.

잘나가던 늘푸름에 경고의 불이 켜졌다. 장 사장의 표정이 너무 어두웠다.

"정말이에요?"

"응, 갑자기 재계약을 하자고 난리야. 여기 사무실뿐만 아니라 우리 숙소도 어느 정도껏 올려달라고 해야 재계약을 하지."

"다른 곳으로 가면 안 될까요?"

"이 평수에 이 가격은 어려워. 애들이 커서 평수를 줄일 수도 없고……."

장 사장이 땅이 꺼져라 한숨을 쉬었다. 모두가 앉아서 머리를 써봐도 뾰족한 수가 없었다.

"이참에 융자를 좀 받아서 건물을 살까?"

향기 언니의 말에 사장 눈에서 레이저가 나왔다.

"철 좀 들어."

"알았어. 사람이 긍정적으로 생각을 해야지."

"주인을 만나볼까요?"

"벌써 만나봤어."

"뭐래요?"

사장이 길게 한숨을 쉬었다.

"새 주인하고 얘기해 보라고 하더라고. 그리고 다른 사람들은 다 재계약을 했대."

"얼마나 올려달래요?"

"5천."

"네?"

모두가 입을 다물지 못했다.

"그건 안 되는 거 아닌가?"

"주변의 시세가 그렇대. 그런데 우리가 다른 곳에 가서 인테리어를 하려면 돈도 또 들고 이사를 하면 이사 비용도 만만치 않게 들고 미치겠다."

"새 주인을 한번 만나보죠."

"몰라."

머리에서 쥐가 나는지 장 사장이 손으로 머리를 감쌌다. 사장이라고는 하지만 직함이나 마찬가지였다. 모두가 함께 운영하는 형태이다 보니 이건 장 사장만의 문제가 아니었다.

"지금 여유자금은 천오백 정도야."

"저한테 천만 원은 있어요."

은수가 말했다.

"어차피 보증금이니까 저축한다고 생각하죠 뭐."

"그래도 이천오백이 부족해."

그때였다. 은수의 핸드폰으로 문자가 들어왔다.

"왜 그래?"

"광고가 들어왔어요."

"뭐?"

"삼천 준다는데요?"

모두가 갑자기 환호성을 질렀다.

"하늘이 우릴 돕나 보다, 은수는 하늘이 내려준 천사고."

하지만 은수는 웃을 수 없었다. 해성그룹의 TV광고였기 때문이었다.

"후~"

"왜 그래?"

옆에 있던 향기 언니가 물었다.

"진짜 안 하고 싶거든요."

이건 은수의 진심이었다. 몸을 숨겨야 하는데 이상하게 자꾸 광고를 통해 드러내고 있었다.

"벗는 거야?"

향기 언니는 엉뚱한 소리의 대가였다. 하도 어이가 없어서 은수는 웃을 뻔했다.

"아뇨, 현욱이 광고예요."

"우리 현욱이 비범하게 생겼다 했더니 이렇게 연예계로 풀리는 거야?"

향기는 그런 현욱이를 자랑스러워했다.

"클라이언트랑 만나선 안 되거든요."

"왜? 클라이언트가 현욱이 아빠라도 되는 거야?"

"……."

웃으며 말을 하던 향기의 얼굴이 점점 굳어졌다.

"진짜구나?"

그들의 말을 들은 늘푸름의 식구들은 은수를 멍하게 바라보았다.

"그러니까 현욱이가 해성그룹 광고를 찍게 되었는데 은수 씨는 그 광고를 찍기가 싫은 거야. 왜냐면 클라이언트가 현욱이 아빠라서. 그렇지?"

은수가 고개를 끄덕였다.

"그러니까 클라이언트는 해성그룹 사람이라는 건데. 홍보부장이 현욱이 아빠야?"

"……."

그 위로는 생각지도 못하는 것 같았다. 어찌 보면 당연한 일이었다. 어떻게 해성그룹의 가장 우두머리라고 생각할 수 있겠는가 말이다.

"은수 씨가 이번 한 번만 눈감아주면 안 될까? 모두가 길거리에 나 앉게 생겼는데?"

"……."

그들의 말이 틀린 게 아니고 식구 같은 사인데 나 몰라라 할 수 있는 입장도 아니었다. 거기다가 그녀 또한 당장에 갈 곳이 없었다.

"할게요."

"후~"

사장이 한시름을 놓은 것 같은 한숨 소리를 냈다.

"진짜 미안하지만 어쩔 수가 없다. 우리의 희망이 현욱이니 어떻게 하겠어. 그리고 그날은 내가 보호해 줄게."

"나도."

"나도."

다들 난리였다. 모두가 힘을 합치지 않으면 그들은 살아갈 수가 없었다. 은수의 입에서 한숨이 터져 나왔다.

광고를 찍기 전에 은수는 청심환을 먹었다. 지난번에 태식을 보았을 때 심장이 터져 버릴 것 같았기 때문이었다. 마음을 가다듬고 은수는 현욱이에게 과일 이유식을 먹였다.

"현욱이 맛있어?"

"맘마."

요즘 말을 배우기 시작한 현욱이었다.

"맘마, 맛있지?"

"이모."

향기 언니를 보며 현욱이가 말하자 향기 언니의 눈에서 꿀이 떨어졌다.

"이러니 사진작가들이 환장을 하지."

오늘은 향기 언니와 장 사장이 그녀를 따라왔다. 만일의 사태에 대비한 것이었다.

"괜찮아?"

"네."

"여기 사람들 중에 있어?"

향기와 소영은 아직도 현욱 아빠가 홍보부장쯤 되는 해성그룹의 사람이라고 생각을 했다. 그래서 열심히 넥타이부대를 찾고 있었다.

"아뇨, 아직 안 왔어요. 오늘 안 왔으면 좋겠는데……."

은수의 바람이었다. 아주 큰 것도 아니니까 어쩌면 신이 들어줄 수 있다고 생각했는데 오늘 신은 그녀의 편이 아니었다. 회장까지 광고를 찍는 데 온 것이었다.

"저, 저기."

향기 언니와 장 사장의 눈이 정말로 커졌다.

"배은지 아니야?"

"맞아."

해성그룹 회장이 온 것에는 관심이 일도 없는 언니들이었다. 요즘 가장 핫한 배우 배은지가 현욱이와 광고를 찍기 위해 등장했다. 그리고 거짓말처럼 그녀들에게로 왔다.

"아기 이름이 뭐예요?"

가까이서 보니 더 예뻤다.

"현욱이요."

은수가 진짜 떨리는 목소리로 말했다.

"현욱아, 누나 잘 부탁해."

현욱이도 예쁜 걸 아는지 유난히 방글방글 웃었다.

"느낌이 좋은데요."

배은지가 감독에게로 향했다.

"진짜 예쁘다. 그런데 어쩜 성격까지 저렇게 좋니?"

향기 언니가 입에 침이 마르게 칭찬을 했다.

"그런데 배은지하고 여기 부회장하고 스캔들 났잖아. 여자는 예쁘고 봐야 한다니까."

은지도 태식의 수많은 스캔들 중에 배은지가 속해 있다는 걸 알고 있었다.

"둘이 결혼하면 좋겠다. 그치?"

"……."

은수는 대답도 하지 않고 한곳을 멍하게 보았다. 회장님 옆으로 태식이 들어왔다.

"어머머, 저 사람 해성 부회장이나."

"미남이네."

"연예인 같지 않아? 악수라도 해봤으면 소원이 없겠다."

그때 회장과 부회장에게 배은지가 갔다. 태식의 옆에 선 은지는 누가 봐도 완전 잘 어울렸다.

"역시 완벽한 한 쌍이다."

언니와 사장이 난리인 가운데 은수는 그 자리에서 발을 동동 구르는 상황이 되었다. 스탭이 그녀에게서 현욱을 데리고 갔기 때문이다.

"못 알아볼 거야."

혹시나 회장이 현욱이를 보고 알아볼까 걱정인 은수는 고개를 숙이고 힐끔힐끔 그들을 보았다.

"어?"

그녀의 말을 향기가 들은 것 같았다.

"못 알아봐야 해요."

"현욱이 아빠 왔어?"

순간 향기와 장 사장이 바짝 긴장했다. 그리고 스튜다오 안의 사람들을 살피기 시작했다.

"누구야? 어떻게 생겼어?"

향기와 장 사장이 은수에게 물었지만 은수는 대답을 할 수가 없었다. 스튜디오 안에 해성그룹 사람들이 많이 왔기 때문이었다. 그들은 현욱이 아빠가 누군지 상상도 할 수 없을 것이다.

광고 촬영 날이었다. 건물도 매입을 했고 그들에게 엄청난 액수로 보증금을 올린 그는 은수에게 약간의 숨통을 트이게 해주었다. 광고를 제안한 것이었다. 점점 더 은수가 그의 제안에 그가 주는 돈에 꼼짝을 못 하게 만들 생각이었다.

그녀는 그를 철저하게 농락했기 때문에 그도 그녀를 그렇게 만들 것이었다. 그리고 그의 아들은 그가 데리고 올 생각이었다. 그녀도 모든 것을 잃어버린 기분이 어떤지 알게 해줄 것이다.

"부회장님."

"어, 최 실장."

"큰일 났습니다."

"왜?"

"회장님이 오셨습니다."

"뭐?"

광고 촬영장에 나타나실 분이 아니었다. 그런데 아버지가 광고 촬영장에 오신 것이다.

"확실해?"

"저기……."

그의 눈에 이버지가 촬영장 안으로 무턱대고 들어가는 모습이 보였다.

"정보가 샌 거야?"

"그건 아닌 것 같습니다. 추측하기에 배은지 씨 때문에 오신 것 같습니다."

그와 얼마 전에 스캔들이 난 배우가 배은지였다. 광고주와 모델 간의 만남이었다. 그때 다른 사람들도 많았는데 사진 속에는 마치 둘만 만나는 듯하게 사진이 찍혀 있었다. 상황이 아주 묘하게 꼬여갔다.

밖에 차 안에서 대기 중이던 그는 스튜디오 안으로 급히 들어갔다.

"회장님."

그와 최 실장이 아버지 앞으로 갔다.

"어떻게 오셨어요?"

"배은지 얼굴이나 보려고."

"그렇게 한가하세요? 여긴 서울하고 달라서 춥습니다."

태식은 아버지의 건강이 걱정되었다.

"그래, 좀 쌀쌀하구나."

아버지의 눈은 은지를 찾느라 정신이 없었다. 그리고 은지도 아버지가 왔다는 소식을 듣고 여우같이 달려왔다.

"회장님."

"배은지 씨 작년 연말 행사에서 보고 오랜만이야."

·

"저를 기억해 주시고 너무 감사해요."

은지는 성격 좋게 아버지를 잘 받아주었고 아버지는 그런 은지가 마음에 드신 모양이었다. 아니, 온 세상 여자들이 다 며느리라고 생각하신 모양이었다. 다른 건 다 최고를 좋아하시면서 며느릿감에는 그런 기준이 없으신 것 같았다.

"우리 회사 모델은 처음이지?"

"네."

"오늘 아주 예뻐요. 안 그러냐?"

그를 보며 아버지가 답을 정해놓고 물으셨다.

"예쁘네요."

"감사합니다."

"둘이 열애설 났다며? 사귀는 거야?"

"호호호, 아니에요."

얼굴에 웃음을 가득 담아 은지가 말했다.

"촬영 시작이요!"

스탭의 말에 은지가 인사를 하고 그제야 자리를 비켜주었다.

"잘 어울리는구나."

"누구랑요?"

"너랑, 잔말하지 말고 은수는 포기하고 배은지랑 만나."

"아버지."

아버지는 그 뒤로 그에게 말도 붙이지 않았다. 그는 은수를 눈으로 찾았다. 스튜디오의 가장 구석진 자리에 은수와 여자들이 서 있었다. 은수는 현욱이를 보느라 정신이 없었다. 어찌나 사랑스러운 눈으로 현욱이를 보는지 아들에게 부러움을 느끼는 중이었다.

"잠깐."

한참 광고 촬영을 지켜보시던 아버지가 그를 불렀다.

"태식아."

"네, 아버지."

"저기 저 아이 진짜 너 어릴 적이랑 아주 똑같아. 곱슬머리에 웃는 것까지 어쩜 저렇게 똑같은지……."

아버지의 눈이 한곳에 머물렀다. 보지 않아도 아버지의 눈이 어디로 향했을지 알 것 같았다.

"안 그러냐?"

"……."

그는 답을 할 수가 없었다.

"은수?"

"……."

아버지가 은수를 알아보셨다.

"설마 아이 엄마가 은수?"

때마침 은수가 아이를 안고 달래고 있었다.

"아버지, 그게……."

아버지는 자리에서 벌떡 일어나 은수와 아이에게로 향했다. 촬영장에서 배은지는 아버지가 자신에게 오는 줄 아는 모양이었다. 그래서 한껏 얼굴에 미소를 품고 있었다. 하지만 아버지의 발길은 은수에게로 향했다.

"은수야."

모두가 알아보는 우리나라 최고의 재벌이 은수의 이름을 부르자 따라온 여자들의 눈이 휘둥그레졌다.

"회장님."

놀란 은수가 얼른 고개를 숙여 인사를 했다.

"그동안 잘 지낸 것 같구나."

"네."

아버지의 눈이 바삐 움직였다. 은수와 현욱이 그리고 그를 돌아가면서 보시고 계셨다.

"아기 이름이?"

아버지의 목소리가 떨렸다.

"현욱이입니다."

"현욱이……."

"네, 김현욱입니다."

은수는 아기의 이름에 자기의 성을 붙여 이야기했다. 빼앗길 거라고 생각하고 잔뜩 경계를 하는 듯했다.

“김?”

“엄마의 성을 따른 겁니다.”

뒤에서 그가 아버지에게 말했다. 잔뜩 기대하고 계시는데 찬물을 끼얹기는 싫었다.

“우리 태식이 어릴 때랑 어쩌면 이리도 판박인지…….”

아버지의 눈에 눈물이 글썽였다. 내일모레에 수술 날짜가 잡혔는데 너무 마음을 상하게 하고 싶지 않았다.

“우리 태식이 아기야?”

“…….”

은수는 답을 하지 않았다. 긍정도 부정도 하지 않았다. 아마 은수도 지금의 상황이 당황스러운 것 같았다. 상황을 정리해야 했다. 은수의 언니들을 비롯해 주변의 스탭들도 웅성거리며 그들을 보고 있었다.

“아버지, 제 아기 맞습니다. 유전자 검사 결과 제 아이가 확실합니다.”

“유전자 검사요?”

은수는 너무나 놀랐는지 그 자리에서 휘청거렸다. 뒤에 언니가 잡아주지 않았다면 그 자리에 주저앉을 뻔했다.

“언제요?”

은수의 목소리가 날카로웠다.

"지난번에 현욱이 머리카락 몇 개를 의뢰했거든."

"누구 맘대로요?"

"사실대로 말했다면 이렇게 하진 않았겠지."

은수의 눈에 원망의 눈빛이 가득했다.

"그래도 나에게 말했어야 했어요."

"그럼, 이 아이가 내 손자란 말이야?"

아버지의 눈에 눈물이 차올랐다. 너무 감격하신 모양이었다. 거기다가 현욱이는 아버지의 얼굴을 만지고 있었다.

"현욱아, 할아버지다."

은수는 옆에서 창백해진 얼굴로 서 있었다.

"촬영 준비합시다."

이곳의 사정을 알 리 없는 조감독이 소리를 질렀다.

"아버지."

"현욱이 고생하면 안 된다."

"제 아들인지 남들은 몰라요. 아기의 모습을 오래 남기고 싶기도 하고요."

그의 말에 아버지가 아들을 스탭에게 넘겼다.

"은수하고 태식이는 나 좀 보자."

현욱이는 스탭들과 촬영 중이었고 그들은 아버지의 뒤를 조용히 뒤따랐다.

"은수 씨."

그녀와 함께 온 사람들이 은수가 걱정이 되었는지 은수의 팔을 잡았다.

"전 괜찮으니까 우리 현욱이 좀 잘 봐주세요. 보채면 과일 있으니까 주세요."

은수는 제법 엄마처럼 말하고는 그의 뒤를 따랐다.

"꼭 이래야 했어요?"

"아버지가 오실 줄은 몰랐어."

사실 아버지가 오실 줄은 꿈에도 생각하지 못했었다.

"말씀드린 거 아니에요?"

"아니야."

은수의 얼굴은 더욱 창백해지고 있었다.

"현욱이는 안 돼요."

"뭐가?"

"나의 전부란 말이에요."

은수는 지금 거의 기절할 것 같은 표정으로 그에게 말하고 있었다. 그들이 도착한 곳은 광고 촬영장의 사무실이었다.

"어떻게 된 거야?"

아버지의 말에 은수와 그는 아무런 말도 할 수가 없었다.

"은수 넌 왜 사라진 거야? 어머니께서 돌아가시고 우리가 필요 없어진 거야?"

"아닙니다."

"그럼? 우리 태식이가 뭐 잘못한 거라도 있었어?"

"……."

태식은 이유를 정확하게 알고 있었다. 장미 때문이었다. 그녀가 어머니의 납골당에서 그가 장미의 납골당 앞에 서 있는 걸 보고 사라진 것이었다. 그가 장미를 가슴속에 묻었다고 생각하면서 말이다.

그녀가 혼자였다면 태식은 오해를 풀었을 것이다. 그리고 그가 은수를 얼마나 그리워했는지 말해줄 생각이었다. 하지만 현욱이의 이야기는 달랐다. 그는 그의 아들의 존재도 몰랐고 그건 아버지도 마찬가지였다. 하마터면 손자의 얼굴도 못 보실 뻔한 상황이었다.

"일단 현욱이가 있으니 은수가 집으로 들어와."

"네?"

"그래서 둘의 문제는 둘이서 풀어. 내가 수술실에 들어가서 못 일어날 수도 있으니 오늘 미리 말하는 거야."

"수술이라뇨?"

"내일모레 암 수술해."

"네? 암이요?"

은수는 진짜 놀란 것 같았다.

"회장님같이 건강한 분이 왜?"

"그건 하늘만이 아시는 문제지. 그래도 오늘 내가 천운이 있는지 손자의 얼굴을 다 보고 참 놀라운 일이구나."

참 신기한 일이긴 했다.

"태식이 빌라로 들어가. 마음 같아서는 본가로 부르고 싶다만, 우리 집으로 오면 네가 속 시끄러울 거다."

윤 여사를 염두에 두고 말씀하시는 것 같았다.

"자세한 얘기는 수술 후에 나누도록 하자."

"회장님."

"마음속에 담아두지 말고 오해가 있거나 서운한 게 있으면 풀어. 말을 안 하면 모르는 거다."

아버지는 이렇게 말씀하시고 스튜디오를 떠나셨다. 그는 촬영이 끝나면 은수와 아이를 데리고 자신의 빌라로 갈 예정이었다. 하지만 은수가 순순히 그를 따라올지가 문제였다. 앞으로 순탄치 않을 것임을 직감했다.

제9장 클라이언트의 고백

촬영이 끝난 스튜디오에 늘푸름의 힘센 장사 향기와 소영이 은수와 현욱을 놓고 해성그룹 경호원들과 대치 중이었다. 여자치고는 덩치가 좋은 두 사람이었지만 덩치 좋은 경호원 여럿을 당해낼 수는 없었다.

"절대 못 데려가!"

향기 언니가 그녀를 앞에서 막고 뒤에는 장 사장이 막아섰다.

"왜들 그러세요? 작은사모님 집으로 가야 한다니까요?"

"작은사모님?"

장 사장이 뒤에서 남자의 말을 따라 했다. 장 사장의 표정으로 보아 상당히 놀란 눈치였다.

"맞아, 은수 씨?"

"네, 저 사람들 말 맞아요."

은수를 감싸던 장 사장의 팔이 힘없이 떨어졌다.

"그러면 우리 늘푸름은 끝이 난 거네?"

그녀가 이렇게 가버리면 늘푸름의 재계약은 물 건너간 거라고 생각한 모양이었다.

"아니에요. 약속은 지킬게요. 저도 일이 이렇게 될 줄은 몰랐어요."

"진짜 가도 괜찮은 거야?"

"네."

이번엔 향기 언니도 그녀에게로 돌아섰다.

"늘푸름에 주기로 한 돈은 제가 드릴 거니까 걱정하지 마세요. 아니면 집주인하고 얘기해서 올리지 말라고 할게요."

"집주인 알아?"

"알 것 같아요."

은수는 집주인이 태식이란 거에 전 재산을 걸 수도 있었다.

"그리고 지금 좀 안 좋은 일이 있는데 그것만 해결하면 제가 다시 연락드릴게요. 아니, 제 휴대폰으로 연락 주세요."

"갈 거야?"

향기 언니가 걱정이 가득한 얼굴로 물었다.

"언니, 내가 꼭 연락할게요. 가족이 없는 저에게 언니하고 사장님은 가족이에요."

"알았어, 이대로 보내는 게 맞는지 모르겠지만 은수 씨 의견 존중해."

"감사합니다. 사장님."

언니들과 헤어져 다시 그의 차에 오른 은수는 현욱을 아빠에게 빼앗긴 기분이 들었다. 아이가 아빠를 어찌나 좋아하는지 차에 타자마자 그의 무릎에 앉았다.

그녀는 그렇게 빌라에 도착할 때까지 아무 말도 하지 않았다. 그의 빌라는 예전 모습 그대로였다. 커다란 거실에 현욱이를 내려놓자 아이가 신나게 걸음마를 하고 있었다.

"앉아."

그녀는 아무 말 없이 그가 시키는 대로 소파에 앉았다.

"커피?"

"네."

"모유 수유 안 하나?"

"이제 안 먹여요."

"그렇군. 그럼 우리 현욱이는 뭘 주지?"

그가 고민을 하다가 냉장고 안의 과일을 다 꺼냈다.

"내일은 장을 봐야겠어."

은수가 주방으로 들어가서 현욱이를 위해 야채 죽을 끓였다. 그리고 배고팠을 현욱이에게 야채 죽을 먹였다. 죽을 먹은 아이는 피곤했는지 그녀의 품에서 잠이 들었다. 배가 고팠던 은수는 냉장고 안의 반찬을 대충 꺼내서 상을 차렸다.

"밥 먹을래요?"

"응, 나도 배가 고프군."

그들은 대충 집에 있는 반찬과 햇반으로 밥을 먹었다.

"집에서 식사 안 했어요?"

"응."

"왜요? 본가에서 진수성찬이 오는데……."

"집에선 안 먹었어."

은수는 설거지를 하고는 현욱이가 잠들어 있는 게스트룸으로 갔다. 샤워를 하고 나오자 그가 현욱이의 옆에 앉아 있었다. 가운만 걸치고 나온 은수는 당황스러웠지만 내색하지는 않았다.

"피곤했는지 잘 자네."

"그러네요. 태식 씨는 안 피곤해요?"

은수는 이렇게 그의 집으로 온 게 그렇게 좋지만은 않았다. 현욱이를 빼앗기면 어쩌나 하는 불안감 때문이었다.

"괜찮아. 은수는?"

"저는 좀 자야겠어요."

"그래."

그가 침대에서 순순히 물러났다. 그런데 은수는 그게 서운했다. 그가 자신을 이제 원하지 않는다는 걸 알지만 어쩔 수가 없는 마음이었다.

밤새 잠을 이룰 수가 없었던 태식은 이른 새벽에 집을 나섰다. 집에 있다가는 언제 은수의 침실로 뛰어 들어갈지 모르는 상황이었기 때문이다. 새벽 6시에 회사에 도착한 그를 보고 경비원은 귀신을 본 것처럼 깜짝 놀랐다.

아침부터 코미디 한 편을 찍은 기분이 들었다. 사무실에 들어온 그는 컴퓨터를 켜고 일을 시작했다. 하지만 일이 그의 눈에 들어올 리가 없었다.

하얀 가운 사이로 보이던 은수의 풍만한 가슴이 그의 눈에 또다시 어른거렸다. 아이를 낳아서 그런지 그녀의 몸이 더 볼륨감이 생긴 건 사실이었다. 거기다가 성숙한 섹시미까지 더해져서 보는 것만으로도 그를 달아오르게 만들고 있었다.

"아악!"

그는 사무실에서 한바탕 소리를 질렀다. 미칠 것 같은 시간이었다. 자리에서 일어난 태식은 진하게 에스프레소 한잔을 내려 마셨다. 입안 전체에 진한 커피향이 스며들었지만 그는 아직까지 정신을 차리지 못하고 있었다.

아침에 그녀의 방 앞에서 그는 손잡이를 잡고 한참을 서 있었다. 오른쪽으로 돌리기만 하면 그녀를 안을 수 있는데 차마 그럴 수가 없었다. 하지만 지금은 아침에 들어가서 그녀를 안아 들고 나올 걸이라는 후회가 물밀듯이 밀려오고 있었다.

"아악!"

또 한 번 소리를 지르자 최 실장이 언제 왔는지 사무실 안으로 뛰어 들어왔다.

"헉헉, 괜찮으십니까?"

이마가 흥건하게 땀으로 젖은 채로 숨을 헐떡이는 최 실장이 그의 앞에 서 있었다. 시계를 보니 7시였다.

"왜 벌써 왔어."

"헉헉, 출근하셨다기에……."

"그래서 구두도 짝짝이로 신었나?"

최 실장의 구두가 하나는 갈색이고 하나는 검정이었다.

"요즘 유행입니다."

"그렇군. 신발장에서 내 꺼 아무거나 신어."

"네."

그의 옷과 산발은 항상 사무실에 구비되어 있었다. 자신 때문에 자다가 날벼락을 맞은 최 실장에게 한 켤레쯤은 줄 수 있었다.

"무슨 일 있으셨습니까?"

아직도 숨을 헐떡이며 최 실장이 걱정스러운 얼굴로 물었다.

"아니."

"오늘 술 마셔야 합니까?"

"이제 마실 일 없어."

"감사합니다."

진짜로 감사하는 얼굴이었다. 그동안 그 때문에 술 배가 나왔다며 투덜거리던 최 실장이었다.

"진짜 아무 일 없으십니까?"

"없어."

"오늘 경호원들이 작은사모님과 현욱 군을 지킬 테니 일하시는데 신경 쓰셔도 될 것 같습니다."

"알았어."

그에 대해 누구보다 잘 아는 최 실장이 그의 온 신경이 은수와 아이에게 가 있는 걸 알고 이렇게 말했다.

"고마워."

"아닙니다."

최 실장이 뒤로 돌아서자 그가 아무렇지 않은 어조로 말했다.

"다음번엔 아버지에게 말하지 말게."

"처음이자 마지막으로 도움을 요청한 겁니다."

"알았어, 고마워."

"네."

아버지의 갑작스러운 등장은 최 실장이 아버지에게 말했기 때문이었다. 은수가 오니 붙잡아달라고 말이다. 아버지가 어젯밤에 직원 하나는 충신을 뒀다며 그에게 전화를 해서 알게 되었다. 솔직히 그 상황에서 모른 척 연기를 한 아버지가 더 놀라운 태식이었다.

2년 동안 태식이 얼마나 힘들어했는지 누구보다 잘 아는 최 실장이었다. 그래서 그날 장미의 납골묘 앞에 서 있는 그를 망연자실한 표정으로 보고 있던 은수의 이야기도 해주었었다. 그녀가 왜 그를 떠났는지를 말해주고 싶었던 모양이었다. 그래야 그가 은수를 찾을 것 같다는 생각이 들었다고 최 실장은 말했었다.

지금 태식은 머리가 복잡했다. 그에겐 너무 섹시한 은수를 언제까지 바라보고만 있을 수는 없었다. 하지만 지금 그는 은수의 마음을 확실하게 알 수가 없었다. 그가 용서를 한다고 해도 은수가 그에게 돌아오리라는 건 보장할 수가 없었다.

그를 냉정하게 바라보는 은수의 눈빛은 그의 머리에 각인이 되어버렸다. 그렇게 길고 긴 하루가 시작되고 있었다.

태식은 내일 수술을 받게 될 아버지와 점심식사를 함께 했다.

윤 여사도 함께.

“이렇게 모이니 좋구나. 우리 현욱이가 벌써 보고 싶다.”

“내일 데리고 가겠습니다.”

“무슨 소릴 하는 거야. 어떻게 두 살짜리를 병균이 득실거리는 병원에 데리고 와. 집에 가거든 그때 보자. 사진이나 있으면 가지고 와.”

그가 자신의 지갑에서 지난번에 함께 정장을 입고 찍은 사진을 아버지에게 드렸다.

“여기…….”

“이건 언제 찍은 거야? 어제는 아니고.”

“지난번에 해성 지면광고 찍을 때 같이 찍은 겁니다.”

“이 아이가 부회장 아들이라고요?”

윤 여사도 이 광고를 본 모양이었다.

“윤 여사도 봤어?”

“네, 아이가 하도 예뻐서 기억하죠.”

가식뿐인 윤 여사도 이번엔 진심으로 현욱이를 칭찬하는 것 같았다.

“우리 태식이 어릴 때랑 아주 똑같아.”

“이 아이는 곱슬인데요?”

“어릴 때 태식이가 아주 심한 곱슬이었어. 커서도 그럴 줄 알았는데 커서는 또 괜찮아지더라고."

윤 여사의 인상이 그리 좋지 않았다.

"우리 손자야."

"그, 그러네요."

"윤 여사님은 손자를 실감하시기엔 너무 젊은 나이시죠."

태식이 얄밉게 콕 찍어서 말해주었다.

"하긴 그렇구나. 하지만 당신도 우리 손자를 예뻐해 주리라고 믿어."

"네, 그럼요."

마음에도 없는 소리를 참 잘하는 윤 여사였다.

"오늘 이렇게 모이라고 한 이유는 따로 있어."

아버지가 집안 변호사인 민 변호사를 불렀다.

"내가 혹시 죽을 때를 대비해서 유서를 썼다. 상속에 관한 문제니까 잘 들어둬."

윤 여사의 기대에 찬 눈이 그가 보기에도 느껴졌다.

"윤 여사님은 강남의 한의원 건물과 삼성동의 빌라를 주셨습니다."

윤 여사는 더 기대하는 눈빛이었다.

"모든 주식과 본가 그리고 한남동의 빌라 등 회장님의 모든 재산은 아들인 황태식 부회장님의 소유입니다."

"네?"

윤 여사가 자기도 모르게 토를 달았다.

"우리 태식이가 회사에서 입지가 굳으려면 주식은 다 태식이 것이어야 해."

"회장님, 저는 주식이 없나요?"

"당신이 무슨 주식이 필요해. 금싸라기 땅에 건물을 두 채나 주는데……."

우리나라 제일의 갑부이자 세계 부자 순위에도 들어가는 재벌 중에 재벌인 아버지에게 겨우 백억짜리 건물 하나와 30억짜리 빌라 하나를 받은 윤 여사는 대놓고 실망감을 드러냈다.

"우리가 결혼할 때 쓴 혼전계약서보다 건물 하나가 더 간 거야."

"알아요."

"너무 돈돈 하지 마. 없어 보여."

"네."

아버지 앞에선 꼼짝도 못 하는 윤 여사였다. 아버지는 윤 여사의 머리꼭대기에 앉아 계셨다. 뒤에서 무슨 짓을 하는지까지 다 알고 계시는 분이었다. 그동안은 말씀을 안 하시다가 오늘 재산을 정리하며 그동안 윤 여사를 어떻게 생각하고 계셨는지를 보여주고 계셨다.

"그런데 왜 수술 전에 이렇게 기분 나쁜 얘기를 하세요?"

윤 여사가 마지막으로 아버지에게 한마디를 했다.

"적당히 해. 뭘 하든 부처님 손바닥이니까. 당신이 아나운서 새끼 만나는 것도 다 알고 몹쓸 약들을 아이들에게 주었다는 얘기도 알아."

윤 여사의 입술이 파르르 떨렸다.

"그리고 누군가 날 죽이려고 한다는 소문이 있거든."

"네?"

"내가 일찍 죽어야 좋을 사람은 이제 우리 태식이밖에 없어."

아버지는 이렇게 윤 여사와 민 변호사에게 경고의 메시지를 날리신 것이었다.

"뒤에서 하도 우리 태식이를 건드리니까 내가 다 막아놓고 가고 싶은 거야. 가만히 놔뒀으면 더 많은 돈이 생겼을 텐데 다들 자기 복들을 찬 거지."

"……."

회장의 말을 듣고만 있는 민 변호사와 윤 여사의 표정이 아주 가관이었다.

"내가 살아오면서 가장 중요하게 생각하는 게 정보력이야. 그래서 난 많은 정보망들을 가지고 있어. 그래서 쓸데없는 소리를 참 많이 들어. 안 그런가? 민 변호사."

분위기가 아주 싸해졌다.

“민 변호사가 우리 은수를 데리고 와준 건 아주 고맙지만 그 의도가 좋지 않았다는 건 이미 알고 있었어. 내가 은수를 조사해 보니 흠 잡을 데 없이 괜찮은 아가씨더군.”

“…….”

“하지만 우리 해성을 그 머리로 차지하기엔 멀었어. 소송이나 신경을 쓰라고. 알았나? 엉뚱한 데 신경 써서 이미지만 구기지 말고. 그건 김 사장에게도 안 좋아.”

“회장님, 오해십니다.”

“민 변호사도 우리 해성의 법무법인을 계속하고 싶으면 입조심하는 게 좋아. 이제 해성의 주인은 내가 아니라 태식이야. 언제든지 법무법인 따위는 바꿀 수가 있는 거지. 나와 민 변호사의 아버지와의 우정은 우리 대에서 끝이 나는 거야.”

민 변호사의 얼굴이 파랗게 질려 있었다.

“우리 김 사장도 부회장이 될 수 있었는데 이제 물 건너갔어. 난 윤리적인 면도 중요하게 생각하거든. 우리 회사엔 이제 부회장은 없어.”

민 변호사의 표정이 굳어버렸다.

“빨리들 먹어. 비싼 음식이니까.”

유명한 한정식 식당에서 밥을 먹었지만 윤 여사와 민 변호사는 제대로 먹지를 못했다. 못 먹기는 그도 마찬가지였다. 내일 아버지의 수술 때문에 여간 신경이 쓰이는 게 아니었다.

점심을 먹고 난 그는 사무실로 돌아와 업무를 보고 있었다.

"부회장님, 김 사장님이 잠깐 뵙기를 원하십니다."

오늘은 아주 가지가지 하는 날이었다.

"들어오시라고 해."

굳은 표정의 김 사장이 사무실 안으로 들어왔다.

"앉으세요."

"은수가 왔다면서요?"

태식의 앞에 자리 잡으며 김 사장이 말했다.

"네."

"아이도 있다고."

"네."

그는 장인어른이자 자신의 부하직원인 그에게 정중하게 말하고 있었다.

"그런데 은수가 거의 납치가 됐다고 하더군요."

"민 변호사님이 그러던가요?"

"네."

"그래서요?"

"저희는 은수와 아이를 데려올 생각입니다."

"아이가 아니라 현욱입니다."

그가 꼭 짚어 말했다.

"그래도 우리 손잔데 그렇게 대접 받게 하고 싶지 않습니다."

"저희가 잘못한 건 없는 것 같은데요."

"부회장님!"

"네, 김 사장님."

"이렇게 하시면 저희도 법적으로 해결할 수밖에 없습니다."

"문제가 있어야 법적으로 해결하죠. 잘사는 사람들에게 무슨 문제가 있다고 법을 운운하십니까?"

문제는 아이에게 상속될 재산이었다. 조 단위의 막대한 재산은 그에게서 현욱이에게로 이어질 게 뻔했기 때문에 그들은 현욱의 재산을 노리는 게 분명했다. 부회장이 물 건너가니 이제는 아이의 재산까지 노리고 있는 아주 질 나쁜 인간들이었다.

그가 회장이 되면 당연히 그는 청산의 대상이었다. 그걸 누구보다 잘 아는 김 사장일 것이다.

"아참, 민 변호사님과 전화 통화 안 하셨습니까?"

오늘 점심때의 일을 모르고 그에게 이렇게 온 걸 보니 민 변호사가 김 사장을 완전히 무시하는 것 같았다.

"오늘 점심시간에 아버지께서 민 변호사에게 말했습니다. 적당히 하라고 다 알고 있다고 말입니다. 저도 똑같은 말을 김 사장님께 드리고 싶네요. 이제 민 변호사와 김 사장님의 야망은 접으실 때가 된 것 같습니다."

"난 은수를 만나야겠어."

상황 파악이 덜된 모양이었다.

"언제든지 만나셔도 됩니다."

"정말인가?"

"네, 일단 결혼식 때 보시죠."

"결혼식?"

"결혼식 전까지 신부는 관리를 받아야 하니까요."

"관리라니?"

"피부 관리 뭐 그런 것 있지 않습니까? 그리고 장인어른, 회사에서는 이렇게 사적인 이야기는 좀 거북합니다."

그의 말에 김 사장의 얼굴이 붉으락푸르락했다.

"제가 좀 바빠서요. 안녕히 가십시오."

자신의 출세를 위해 은수를 버린 남자였다. 장인어른이라는 소리는 하기 싫었지만 좋게 생각해 보면 그들을 이어준 역할을 한 사람이니 이 정도의 예의는 갖추어주었다.

일에 다시 몰두하다 보니 퇴근시간이었다. 그동안 그가 일어나기까지 그 누구도 움직이지 못했었다. 그런 그가 2년 만에 정시에 칼 퇴근을 하고 있으니 직원들이 하던 일을 멈추고 멍하게 그를 보고 있었다.

“다들 퇴근해.”

“…….”

“더 일하든지.”

“아닙니다.”

최 실장이 직원들에게 빨리 정리하라는 손짓을 하더니 그의 옆에 다가와 꽃바구니 하나를 건넸다.

“이건 사모님 드리시고 이건 현욱 군 겁니다.”

“뭔데?”

“요즘 애들이 좋아하는 공룡인형입니다.”

“고마워.”

“들어가십시오.”

그는 최 실장이 준비해 준 꽃과 선물을 들고 집으로 향했다. 아마도 차가운 표정의 은수가 그를 맞이하겠지만 말이다.

빌라에 들어서자 다른 날과는 다르게 기분이 좋은 태식이었다. 문을 열고 집 안으로 들어왔지만 집 안은 아주 고요했다. 게스트룸의 문을 여니 아기 침대가 새로 들어왔다. 현욱이 방의 인테리어 공사가 끝날 동안 엄마와 함께 자야 하는데 어른의 침대는 위험해 보여서 그가 오늘 오전에 최 실장에게 부탁했는데 그게 온 모양이었다.

아기 침대 안에서 현욱이가 새근새근 자고 있었다. 태식은 그렇게 몸을 돌려서 가려고 했다. 그런데 열린 욕실 문을 통해 수건 한 장으로 앞을 가린 은수가 나오고 있었다. 둘의 눈이 마주쳤다.

"아기 침대가 있길래."

어색한 침묵은 그가 먼저 깼다. 하지만 그의 눈은 은수의 머리끝에서 발끝까지 향하고 있었다. 2년 전 은수보다 훨씬 더 육감적이었다. 흰색의 피부는 그대로였지만 더 풍만해진 가슴과 굴곡진 몸은 그의 심장을 두근거리게 했다.

"이거……."

그의 손에 들린 꽃바구니와 장난감을 침대 위에 올려놓은 그는 아직 자리를 뜨지 않고 있었다.

"꽃이랑 현욱이 장난감을 최 실장이 준비했더라고……."

"고마워요."

또다시 어색한 침묵이 흘렀다. 태식은 넋을 잃고 은수를 바라보았다. 뛰는 심장을 주체할 길이 없었다. 당장이라도 뛰어가서 안고 싶지만 그녀가 그를 거부할까 봐 두려웠다. 아니, 무서웠다.

그들의 시선이 공중에서 뜨겁게 얽혔다.

"갈까?"

그가 할 수 있는 유일한 말이었다.

“가지 마요.”

“응?”

처음엔 잘못 들은 줄 알았다.

“나랑 같이 있어요.”

그녀의 말에 그는 자신도 모르게 어느새 은수 앞에 가 있었다. 그녀의 잘록한 허리를 안은 그는 그동안의 그리움을 담아 그녀에게 격렬하게 키스를 했다.

“으으음.”

현욱이 앞이라는 것도 잊고 그는 은수의 입안에 혀를 밀어 넣기 바빴다. 그의 혀가 은수의 입안에서 미친 듯이 움직이고 있었다. 갑자기 둘은 정지 상태가 되었다. 현욱이가 칭얼거리는 소리를 냈기 때문이었다.

그가 은수를 안았다. 그녀의 몸에 둘러진 수건은 이미 바닥으로 떨어진 지 오래였다. 그녀와 마주 보고 있는 그의 침실로 은수를 안고 갔다. 그들의 입술은 이동하는 내내 하나처럼 붙어 있었다.

그녀를 자신의 침대 위에 내려놓은 태식은 빠르게 옷을 벗어버렸다. 얼마나 서둘렀는지 그의 바지 하나가 발에 걸려 뒤집어졌다.

“미치겠군.”

은수에게 정신이 팔린 나머지 그는 바보가 된 것 같은 느낌이었다. 하지만 지금은 체면보다 은수를 갖는 게 더 급했다. 그가 침대 위로 올라갔다. 은수는 이불도 덮지 않은 채 그를 기다리고 있었다.

그녀의 부드러운 피부가 그의 맨살에 닿자 그는 저도 모르게 몸을 부르르 떨었다. 손으로 그녀의 몸 구석구석을 더듬으며 입으로는 그녀의 풍만한 가슴을 빨았다. 미치게 좋았다. 그의 페니스는 마치 고삐가 풀린 망아지처럼 서 있었고 그녀의 안으로 들어가지 않으면 죽을 것 같았다.

애무를 할 시간이 없었다. 그의 페니스가 그녀의 입구를 밀고 들어갔다.

"아악!"

은수의 질은 처음처럼 타이트했다. 그동안 그녀에겐 확실하게 남자가 없었다. 태식의 얼굴에 미소가 떠올랐다.

퍽퍽퍽!

그들의 야릇한 소리가 방 안을 울리고 있었다. 처음은 생각보다 빠르게 끝이 났다. 도저히 참을 수가 없었기 때문이었다. 은수도 실망을 했는지 말이 없었다. 그런 은수의 표정을 보는 게 싫지는 않았다.

"왜, 실망했어?"

"아니오."

"아니긴, 얼굴에 다 쓰여 있고만."

"내가 아기를 낳아서 매력이 없어진 거겠죠."

은수의 목소리가 떨렸다. 그의 생각과는 다른 방향으로 이야기가 흘러가고 있었다.

"아니야."

"위로하지 마요."

은수가 갑자기 침대에서 내려가려고 했다. 그가 그런 은수를 침대 위에 다시 눕혔다.

"너무 자극적이라서……."

은수가 의아한 눈으로 그를 보았다.

"은수 네가 너무 자극적이어서 빨리 흥분한 거야. 너무 섹시해서 미칠 것 같았다고. 도대체 나한테 무슨 짓을 한 거야?"

그의 페니스는 벌써 서버렸다. 그가 자신의 페니스를 은수의 여성에 비벼댔다.

"이런데 내가 은수에게 실망했다고? 실망하는데 이렇게 서?"

그의 입술이 놀란 은수의 입술을 집어삼켰다. 그래도 처음보다 조금은 흥분이 가라앉을 줄 알았는데 그의 페니스는 2년 동안 참은 걸 보상받아야겠다고 생각하는지 벌써 흥분이 되어 있는 상태였다.

그의 손이 은수의 가슴을 잡았다.

"커졌어."

"현욱이 때문이죠."

"덕은 내가 보는 것 같아. 미치게 섹시해."

그가 그녀의 커다란 유두에 입을 맞추었다. 그리고 그녀의 유두를 혀로 핥았다.

"아흐."

이제야 그녀의 신음 소리가 들렸다. 조금 전까지 그는 너무 흥분해 있어서 그녀가 신음 소리를 내는지조차 알지 못했었다. 손에 힘을 주자 부드러운 가슴이 일그러졌다. 은수의 입안에 있던 그의 혀가 이번엔 그녀의 유두에 머물렀다. 아이를 낳아서인지 핑크색이던 유두가 짙은 갈색이 되었지만 아이들이 먹는 우유향이 그녀의 유두에서 났다.

오늘 그의 혀는 열일을 하고 있었다. 유두에서 이제는 점점 더 아래로 내려와 아이 엄마 같지 않게 탄탄한 배 위에 머물렀다. 깊게 파인 그녀의 배꼽에 혀를 밀어 넣은 그는 몸을 활처럼 휘는 은수의 허리를 잡았다. 그리고 그녀의 검은 숲에 입술을 묻었다.

까실까실한 그녀의 터럭이 그의 얼굴에 닿았고 그녀의 향이 그의 코를 자극했다. 그는 페니스로 모든 피가 몰리는 느낌을 받았다.

"벌려."

그가 은수에게 다리를 벌리라고 명령했다. 그러자 은수는 순순히 그에게 자신의 모든 걸 보여주었다. 조명도 끄지 않은 그의 방에서 환히 보이는 은수의 여성은 자극 그 자체였다.

"예뻐."

그는 이렇게 말을 하고는 그녀의 여성을 손가락으로 쓸었다.

"아아아."

그녀가 자극을 받았는지 허리를 들었다. 태식은 그녀의 허리를 잡았다. 그리고는 여성이 더 드러나게 손가락으로 양쪽을 벌렸다.

"아흐."

그녀의 질에서 물이 넘쳐흐르고 있었다. 은수도 몹시 흥분한 상태였다. 그녀의 눈동자가 짙어졌다. 그는 손가락 하나를 질 안으로 밀어 넣었다. 은수가 흥분으로 몸을 떨었다. 그도 은수와 함께 쾌감을 느끼고 있었다.

은수같이 민감한 여자와 섹스를 한다는 건 행운이었다. 거기에 그녀의 부드러운 육체는 그를 한층 더 흥분하게 만들고 있었다.

"2년을 참았어."

"여자가 없었단 말이에요?"

"여자가 있어도 섹스를 할 수가 없었어."

“왜요?”

“녀석은 은수에게만 반응하거든.”

사실이었다. 섹시하다는 여자들이 그를 유혹했지만 그는 진짜 그녀들에게 끌리지 않았다. 오로지 그의 밤을 지배하는 건 은수뿐이었다. 그의 손가락이 은수의 질 안에서 바쁘게 움직이고 있었다.

“아아앙.”

그녀의 질 벽에서 느껴지는 감촉이 너무나 좋았다. 그는 손가락 하나를 더 넣어서 은수를 더욱 흥분하게 만들었다. 어떻게 이렇게 좋은 걸 2년간이나 참고 살았는지 그는 한숨이 나올 지경이었다.

“은수야.”

“제발 넣어줘요.”

은수가 사정을 했지만 이번엔 그가 말을 듣지 않았다.

“빨고 싶어.”

그는 이렇게 말하며 그녀의 여성에 입술을 묻었다.

“아앙.”

은수는 그의 머리카락을 잡았다. 그리고 허리를 들어 그가 자신의 여성을 더 깊이 빨아들일 수 있도록 도와주었다.

“태식 씨.”

그녀가 거의 숨넘어가는 소리로 그를 불렀다. 그의 혀가 은수의 클리토리스를 건드리고 있기 때문이었다. 콩알만 한 걸 건드리는 순간 은수는 자제력을 잃어버리는 것 같았다. 은수의 몸은 2년 전보다 더 민감해진 것 같았다.

"미치겠어."

은수가 육감적인 자신의 몸을 격한 호흡과 함께 움직이고 있었다. 태식은 자신의 커다란 손으로 그녀의 육체를 더듬으며 입으로는 여성을 삼키고 있었다. 은수의 모든 게 그를 매료시키고 있었다.

굶주린 2년간의 세월을 보상받고 싶은 마음이 그대로 태식의 손길에 드러나고 있었다.

"아아아앙."

"여기가 좋아?"

그녀의 민감한 클리토리스를 빨아들이자 은수의 몸이 활처럼 꺾이며 신음 소리가 점점 더 커지고 있었다. 그는 몸을 일으켜 단번에 그녀의 질 안에 자신의 페니스를 넣었다. 처음보다 더 좋았다.

"으윽!"

그의 입에서 신음 소리가 터져 나오고 있었다. 여자의 몸이 이렇게 그를 흥분시킨 적은 없었다. 은수와의 섹스 중에서도 지금이

가장 좋았다. 마치 내 것을 되찾은 기분이었다. 그랬다. 은수는 그의 것이었다.

펵펵펵!

"아아아앙."

그의 허리 짓에 맞추어 은수가 신음 소리를 뱉으며 그의 엉덩이를 작은 손으로 잡고 있었다. 더 강하게 들어오라는 의미인 것이다. 더 깊이 그를 느끼고 싶다는 것이다.

"은수야."

"아흐."

"헉헉헉."

그의 심장이 터질 듯이 거칠게 뛰기 시작했다. 그녀의 몸 안에서 그는 녹아내릴 것 같았다. 그의 근육들이 그녀의 질 안에서 조여지는 느낌은 그를 폭발하게 만들었다. 거칠게 움직이는 그의 엉덩이는 이제 속도를 더하고 있었다.

온몸에 땀이 비 오듯이 쏟아지고 있었지만 태식은 숨도 쉬지 않고 거칠게 움직이기 시작했다. 살갗이 격하게 부딪치고 은수의 손가락이 그의 등을 파고들고 있었지만 태식은 이 거친 몸짓을 멈출 수가 없었다.

이렇게 섹스에 미쳐 본 적은 없었다. 은수를 들어 올린 태식은 은수를 엎드리게 했다. 진짜 짐승이 되고 싶어 그녀와 뒤로 관계를 맺었다. 그녀의 엉덩이 아래로 그의 페니스가 들어갔다가 나왔다 하는 모습이 보였다.

그의 페니스의 끝이 그녀의 자궁 끝에 닿는 느낌도 좋았다. 은수는 침대의 헤드를 한 손으로 잡고 나머지 한 손은 침대의 시트를 움켜잡았다.

"아아악, 죽을 것 같아요."

"헉헉헉, 미칠 것 같아."

그의 정신이 혼미해질 정도로 좋았다. 아래서 출렁이고 있는 은수의 커다란 가슴을 손으로 잡았다. 은수의 유두가 그의 손가락 사이에 끼었다 그는 유두를 살짝 비틀었다. 그러자 은수가 신음이 섞인 비명을 질렀다.

"더 이상 자극하지 마요. 터질 것 같아."

"헉헉헉."

이제 진짜 마지막을 향해 달리고 있는 태식이었다. 거친 숨을 몰아쉬며 그는 은수 안에 자신의 분신들을 마구 쏟아냈다.

땀으로 범벅이 된 그들은 침대 위로 그대로 쓰러져 버렸다. 여전히 그들의 입에선 거친 숨이 쏟아져 나왔다.

"헉헉, 왜 나를 붙잡았지?"

"그냥요."

"그냥? 이렇게 섹스가 하고 싶었던 건 아니고?"

"하고 싶었어요. 매일 당신과……."

그녀의 말에 그가 은수를 자신의 품 안에 안았다.

"그런데 왜 도망간 거야?"

그의 질문에 은수는 이제 솔직하게 말해야 했다.

"당신이 사랑하는 사람이 따로 있었으니까. 그리고 그 사람은 내가 도저히 이길 수 없는 사람이니까. 그래서 포기했죠."

"왜 묻지 않았지?"

"물었어요. 그것도 여러 번. 태식 씨가 말하기 싫어했죠."

그도 기억했다. 하지만 둘 사이에 장미의 이야기가 나오면 어색해질까 봐 일부러 피한 것이지 장미를 사랑해서가 아니었다.

"그리고 그 상자……."

"무슨 상자?"

뜬금없는 상자 이야기에 태식은 고개를 갸웃거렸다.

"기억에 없어요? 당신의 드레스룸에 있던 검은 가죽 상자."

"폴라로이드?"

이제 그녀가 왜 떠날 수밖에 없었는지 이해가 갔다. 장미와의 은밀한 장면이 있는 사진들이었다.

"태워 버렸어."

은수는 아무런 대꾸도 하지 않았다. 안 믿는 눈치였다.

"장례식 때 장미에게 간 건 사랑하는 사람을 만났다고 이제 다시는 안 온다고 말한 거였어. 그게 그렇게 오해를 받게 될 줄은 생각 못 했어. 그땐 내가 어리석었어."

은수는 그를 빤히 바라볼 뿐 불안하게 말이 없었다.

"난 장미를 사랑하지 않았어. 그게 사랑이라고 생각한 거지."

"……."

"내가 사랑한 사람은 오직 김은수 한 사람뿐이야."

"다시 한 번 말해봐요."

은수가 믿기지 않는다는 표정으로 그를 바라보았다.

"사랑해. 예전에도 그랬고 지금도 그렇고 앞으로도 사랑할게."

"태식 씨……."

은수가 울면서 그의 목을 팔로 감았다.

"저도 사랑해요. 당신이 다른 사람을 사랑한다고 생각하니 마음이 찢어졌어요."

태식이 울고 있는 그녀의 볼에 입을 맞추었다.

"울지 마."

"안 울어요."

"내가 앞으로 잘할게. 복수한다고 생각은 했지만 그건 은수를 만나기 위한 핑계에 지나지 않았어."

"클라이언트가 당신이라는 걸 알았을 때 기뻤어요."

"진짜?"

"그리고 당신을 다시 봤을 때 당신 품에 이렇게 안기고 싶어 죽는 줄 알았어요."

"나도 은수를 다시 만난 날 침대에 쓰러트리고 싶었어."

그의 입술이 다시 은수의 입술을 덮었다.

"으아앙."

현욱이의 울음소리가 들리자 둘은 어느새 침대에서 나와 현욱이가 있는 게스트룸에 가 있었다. 은수가 현욱이를 안아 올리자 아이는 다시 잠이 들었다.

"우리 아들이 나의 경쟁자가 될 줄은 몰랐어."

"설마요."

"이렇게 당신의 가슴을 만지는 게 싫어."

"태식 씨."

은수가 그를 째려보자 그가 입을 닫았다. 하지만 은수의 가슴을 만지며 자고 있는 녀석에게 태식은 질투를 느꼈다.

"둘이 당신 때문에 많이 싸우겠어."

"아기예요."

"그래도."

"당신은 어른이고요."

"우리 둘째는 딸아이로 낳자. 딱 당신 닮은 딸 말이야."

은수는 그의 말에 웃음을 터트렸다. 현욱이를 재우고 그는 다시 은수를 안아 들고는 자신들의 침실로 향했다. 그리고 밤새워 은수를 괴롭힌 태식이었다.

제10장 클라이언트의 사랑

12월이었다. 올해는 유난히 눈이 많이 내렸다. 이제 세상의 모든 것에 관심을 갖기 시작한 현욱이는 눈이 마냥 신기한 것 같았다.

"엄마, 눈……."

현욱이는 또래보다 뭐든지 빨랐다. 교육을 하러 오신 선생님들은 현욱이의 인지능력이 다른 아이들보다 빠르다며 칭찬을 아끼지 않았다. 그럴 수밖에 없는 게 아들바보 아빠의 아주 극악무도한 교육열 때문이었다.

국내에서 나오는 모든 교구와 장난감이 출시 즉시 현욱이의 공부방으로 직행을 하고 있었기 때문이었다. 현욱이의 방만 두 개였다. 하나는 침실, 다른 하나는 공부방이었다. 상주하는 유모도 있었고 가정교사도 3명이나 있었다.

어린이집 선생님 출신인 그녀의 교육열도 높기는 했지만 태식의 교육열에 비하면 아무것도 아니었다. 은수는 너무 열정적인 태식이 걱정되었다.

윙—

향기 언니였다.

"언니!"

[사모님 뭐 하시나 해서.]

"그냥 있어요. 안 그래도 승재가 너무 보고 싶던 참이었는데……."

[나는?]

"언니는 당근 보고 싶죠."

[바빠?]

그래도 일주일에 두 번은 늘푸름에 갔었다. 아직 그녀는 늘푸름의 직원이었다.

[오늘 두 시간만 시간 내.]

"왜요?"

[저녁에 본사 이전 파티가 있거든. 아주 재미있을 거야. 솔직히 승재가 현욱이 보고 싶다고 난리야. 지난주에도 봐놓고.]

"몇 시예요?"

[7시부터야. 집도 가까운데 잠깐 나와.]

"알았어요."

늘푸름의 건물이 서울의 마장동으로 옮겼다. 3층 건물에 1층은 사무실과 아이들의 놀이터, 2층과 3층은 숙소였다. 이건 태식이 미혼모들을 위해 만들어준 것이었다. 그리고 관리는 해성그룹에서 맡았기 때문에 전기료와 수도 요금도 기업에서 후원을 했다.

늘푸름 장 사장은 눈물을 흘리며 반겼다. 늘푸름의 식구들도 10명에서 15명이 되었다. 아이들까지 하면 30명이었다. 어느새 규모가 커진 것이었다. 그리고 해성백화점과 해성어페럴이 꾸준히 늘푸름에 쇼핑백, 에코백을 오더했다.

그래서 모두가 은수를 회장님이라고 불렀다. 장 사장도 은수가 직함을 맡아주는 게 늘푸름을 위해 좋다고 말했지만 아직 그럴 수는 없었다.

그와 아직 혼인신고도 하지 않은 상황이었기 때문이었다. 그의 빌라로 들어온 지 3개월이 되었는데 그들의 결혼 얘기는 아직 없었다. 그녀 또한 묻지 않았다. 그녀는 굳이 형식에 얽매이지 않았다.

하지만 불안하지는 않았다. 그가 은수를 사랑한다는 걸 알기 때문이었다.

오늘 약속이 있다고 그에게 문자를 남기고 은수와 현욱이는 새로운 늘푸름 건물로 향했다. 굉장히 세련된 디자인 건물이었다. 무엇보다 마음에 드는 건 1층에 있는 아이들의 놀이방이었다. 엄마들이 수시로 드나들며 아이들을 케어할 수 있게 잘 만들어져 있었다.

그리고 영아도 보살필 수 있게 수유실과 함께 아기들의 침대도 있었다.

"진짜 예뻐요."

"다 해성 부회장님 덕분이야. 얼마나 꼼꼼히 신경 써주셨는지 몰라."

"다행이에요."

"일은 안 할 거야?"

"하고 싶은데 생각보다 시간을 내기가 힘이 들어요. 우리 집에 현욱이 말고 애기가 또 있거든요. 덩치도 크고 말도 안 듣는 아이요."

"호호호, 그렇지."

시설이 커지니까 일손도 딸리는 것 같았다.

"오늘은 치킨 파팁니까?"

그녀가 묻자 소영이 고개를 흔들었다.

"오늘은 식당에서 준비한 음식이야. 내가 솜씨를 발휘했지."

"식당이요?"

"응, 여기 지하에 작은 식당이 있어서 조리사분이 음식을 하시지."

"조리사요?"

"나."

향기 언니는 이곳에 오기 전에 쉐프였다고 들었는데 언니가 아기들과 엄마들의 식사를 전담하기로 한 모양이었다.

"향기가 음식 진짜 잘해."

"호텔 조리과 나와서 유명 호텔에도 있었대요."

"잘됐네."

"그럼 우리 지하식당으로 내려갈까?"

은수와 언니들은 지하로 내려갔다. 미리 크리스마스의 분위기를 내서 그런가 한층 업된 분위기였다.

늘푸름에 새로운 식구들도 들어왔다. 다들 아이들을 혼자 힘으로 키우는 훌륭한 엄마들이었다.

"나이들이 많이 어려 보여요."

"저기 성아 씨는 아직 19살이야. 고아기도 해서 아기를 봐줄 사람이 없어."

학교에 다닐 나이인데 안쓰러운 마음이 들었다.

"검정고시 준비한다고 하더라고."

"아이를 위해서 열심히 잘할 거예요."

"맞아."

모두가 빙 둘러 앉아서 이야기꽃을 피우는데 갑자기 식당으로 한 무리의 사람들이 들어왔다. 그들은 요즘 한창 뜨는 개그맨들이었다.

"어머!"

모두가 갑자기 환호성을 질렀다. 그리고 그들의 공연을 오랜만에 즐겁게 보았다. 갑작스러운 선물은 태식이 보낸 크리스마스 선물이었다. 웃을 일이 많지 않은 그녀들에게 웃음을 선물한 것이었다.

"진짜 멋진 분 같아."

"맞아."

모두가 태식을 칭찬하며 그녀를 부러워했다. 은수도 오늘은 태식이 그 어느 때보다도 자랑스러웠다.

늘푸름에 다녀온 은수는 집에서 혼자 밥을 먹고 있는 태식을 발견했다.

"왜 혼자 드세요?"

"나도 지금 왔어."

"같이 먹어요."

그녀는 태식의 옆에 앉았다.

"은수가 옆에 있으면 밥 먹기 힘들어."

그의 말뜻을 알아들은 은수가 웃었다.

"웃지 마. 심각하니까."

"나도 심각해요."

"뭐가?"

"너무 고마워서 당신을 먹어버리고 싶거든요."

은수가 은근슬쩍 그의 남성을 만졌다.

"그러지 마. 경고야."

하지만 은수는 그의 말을 무시하고 그의 남성을 힘 있게 잡았다.

"오늘 유모도 있다고."

"그런데요?"

은수가 그의 입에 쪽 하고 뽀뽀를 했다.

"난 분명히 경고했어."

"알아요."

그녀가 이번엔 그의 입술을 혀로 핥았다. 도저히 못 참겠는지 그가 의자에서 일어나 은수를 안았다.

"어머, 우리 하는 거예요?"

은수는 그의 목에 팔을 감았다.

"오늘 너무 불 지른 거 알아?"

"모르겠는데요?"

그는 으르렁거리며 은수를 안아 들고는 침대로 향했다. 유모가 있었지만 그들은 자신들만의 공간에서 뜨거운 사랑을 나눌 것이다.

"소리가 크면 어쩌죠?"

은수가 걱정스럽게 물었다.

"지르면 되지."

"다 들어요."

"들으면 어때? 우리는 부분데."

그의 말에 기분이 좋아진 은수는 그에게 손짓을 했다. 빨리 그녀의 곁으로 오라고 말이다.

"진짜 오늘은 마음이 급해."

"저도 마음이 급해요."

그가 옷을 벗고는 침대에 뛰어올랐다. 그의 탄탄한 근육이 오늘따라 섹시해 보이는 은수였다.

"오늘 고마웠어요."

"뭐가?"

"이벤트."

"다들 웃을 일들이 없을 것 같아서. 은수하고 현욱이는 내가 웃겨주면 되지만 거기 분들은 그렇지 않잖아."

"그래요."

그녀가 그의 입에 키스를 했다.

"그래서 보상인 거야?"

"네."

"난 이런 보상 좋아해."

그가 그녀의 가슴에 얼굴을 묻었다. 그의 입술은 더 많은 보상을 원하는 듯 그녀의 가슴을 누비고 다녔다. 그녀의 유두를 빠는 태식의 입술은 많은 욕망을 담고 있었다.

"오늘은 내가 해줄게요."

"어?"

"누워봐요."

은수의 말을 들은 태식이 침대에 눕자 은수는 그의 입술에 진한 키스를 했다.

"오늘 확실하게 보상해 줄게요."

태식은 분명히 오늘 보상받을 일을 했다. 은수의 입술이 태식의 굵은 목을 지나 그의 가슴으로 내려왔다. 그의 탄탄한 가슴에 솟아 있는 유두를 이번에는 은수가 희롱하기 시작했다. 혀에 닿는 그의 유두는 강함이 가득했다.

하지만 은수의 혀가 계속해서 애무를 하자 그의 유두 또한 그처럼 허물어져 가는 느낌이었다. 그녀의 혀가 그의 곳곳을 핥기 시작하자 그의 입에서 신음 소리가 연이어 터져 나왔다.

"이건 반칙이야."

"당신이 매일 나에게 해주는 대로 하는 거예요."

그는 매일 밤 그녀의 온몸을 구석구석 누비고 다녔다. 오늘은 그 입장이 바뀌었을 뿐이었다. 그녀의 혀가 그의 검은 숲에 이르자 그의 몸이 심하게 경직되었다. 그의 숲 또한 그녀의 숲처럼 풍성했다. 그리고 은수의 손이 그의 거대한 페니스를 잡자 태식의 입에서는 포효 소리가 났다.

"쉿!"

그녀는 이렇게 말하고는 피식 웃었다.

"요물."

"오늘 밤 요물이 뭔지 보여줄게요."

그녀는 확실하게 그를 유혹할 셈이었다. 그녀의 혀가 그의 페니스 끝에 닿자 그가 다시 신음 소리를 냈다. 소리가 나지 않게 이를 악물고 있는 모습이 안쓰럽기까지 했다. 그녀는 그의 페니스를 잡고 귀두를 혀로 쓸었다.

"아아하."

그의 뜨거운 신음 소리가 그녀를 자극했고 그의 쿠퍼액이 그녀를 폭발하게 만들었다. 그의 페니스를 그녀가 입안에 넣자 태식은 그대로 눈을 감았다.

"아악."

그녀가 페니스를 강하게 빨아들이자 어김없이 태식이 신음을 내뱉었다.

"날 죽일 셈이야?"

"네, 오늘 우리 함께 죽어요."

그렇게 말을 하며 은수가 또 한 번 그의 페니스를 빨았다.

"아아악."

그녀가 빨 때마다 그의 페니스는 점점 더 단단해졌다. 은수는 몸을 일으켜 그의 위로 올라탔다. 그리고 손으로 그의 페니스를 자신의 질 안에 넣었다.

"아흐."

미칠 것 같은 느낌이 그녀의 온몸에 퍼지는 것 같았다.

"사랑해요."

"헉헉, 나도."

태식과 은수의 거친 숨소리가 방 안을 가득 채우고 있었지만 은수의 끝없는 욕망을 채우지는 못하고 있었다.

"헉헉헉, 미칠 것 같아요."

침대 헤드를 양손으로 잡고는 은수가 허리를 거칠게 움직이고 있었다. 그녀의 아래에 있는 태식도 거친 숨을 몰아쉬기는 마찬가지였다. 태식이 은수의 허리를 잡고 갑자기 자리를 바꾸었다.

"못 참겠어."

그의 말에 은수가 피식 웃었다.

"나도 못 참겠어요."

퍽퍽퍽!

그녀의 말과 동시에 태식이 거칠게 그녀 안으로 들어와 허리를 움직이기 시작했다. 그의 몸에 얼마나 힘이 들어갔는지 온몸의 근육들이 살아 숨 쉬는 것 같았다. 은수는 그의 잔근육 하나하나를 손으로 만졌다.

손끝에서 그의 강함을 느낄 수가 있었다. 그의 허리 짓이 계속되는 동안 은수는 태식의 모든 걸 머릿속에 담았다. 너무나 황홀한 순간이라서 오래도록 기억해 두고 싶었기 때문이었다.

"태식 씨!"

"헉헉헉."

그의 분신들이 그녀의 안으로 쏟아지기 시작했다. 은수는 팔로 그의 목을 꼭 끌어안았다. 그가 자신에게서 빠져나가는 게 싫은 듯이.

"헉헉헉, 그대로 있어요."

"헉헉헉."

그의 거친 심장 소리가 그녀의 가슴에도 그대로 전달되고 있었다.

"사랑해요."

"나도 사랑해."

한동안 그들은 그렇게 서로를 안고 가만히 있었다. 사랑한다는 말을 자주 해주는 태식이었다. 무뚝뚝하기만 한 줄 알았는데 그는 정말로 자상한 남편이었다. 현욱이에게도 잘하고 그녀에게도 아낌없는 사랑을 주고 있었다.

요즘 들어 은수는 진정한 행복이 무엇인지 알아가고 있는 중이었다.

늘푸름이 새로운 건물에 들어오고 파티를 연다고 하기에 최 실장은 태식에게 바로 사실을 알렸고 태식이 작은 선물을 하고 싶다고 해서 그가 아이디어를 내서 개그맨들을 불렀다. 모두가 좋아했고 행복해 보였다.

그들의 뒤에서 행복해하는 모습을 보고 있으니 마음이 짠했다. 한 번도 미혼모들에 대해 생각해 본 적이 없는 그였다. 그 역시 미혼모의 밑에서 자란 사람이었지만 말이다.

이 아이들도 엄마가 미혼모라는 사실 때문에 사회적으로 피해를 볼 수도 있었다. 하지만 오늘 이렇게 보니 여기의 엄마들은 당찬 것 같아 안심이었다. 역경을 헤치고 나가는 것이 아주 보기 좋았다. 하지만 지나치게 역경을 헤쳐 나가는 사람도 있었다.

이곳의 사장 장소영이었다. 3살 혜민이의 엄마이기도 한 그녀는 너무 억척스러웠다. 생긴 건 곱상하게 생겨서 하는 짓은 남자였다.

그때였다. 누군가 그의 바짓가랑이를 잡아당겼다. 아래를 내려다보니 혜민이었다.

"저 사람들 무서워."

혜민이의 눈에 눈물이 가득했다. 엄마와는 달리 아이가 아주 마음이 여렸다.

"혜민아, 괜찮아. 재밌는 사람들이거든. 웃음을 선물해 주러 온 거야."

"아냐, 가라고 해."

단단히 겁이 난 모양이었다. 아이는 이렇게 울고 있는데 엄마는 맨 앞에 앉아서 거의 기절을 할 정도로 웃고 있었다.

"아주 마음에 안 들어."

최 실장은 혜민의 엄마를 보며 구시렁거렸다.

"뭐가?"

혜민이 해맑게 물었다.

"아니에요. 꼬마 아가씨."

아이는 졸린지 자꾸 손으로 눈을 비볐다. 그냥 가려고 했는데 최 실장은 완전히 발목을 잡혔다. 그는 공연이 끝날 때까지 자리를 지킬 수밖에 없었다. 공연이 끝나고 공연 팀들을 돌려보낼 때까지 그는 혜민이를 안고 있었다.

"따님인가 봐요?"

"아빠랑 똑같이 생겼네."

공연 팀 중에 누군가 그에게 말했다. 아니, 총각도 이런 총각이 없는데 애 아빠라니 기가 막힐 노릇이었다. 그를 이렇게 만든 사람은 아직도 사람들과 이야기 중이었다.

"장 사장님!"

속에서 천불이 난 최 실장이 소영을 불렀다.

"혜민이 잔다고요."

"자네요."

기가 막힐 노릇이었다. 아이를 이렇게 안 챙기는 엄마는 처음 보았다. 그러고 보니 다른 엄마들은 아이들이 없었다.

"다른 분들은 왜 아기들이 없죠?"

여전히 혜민이를 안고 있는 최 실장이 물었다.

"다들 들어가서 자요."

"그럼 혜민이는 왜 여기 있죠?"

"그야, 최 실장님이 안고 있으니까 당번이 안 챙긴 거죠. 보호자가 있으니까."

아주 당당했다. 어쩜 그렇게 당당한지 어이가 없었다.

"이러려고 애 낳았습니까?"

아무리 화가 나도 하지 말았어야 할 말을 하고 말았다.

"네, 이러려고 낳았습니다. 애 조금 안고 있었던 거 가지고 유세 부리지 마세요. 난 365일 하루도 안 쉬고 보니까."

소영이 눈에 눈물을 머금은 채 혜민을 빼앗아 안았다.

"혜민아, 집에서 자야지."

"으으음."

아이가 졸린지 보채고 있었다. 언뜻 보니 소영의 눈에서 어울리지 않게 눈물이 흘렀다. 미안한 마음이 든 최 실장은 혜민을 빼앗아 안았다.

"뭐 하는 거예요?"

"집이 어딥니까? 여기 삽니까?"

"아뇨."

그가 혜민을 안고 걷기 시작했다.

"어디예요?"

"제일 끝 골목이요."

강하기만 할 것 같은 여자가 약한 모습을 보이니 단번에 마음이 무너져 내렸다.

"우는 건 반칙입니다."

"제가 언제 울었다고 그래요?"

그들은 늘푸름 건물을 지나면서 말다툼을 하고 있었다.

"아니, 왜 건물에 살지 않습니까?"

"한 사람이라도 더 받아야죠."

그녀의 말에 최 실장은 할 말을 잃었다. 그녀도 좋은 시설에 있고 싶을 텐데 다른 사람에게 자신의 자리를 양보한 것이었다. 쉽지 않은 일이었다.

"다 왔어요."

"몇 층입니까?"

"됐어요. 제가 안고 갈게요."

그는 한사코 그녀의 집까지 들어갔다. 오래된 빌라의 3층이 그녀의 집이었다. 집 안은 생각보다 아늑했다. 아기자기하게 꾸며진 것이 딸을 위한 엄마의 배려가 그대로 녹아 있었다.

"차 한잔하시고 가세요."

여기까지 혜민이를 안고 온 보상으로 커피 한잔을 대접받은 그였다. 혜민이는 자신의 방에서 깊이 잠들었다. 그러고 나니 두 사람은 상당히 어색해졌다.

"커피가 맛있습니다."

"다행이네요."

소영을 가까이서 이렇게 빤히 쳐다본 적은 처음이었다. 매번 하나로 묶은 머리에 청바지 차림인 그녀는 그냥 털털해 보였다. 하지만 지금 머리를 풀어 헤치고 얌전히 앉아서 커피를 마시는 모습은 그가 좋아하는 여성스런 모습이었다.

"뭘 그렇게 봐요?"

"……."

그는 딱히 뭐라고 말을 할 수가 없었다. 둘 사이에 갑자기 묘한 기류가 흘렀다. 이건 당사자들만이 아는 것이었다.

"생각보다 많이 다르네요."

여전히 최 실장의 시선은 소영에게 가 있었다.

"뭐가요?"

"그냥 굉장히 선머슴 같을 줄 알았거든요."

"맞아요."

"아닌데……."

둘의 시선이 공중에서 부딪쳤다.

"이렇게 부인을 꼬셨나요?"

소영이 다시 총각인 그를 천불나게 만들었다.

"전 결혼 안 했습니다."

"네?"

"미혼이라고요. 제가 어딜 봐서 유부남으로 보입니까?"

그녀의 시선이 그의 배로 향했다.

"이건 없었는데 다 사모님 때문입니다."

"은수 좋아했어요?"

"아뇨, 은수 씨를 좋아하는 남자 때문에 매일 술을 마셨거든요."

알 만하다는 표정으로 그를 보는 소영이었다.

"산업재해네요."

딱 그 말이 맞았다. 알코올 중독 업주에 의한 산업재해였다.

"그렇다고 봐야죠."

"노동부에 고발해요."

"조금 더 견뎌보고 그렇게 할 생각입니다."

둘은 죽이 잘 맞았다. 매번 만나서 싸웠는데 그러면서 정이 든 모양이었다. 소영이 이렇게 가는 목선을 가지고 있는지 최 실장은 처음 알았다. 최 실장은 다시 넋을 잃고 소영을 보았다.

"혹시 나 좋아해요?"

"네?"

소영이 또 허를 찌르며 들어왔다.

"아니, 뭐……."

최 실장은 말을 얼버무렸다.

"남자가 기면 기고 아니면 아니지. 참."

"아닙니다."

"알았어요."

최 실장은 말은 이렇게 했어도 여전히 소영에게 시선이 간다는 사실을 오늘 확실하게 깨달았다.

아버지는 지금 강릉에 내려가 계셨다. 그에게 회장직을 물려준 아버지는 진짜 한 치의 미련도 없이 서울을 떠나셨다. 덕분에 일주일에 한 번은 현욱이를 데리고 강릉 별장을 찾아야 했다.

현욱이가 다행히 아버지를 잘 따라서 아버지는 현욱이 보는 낙으로 사시는 것 같았다. 윤 여사는 아버지의 수술 전에 이혼을 요구했다. 더 이상 자신이 아무리 노력을 해도 아버지의 재산은 그녀의 것이 아니라는 결론을 내린 모양이었다.

아주 현명한 선택을 한 것이었다. 아버지도 윤 여사에 대한 미련은 없으신 것 같았다. 약속대로 건물 두 채를 받은 그녀는 소송을 해봐야 승소를 할 수 없으니 생각보다 빨리 물러났고 요즘은 아나운서 남친을 만나는 모양이었다.

김덕훈 사장은 아직 현욱이에 대한 미련은 못 버린 상태인 것 같았다. 그래서 결혼식을 올리지 않고 있었다. 화려한 결혼식의 주인공인 은수가 그의 집 안에 비해 너무 초라해 보일까 걱정이 돼서 그가 일부러 식을 올리지 않고 있었다.

혼인신고는 벌써 했다. 아직 은수에게 말하진 않았지만 말이다. 김현욱이 아닌 황현욱이 돼야 했기 때문에 서류정리가 빨리 필요했었다.

오늘은 그가 회장이 되어서 처음으로 주최하는 이사회였다. 그걸 준비하느라 며칠을 고생하긴 했지만 회사의 주도권은 그에게 있어서 아무도 그에게 도전하는 사람이 없었다. 지금은 말하자면 해성그룹의 태평성대였다.

그래도 한 번 기어 올라오려고 애쓴 사람은 있었다. 그의 마음에 들지 않는 장인어른이었다.

"기업에는 윤리라는 게 있습니다. 어떻게 회장님께서 결혼도 하지 않고 동거를 하신다는 게 말이 됩니까? 우리나라는 동방예의지국 아닙니까?"

이사회에서 김 사장이 말을 꺼냈다.

"말씀 한 번 해보십시오."

아주 기세가 등등했다.

"혼인신고도 했고 저희에게 문제는 없습니다. 다만 결혼식을 하지 않는 건 제 안사람에 대한 예의입니다. 아시다시피 가정환경이 그리 좋은 사람은 아닙니다. 어머니께서 돌아가셔서 혼자나 다름없는데 어떻게 결혼식이 좋겠습니까? 거기다가 아버지란 사람은 재혼을 하셨으니 결혼식장에서 얼굴이나 들 수 있겠습니까?"

"……."

김 사장의 얼굴이 굳었다.

"김 사장님, 그런 건 개인적으로 말씀하세요. 얼마든지 들어드릴 수 있습니다."

태식의 차가운 말에 김 사장은 꼬리를 내렸다.

"그리고 다음 달 대대적인 인사이동이 있을 겁니다."

그의 눈앞에서 보는 건 오늘이 마지막이었다. 김 사장도 아마 느꼈을 것이다. 그가 어떻게 그를 해성에서 쫓아낼지를 말이다. 은수를 위해서 그는 아낌없이 그의 힘을 사용해서 김 사장을 더 이상은 권력에 욕심을 내지 못하는 실업자가 되게 만들 것이었다.

해성뿐 아니라 어떤 기업의 활동도 못 하게 철저하게 막을 계획이었다. 자신이 얼마나 사회에 쓸모가 없는 인간인지를 뼈저리게 느끼게 해줄 것이다.

태식은 요즘 양평에 별장을 짓고 있었다. 은수가 살았던 집과 그 주변 집들을 매입해서 여름철에 지낼 수 있는 별장이었다.

은수에게 선물로 주고 싶어서 그가 생각하게 되었다. 모든 게 은수 위주로 돌아가고 있었다. 그게 태식의 마음을 기쁘게 했다. 사람이 사랑을 하면 이렇게 달라지는구나를 스스로 느끼고 있는 태식이었다.

"오늘 저녁은 경제인 연합회 만찬이 있는 날입니다."

"은수에게 말했나?"

"네, 지금 준비 중이십니다."

“최고로 준비시켜.”

“네.”

오늘 저녁 은수는 처음으로 사람들 앞에 나선다. 그런 은수를 위해 그는 최선을 다해주고 싶었다.

“회장님.”

“왜?”

“요즘 아주 행복해 보이십니다.”

“자네도 결혼해야지?”

“여자를 만날 시간이 없습니다.”

“지금 나한테 항의하는 건가?”

태식이 최 실장을 쳐다보았다.

“아, 아닙니다.”

“거짓말도 잘하는군. 내가 시간을 주면 결혼은 할 수 있고?”

“네, 저도 어디 가서 빠지는 얼굴은 아닙니다.”

“오호, 그래?”

“네.”

최 실장과는 이제 아주 편안한 관계가 되었다. 은수가 사라졌을 때 그의 유일한 술친구였던 최 실장이었다.

“그런데 요즘은 술 안 하십니까?”

“나야 술 마실 일이 없으니까. 그나저나 최 실장은 요즘 박 과장

하고 매일 술 마신다며?"

"네, 회장님 때문에 술이 많이 늘었습니다."

"내 핑계는 대지 말고."

최 실장의 입이 저 앞까지 나와 있었다.

저녁에 그는 서울호텔 로비에서 은수를 기다리고 있었다. 잠시 후에 그의 차가 도착했고 그 안에서 눈부시게 아름다운 은수가 나왔다. 검은색 드레스가 그녀의 날씬한 몸을 감싸고 있었다.

단아한 디자인이었지만 은수의 볼륨감 있는 곡선 때문에 아주 선정적인 느낌으로 다가왔다. 거기에 킬 힐까지 신어서 다리가 더 길어 보였다. 반전은 허벅지까지 트여 있어서 그녀의 미끈한 다리가 그대로 드러났다.

다시는 저 옷을 입히지 말아야겠다고 태식은 생각했다. 로비의 모든 사람들의 시선이 은수에게 쏠려 있었다. 특히 늑대들의 시선을 모조리 받고 있는 은수였다.

"태식 씨."

은수가 그의 이름을 부르자 태식은 자랑스러운 마음까지 들었다. 이 여자가 내 여자라고 소리라도 지르고 싶은 심정이었다.

"예뻐."

"진짜요? 난 어색해 죽겠어요."

"오늘 최고로 예뻐. 지금 당장 침대에 뛰어들고 싶을 만큼."

"하여튼……."

그녀가 그의 팔짱을 끼었다.

"나 혼자 두면 안 돼요."

"왜?"

"무서워요."

"혼자 두지 않을 거야. 다른 놈들이 채갈까 봐."

그녀가 웃었다. 웃으니까 더 예뻤다. 태식은 이 밤에 은수를 어떻게 지켜야 하는지 암담했다. 아무것도 모르는 순수함이 은수를 더 빛나게 만들고 있었다.

그의 우려는 현실이 되었다. 만찬장에 들어선 순간 은수는 모든 사람의 시선을 한 몸에 받았다. 그리고 그가 다른 그룹 회장님들하고 이야기를 하고 있는 사이에 은수는 남자들에게 둘러싸여 버렸다.

다들 그룹 총수들의 아들들이었다. 도저히 은수가 신경이 쓰여 참을 수가 없었던 태식은 사람들과 대충 인사를 한 후에 은수를 데리고 만찬장을 빠져나왔다.

"도저히 안 되겠어."

리무진에 오른 그가 은수를 향해 말했다.

"뭐가요? 내가 실수했어요?"

"아니, 내가 실수했어."

"뭐를요?"

은수는 자신의 상황을 전혀 자각하지 못하고 있었다.

"은수를 만찬에 데리고 온 거."

"제가 실수라도……."

"아니, 늑대 같은 놈들이 은수 옆에 딱 달라붙어 있는 게 싫었어."

이번엔 은수가 리무진의 차단막을 올렸다.

"왜?"

"김 기사님이 들으면 창피하단 말이에요."

"이렇게 하고 싶은 건 아니고?"

그가 은수의 입술을 덮어버렸다. 립스틱 맛이 났지만 그래도 은수의 향이라서 좋았다.

"계속 이러고 싶었어."

"못 말려요."

"사랑해."

"저도요."

그들의 키스는 빌라에 도착할 때까지 계속 이어지고 있었다.

늦은 저녁 갑자기 영화를 보자며 유모에게 현욱이를 맡기고 나오라는 말을 한 태식이었다. 하도 급하게 나오라고 하는 바람에 영화 말고 또 다른 일이 있나 싶었다. 그의 차가 빌라 앞에 와 있었다.

"무슨 일이에요? 영화 말고 다른 일 있어요?"

"예쁘게 입고 나왔네?"

블라우스에 치마를 입고 나오라고 해서 그의 말을 들었다.

"영화를 보는데 무슨 드레스 코드가 있는 것도 아니고 왜 그러는 거예요?"

"가보면 알아."

점점 더 알 수 없는 소리만 하는 태식이었다. 그가 그녀의 손을 꼭 잡았다. 오늘은 운전기사 대신에 그가 직접 운전을 했다. 안 그랬으면 벌써 차단막을 올리고 그녀와 키스를 하느라 정신이 없었을 것이다.

장난기가 발동한 은수는 그의 손을 들어 입을 맞추고 검지를 살짝 빨았다. 그가 몸을 주르르 떨었다.

"느낌이 어때요?"

"위험해."

그가 그녀의 도발에 경고를 했다. 하지만 이에 물러날 은수가 아니었다.

"느낌을 말해봐요."

그녀가 그의 손가락 하나를 다시 빨았다. 이번에는 조금 더 강도를 높였다. 이번엔 그가 자신의 손을 슬쩍 뺐다.

"피하기만 할 거예요?"

"안 그러면 우리 영화 못 봐."

진짜로 극장에 가긴 갈 모양이었다.

"알았어요."

그의 진지한 말에 은수도 더 이상 장난을 치지 않았다.

어두운 영화관에 나란히 앉은 그들은 사람들이 거의 보이지 않는 뒷좌석이 앉았다. 들어오면서 보니 큰 영화관 안에 그들 말고 세 커플이 있었다. 영화는 요즘 가장 화끈하다고 선전을 하고 있는 에로물이었다.

"우리 오늘 이거 봐요?"

"응."

"왜 하필 이 영화예요?"

"그냥."

요즘 재밌는 영화가 많이 나왔는데 왜 하필 이런 야한 영화를 골랐는지 은수는 남편을 이해할 수가 없었다.

영화가 상영이 된 지 10분도 되지 않아서 주인공들의 진한 베드씬이 나오기 시작했다. 은수도 침을 삼키며 영화에 집중을 했다. 그때 허벅지 안쪽으로 그의 손이 위험스럽게 들어왔다.

"뭐 하는 거예요?"

은수가 다급하게 그의 손을 막으며 물었다.

"하고 싶어."

"안 돼요."

은수가 급하게 태식의 손을 밀어냈다.

"보는 사람 없어."

"그래도 저 앞에 사람들이 있잖아요."

"그 사람들은 우리 신경 안 써."

어느새 그의 한 손이 그녀의 윗옷 속으로 들어와 가슴을 만지고 있었다.

"단추 하나만 풀어봐."

망설이던 그녀가 그가 시키는 대로 단추를 풀었다. 그러자 봉긋한 하얀 가슴골이 드러났다. 은수도 이런 스릴이 그렇게 싫지만은 않았다. 어느 정도 도만 넘지 않는다면 말이다. 하지만 태식은 도를 넘고도 남을 사람이었다.

"쪽!"

태식이 그곳에 입을 맞추었다.

"아!"

그녀의 입에서 신음 소리가 터져 나왔다. 그의 손가락 하나가 팬티를 비집고 들어와 그녀의 질 안에 들어왔다.

"이러지 마요."

"왜 나한테는 더 해달라는 소리로 들리지? 단추 하나만 더 풀어."

그가 은수에게 명령했다. 은수의 손이 가늘게 떨리더니 단추 하나를 더 풀었다. 깊이 파인 디자인의 블라우스는 단추 두 개를 푼 것만으로도 그녀의 가슴을 거의 드러냈다. 공개적인 장소였지만 어두움 때문에 지극히 사적인 공간으로도 바뀔 수가 있다는 걸 은수는 오늘 알게 되었다.

"브래지어를 풀어."

"태식 씨."

"유두를 먹고 싶어. 빨리."

그녀가 브래지어를 풀자 그가 입으로 브래지어를 들고 유두를 찾아 빨기 시작했다.

"사람들이 봐요."

"안 봐. 저 사람들도 각자 볼일 보기에 바쁠 거야."

그가 유두를 강하게 빨자 더 이상의 생각은 하지 못하게 된 은수였다. 그의 손가락은 여전히 그녀의 질 안에 있었다. 미칠 것 같은 흥분이 그녀를 휩쓸었다.

"이건 반칙이에요."

"은수가 먼저 시작한 거야."

차 안에서의 일을 두고 이야기를 하는 그였다.

"이렇게 하려고 야한 영화에 사람들이 없는 영화관을 택한 건 아니고요?"

그녀가 핵심을 찌르자 그는 대답 대신에 그녀의 가슴을 더욱 세게 빨았다.

"올라와."

"뭐라고요?"

"어서."

그가 은수를 자신의 무릎 위에 앉혔다.

"이건 미친 짓이에요."

"맞아."

은수는 그의 무릎 위에 앉아서 스크린을 마주 보게 되었다.

"엉덩이 좀 들어봐."

은수가 엉덩이를 들자 그가 자신의 페니스를 빼내서 그녀의 질 안에 삽입했다.

"으음."

은수는 큰소리가 날까 봐 입을 두 손으로 막았다. 그녀의 아래에선 사악한 태식이 엉덩이를 들썩이기 시작했다. 다른 사람들이 볼 수 있다는 생각에 은수는 솔직히 두려우면서도 아찔한 스릴을 느끼고 있었다.

"우린 미쳤어요."

그녀의 말에도 아랑곳하지 않고 태식은 그녀를 가졌고 영화가 끝이 나기 전에 그들은 영화관에서 나왔다.

"이러려고 극장에 오자고 한 거예요?"

"아니라곤 못 해."

"진짜 못 말려요."

"나도 내가 정상은 아니라고 생각해."

그가 운전을 하며 향한 곳은 집으로 가는 방향이 아니었다. 시간은 벌써 10시를 넘어서고 있었다. 은수는 유모에게 전화를 걸어 현욱이가 뭘 하고 있는지를 묻고는 금방 전화를 끊었다.

"뭐래?"

"잔대요."

"일찍 자네?"

"10시면 늦은 시간이죠. 당신도 자야 내일 출근할 거 아니에요."

"내일은 일요일이야."

"벌써 일요일이네요. 요즘은 시간에 날개를 단 것 같아요. 어찌나 빨리 지나가는지……."

그녀는 요즘 시간이 너무 빨리 간다고 생각하고 있었다.

"나도 그래. 그래서 늦기 전에 할 일은 빨리 하려고."

"맞는 말인 것 같아요. 하고 싶은 거 있으면 해요."

그녀는 이렇게 말하고 운전을 하고 있는 태식의 얼굴을 힐끔 보았다. 역시나 잘생긴 그녀의 남편이었다.

"난 참 운이 좋은 것 같아요."

"왜?"

"이렇게 잘생기고 능력 있는 남자는 당신 빼고 세상에 없으니까. 그런 남자를 김은수가 가졌으니까."

"오랜만에 격하게 공감하는 말을 하는군."

"겸손이라는 단어는 모르죠?"

"그게 무슨 말인지 알고 싶지도 않아."

참으로 못 말리는 자기애였다. 은수는 고개를 저었다.

"우리 어디 가는 거예요?"

"다 왔어."

어딘지 잘 모르는 동네였다. 단독주택들이 많았다. 장충동의 시댁 같은 느낌의 집들이 모여 있는 곳이었다.

"여긴 무슨 동이에요?"

"평창동."

"그런데 여긴 왜 온 거예요?"

"앞으로 우리가 살 집이야."

커다란 대문을 들어서니 장충동 시댁만 한 넓은 정원이 펼쳐졌다.

"우리 아이들이 이곳에서 뛰어놀면 좋겠다고 생각했어. 빌라에선 마음껏 뛰어놀 수 없으니까."

"태식 씨."

"마음에 들어?"

"네, 정말 마음에 들어요."

"집엔 안 들어가 봤잖아?"

"안 봐도 얼마나 멋있을지 알 것 같아요. 그래도 들어가 보고 싶어요."

그의 손을 잡아끌고 집 안으로 들어서자 그들의 일을 도와주실 한 집사님이 계셨다.

"안녕하십니까? 한 집사입니다."

은수는 어리둥절한 표정이었다. 이 모든 게 마치 꿈만 같았다.

"믿어지지 않아요."

현대적인 집 안의 풍경은 그야말로 은수의 마음을 사로잡았다. 거기다가 현욱이의 방은 완전히 아이들이 꿈에 그리는 공룡방이었다.

"진짜 멋진 방이에요."

"그럼 우리 침실로 가볼까?"

그가 은수를 안아 들었다. 한 집사님은 그들이 뭘 하든지 신경 쓰지 않을 사람이었다.

방 안에 들어가 그녀를 침대 위에 내려놓은 태식이 말을 이었다.

"오늘은 여기서 자고 갈 거야."

"현욱이는요."

"내일 일찍 일어나면 돼."

"우리가 일찍 일어날까요?"

"장담은 못 하겠지만 현욱이를 위해서 우린 일어날 수 있어."

"그냥 집에서 자는 게……."

하지만 결국 그녀는 태식에게 졌다. 샤워를 마친 그들은 와인을 들고 정원이 내려다보이는 창가에 섰다. 은수는 이런 곳에서 아이들이 뛰놀며 살 수 있다는 게 꿈만 같았다. 진짜 진정한 행복감을 느꼈다.

"행복해요."

그녀의 목소리가 감동으로 갈라졌다.

"나도."

잔을 부딪치며 은수와 태식은 서로에게 축하를 해주었다. 태식이 은수의 허리를 안았다. 그리고 성수리에 입을 맞추었다.

"그거 알아요?"

"뭘?"

"내가 아주 많이 사랑하는 거."

"그거 알아? 난 목숨보다 더 은수하고 현욱이 사랑해."

그들의 입술이 뜨겁게 부딪치고 있었다. 한밤의 열기가 그들이 들고 있는 붉은색 와인보다도 더 짙은 욕망을 뿜어내고 있었다.

제11장 사랑의 노래

현욱이가 벌써 4살이었다. 하지만 그들에겐 아직 둘째가 없었다. 지금 은수는 현욱이를 품에 안고 양평에 있는 여름 별장으로 향하고 있었다. 엄마와 같이 살던 집을 개조해서 동화 같은 집을 지어준 남편이었다.

하지만 요즘은 그녀에 대한 애정이 식었는지 얼굴을 보기조차 힘이 들었다. 출장이 유달리 많은 그 때문에 고민이 많은 은수였다. 며칠 전에 향기 언니를 만나서 이런 이야기를 했더니 바람이 난 게 분명하다고 했다.

은수는 그에게 혹시나 다른 여자가 생겼으면 어쩌나 하고 그때부터 계속해서 노심초사였다. 그러다가 안 되겠다 싶어서 그가 유럽으로 출장을 간 다음에 현욱과 조용히 집을 나왔다. 괜히 집에서 엉뚱한 생각을 하고 있는 것보다 현욱이가 좋아하는 별장에서 노는 게 낫다는 생각이 들어서였다.

양평의 별장은 진짜 동화 속의 집 같았다. 넓은 정원에는 커다란 나무가 있었고 나무 위에는 아이들의 로망인 작은 요정의 집이 있었다. 그리고 그 주변에는 예쁜 모양의 그네와 시소 그리고 미끄럼틀까지 있어서 작은 놀이동산 같았다.

그리고 별장은 빨간색 지붕으로 만들어서 아이들이 시각적으로 좋아하게 지어졌다. 거기에 수영장과 미니자동차 트랙까지 있어서 현욱이의 꿈의 동산이었다. 여름엔 별장에 매주 내려오는데 거의 그녀와 현욱이만 내려왔다.

가끔 아버님도 그들이 왔다는 소식을 들으면 이곳으로 오시곤 했다. 아버님은 강릉의 별장에서 지내셨다. 하지만 정작 태식은 회장이 된 후 바쁜 일정 탓에 그들과 함께하지 못했다.

"다 왔다."

현욱이 소리를 쳐서 은수는 창밖을 보았다.

"와, 진짜 왔네."

"도련님, 좋아요?"

"네."

김 기사 아저씨가 룸미러로 현욱이를 보며 웃었다.

"유모 없이 괜찮으시겠습니까?"

"그럼요."

이번 주부터 일주일간 현욱이의 유모가 휴가였다.

"김 기사님은 다음 주부터 휴가시죠?"

"네, 벌써 일 년이 지났습니다."

"그러게요."

김 기사가 현욱과 은수를 위해 차 문을 열어주었다. 차 문이 열리자마자 현욱이는 정신없이 미끄럼틀로 달려가고 있었다. 이럴 때 보면 영락없이 아이인데 사람들만 있으면 애늙은이처럼 점잖은 체를 해서 은수는 걱정이었다.

"오셨습니까?"

별장 관리인이 그녀에게 인사를 했다.

"이틀만 묵으려고요."

"네, 연락받았습니다."

은수는 정신없이 뛰어노는 현욱이를 보느라 집 안으로 들어가지도 못하고 한참을 놀이터에 앉아 있었다.

"현욱이 배 안 고파?"

"고파요."

"그런데?"

"더 놀고 싶어요. 엄마, 배고프세요?"

현욱이는 이상하게 언제부턴가 그녀에게 존댓말을 썼다. 아빠가 가르치지 않았다고 하는데 참 신기한 노릇이었다. 아마도 일하는 분들의 말을 듣고 배운 것 같았다. 모두가 그녀에게 존칭을 쓰니까 그런 것 같았다.

"안 고파. 더 놀아. 그런데 안 더워?"

"더워요. 그래도 남자니까 참아야 해요."

도대체 저런 말은 어디서 배우는 건지 은수는 자신의 아들이지만 현욱이가 참 신기했다.

"그래, 우리 아들은 남자니까."

그렇게 한참을 더 놀다가 별장 안으로 들어온 은수는 점심 겸 저녁을 먹었다. 현욱이는 다른 아이들보다 머리 하나는 컸다. 그만큼 잘 먹고 잘 놀았다. 오늘은 많이 피곤했는지 현욱이가 8시쯤에 잠이 들었다.

은수는 조용히 커피 한잔을 들고 별장의 수영장으로 나왔다. 올해는 더위가 유독 기승을 부리는 것 같았다. 저녁인데도 열대야 때문에 에어컨을 틀지 않으면 잠을 잘 수가 없었다.

커피를 마시던 은수는 유럽에 있을 그에게 전화를 걸었다.

"여보세요?"

[응.]

"자는 거 깨운 건 아니죠?"

[무슨 일 있어?]

그녀가 전화를 걸면 항상 태식은 현욱이에게 무슨 일이 있을까 봐 이렇게 묻곤 했다. 그래서 은수는 그가 걱정을 할까 봐 일부러 전화를 하지 않았다.

"없어요. 현욱이가 오늘은 일찍 자서 전화해 봤어요. 우리 일주일이나 못 본 거 알아요?"

[알아, 그런데 너무 바쁘다.]

"이해해요. 그래도 몸 생각해서 쉬어가면서 해요."

[알겠습니다. 마눌님.]

"끊을게요."

남들은 몇 시간도 한다는 통화를 그들은 안부를 묻는 몇 마디만 하고 끊었다. 항상 이런 식이었다.

"무뚝뚝한 신랑을 둔 내 죄지."

커피를 다 마신 은수는 달빛에 매혹적으로 흔들리는 수영장의 물을 보았다. 이곳에 놀러 와서 한 번도 혼자서 수영을 해본 적이 없었다. 현욱이가 너무 어려서 현욱이를 튜브에 태우고 놀아준 것 빼고는 그녀는 수영장에 들어가 본 적이 없었다.

"한번 들어가 봐?"

은수는 아무도 없는 텅 빈 수영장을 다시 한 번 바라보았다. 더운 여름밤 그녀를 유혹하는 물결이었다.

"수영하고 나면 잠도 잘 오겠지?"

은수는 조심스레 옷을 벗었다. 수영장은 집 안으로 들어와 있어서 다른 사람들이 보지 못하는 공간에 있었다. 속옷까지 벗은 은수는 차가운 물에 몸을 담갔다.

풍덩!

물소리가 시원스레 들렸다. 어릴 때 수영을 배운 탓에 은수는 혼자서 수영장을 자유롭게 왕복할 수 있었다. 달빛과 함께 은수는 오랜만에 자신만의 시간을 즐기고 있었다.

손목시계를 아까부터 빈번하게 쳐다보고 있는 태식이었다. 시간을 맞춰서 서울에 오느라 고생을 했는데 은수가 별장에 가 있다는 소식을 듣고는 한숨부터 쉬었다. 조금 전 은수와 통화를 했을 때 그는 은수에게 한국에 왔다는 소리를 하지 않았다.

깜짝 놀라게 해주고 싶었기 때문이었다. 언제나 은수는 그보다는 현욱이가 먼저였다. 항상 나만 보라고 그렇게 말을 하는데도 은수의 눈은 언제나 현욱이에게 가 있었다.

"아들을 질투하는 아빠라……."

"현욱이를 질투하십니까?"

최 실장이 운전을 하면서 물었다.

"그런 것 같아."

"결혼하신 지 몇 년이 지나셨는데 지금까지 그러시면 병인데요."

"맞아, 마누라 병에 걸린 것 같아. 증세도 아주 심각해."

"그러니 이렇게 쉬지도 않으시고 별장으로 가시지요."

최 실장이 놀렸지만 맞는 말이어서 반박하지 않았다.

"요즘 잘돼가나?"

"넵, 저도 회장님만 아니시면 벌써 소영 씨 만나고 있었을 겁니다."

최 실장은 요즘 늘푸름의 사장인 장소영을 만나고 있었다. 늘푸름의 지원을 맡고 있더니 어느새 둘이 눈이 맞았다. 축하해 줄 일이었다. 최 실장도 조금 있으면 좋은 가정을 이룰 것 같았다.

"좋아?"

그래서인지 맨날 실없는 사람처럼 웃고 다녔다.

"봄날입니다."

"내려주고 바로 가. 그나마 내일이 일요일이니까 얼굴은 볼 수 있잖아."

"안 그래도 그럴 생각입니다. 회장님은 월요일에 복귀하실 겁니까?"

"아마도."

"휴가는 올해도 안 가실 겁니까?"

그는 회장직을 맡고는 휴가를 가지 않았다. 오히려 부회장 때보다 업무량이 늘었기 때문이었다.

이제 별장에 거의 다 도착을 했다. 시골이라서 그런지 서울보다 많이 어두웠다.

"문 앞에서 세워줘."

"안까지 모시겠습니다."

"현욱이 잔다고 했어. 그리고 한 번 깨면 잘 안 자."

"알겠습니다."

그는 자신의 캐리어를 들고 자에서 내렸다. 이렇게 별장에 와본 건 참으로 오랜만의 일이었다. 모두가 잠든 별장은 고요했다. 카드키로 정문을 열고 들어간 그는 별장이 이렇게 넓은지 오늘에서야 알았다.

"별장까지 멀군."

캐리어를 끌고 간 그는 아름다운 별장을 보고 슬며시 미소 지었다. 은수를 볼 생각을 하니 벌써부터 그의 페니스가 묵직해지는 느낌이었다. 그는 아직도 은수만 생각해도 온몸이 뜨거워졌다.

"아직은 쓸 만하단 말이야."

별장으로 들어간 그는 인기척이 들리지 않아 조금은 실망했다. 환영까지는 바라지 않았지만 아직 자지는 않을 거라 생각했는데 은수도 잠이 든 모양이었다.

그때였다. 그의 눈에 거실 창으로 비치는 수영장의 모습이 들어왔다. 그 안의 인어가 그의 눈을 사로잡은 것이다.

"인어공주가 따로 없군."

그는 이렇게 말을 하며 와인 냉장고에서 와인과 와인 잔 두 개를 들고 수영장으로 나갔다. 그리고 눈을 감고 하늘을 보며 평화로움을 즐기는 은수를 말없이 보았다. 그가 왔는지도 모르고 은수는 하늘을 향해 물에 떠 있었다.

태식은 아무 말 없이 은수가 벗어놓은 옷 옆에 서서 옷을 벗기 시작했다. 그리고 그는 물속으로 들어갔다.

풍덩!

"어머!"

놀란 은수가 그대로 물속으로 들어갔다. 태식은 물속으로 들어간 은수를 끌어 올렸다.

"켁켁, 놀랐잖아요."

"인어가 말을 하는군."

"뭐라고요?"

은수가 그의 가슴을 주먹으로 때렸다.

"이렇게 서면 발이 닿는 곳에서 익사하는 건 창피한 일이야."

"당신은 그렇지만 난 아니라고요."

그가 서니 딱 가슴이었다. 하지만 그의 어깨 정도인 은수의 키로는 좀 힘들 수도 있겠다는 생각이 들었다. 여전히 은수는 그에게 매달려 있었다. 그녀의 가슴이 달빛을 받아 물속에서 그를 유혹하고 있었다.

"언제 왔어요?"

"방금."

"아까 통화할 때는 아무 말도 없었으면서……."

"놀라게 해주려고."

"두 번 놀랐다가는 물귀신 되겠어요."

"내 인어는 오래 살아."

그의 말에 은수가 웃었다. 이렇게 아름다운 여자가 그의 아내라는 게 자랑스러웠다. 그의 입술이 은수의 입술을 강하게 삼켰다. 은수의 입술에선 물맛이 났다. 아름다운 인어의 맛이었다.

"으으음."

그녀가 신음 소리를 내자 그의 페니스는 기다렸다는 듯이 반응을 하고 있었다. 무섭게 서버린 그의 페니스는 은수의 허벅지에가 닿아 있었다. 그녀의 몸만 살짝 닿아도 놈은 미친 듯이 일어섰다. 완전히 은수에게 빠져 있는 그의 몸이었다.

"당신은 내가 그립지 않아요?"

"어?"

은수가 말도 안 되는 소리를 하고 있었다.

"출장도 자주 가고 연락도 그렇게 많이 하지 않고 하니까……."

"그러니까?"

"혹시 다른 사람이 생긴 게 아닌가 해서요. 난 받아들일 수 있어요. 당신같이 멋진 남자는 모든 여자들의 로망이니까."

"성공했군."

"그런 셈이죠."

"그런 상상력은 어떻게 하면 생기지?"

"방치해 두면요."

그녀의 말에 그는 허를 찔린 기분이었다. 은수는 지금 그에게 은수만의 방법으로 따지고 있는 것이었다.

"방치했다고 생각해?"

"네."

은수는 솔직하게 대답했다. 그래서 많이 괴로웠던 모양이었다.

"그래서 말없이 별장에 내려온 거고?"

"그건 현욱이 때문에 그런 거예요. 당신이 없으면 많이 보채거든요."

남자아이라서 그런지 몸으로 놀아주는 걸 좋아했다. 그러니 은수 혼자 감당하기는 점점 더 힘이 든 것이었다.

달빛에 비친 은수의 모습이 오늘따라 더욱더 색스러워 보였다.

"예뻐."

"엉뚱한 소리 하지 말아요."

은수가 뿌루퉁하게 답했다.

"난 은수가 옆에 있으면 항상 이 상태야."

그가 은수의 배에 자신의 발기한 페니스를 문질렀다.

"사람들이 있건 없건 간에 항상 이래. 그러니 무슨 일을 할 수 있겠어? 안 그래?"

"그래서요? 그게 날 방치한 답은 아니에요."

진짜 은수가 서운했던지 그에게 지지 않고 말했다.

"내가 짐승이 되길 원해?"

"네."

그녀의 말에 그가 즉각적인 답을 했다. 그녀를 안아 들고 수영장의 계단을 이용해서 물 밖으로 나온 그는 수영장 바닥에 벗어놓은 옷 위에 그녀를 내려놓았다.

"짐승은 밖에서 하는 법이지."

그가 으르렁거리며 그녀를 덮쳤다. 수영장의 차가운 바닥이 열대야의 열기와 그들의 열기를 동시에 식혀주고 있었다. 은수의 입안으로 혀를 강하게 집어넣으며 그는 계속해서 으르렁거렸다.

너무 흥분한 나머지 그녀를 다치게 할 수도 있겠다는 생각이 들긴 했지만 지금 그는 미칠 것 같은 욕정을 느끼고 있었다.

"으으음."

그녀도 열렬히 그의 혀를 빨고 있었다. 서로의 혀가 얽히고 뜨거운 피부가 더 큰 자극을 주고 있었다. 그녀의 부드러운 가슴을 자신의 탄탄한 가슴으로 뭉개며 그는 은수에게 깊은 키스를 했다.

서로의 혀가 열정적으로 얽히고 서로의 손이 몸을 어루만지며 그들은 본능의 세계로 점점 빠져들고 있었다. 은수의 놀랍도록 볼륨이 있는 가슴을 손으로 감싸며 그는 말했다.

"어떻게 이렇게 섹시한 여자를 두고 바람을 피울 수 있다고 생각하지?"

"……."

"난 은수 하나도 감당하기 힘들어. 날 이렇게 지치게 만드는데 다른 데 가서 쓸 힘이 없어."

"뭐라고요?"

"내가 다른 곳에 가서 힘도 못 쓰게 은수가 만들면 되잖아."

그를 노려보던 은수가 답을 했다.

"그럼 그렇게 한번 해볼까요?"

은수가 갑자기 그를 바닥에 눕게 하고는 그의 몸에 올라탔다.

"내가 어떻게 힘을 빼놓을 줄 알고?"

그녀의 경고가 갑자기 두려워진 태식이었다. 은수도 그를 닮아가는지 한다면 하는 스타일이었다. 그녀가 그의 몸을 핥으며 아주 천천히 아래를 향해 내려가고 있었다. 그는 은수가 무얼 할지 알기에 기대에 차 있었다.

은수는 그의 탄탄한 배를 지나 그의 페니스를 작은 입안으로 밀어 넣었다.

"으윽."

오랜만에 그녀가 그의 페니스를 입으로 받아주는 거라 피가 급격히 페니스로 몰려 버렸다. 잘못하다가는 그녀의 입안에 분신들을 쏟아낼 것만 같았다. 그런 사실을 아는지 모르는지 은수는 그의 페니스를 열심히 빨고 있었다.

"으윽, 그만."

그가 그녀의 머리를 들었지만 은수는 꿈쩍도 하지 않았다. 그러더니 갑자기 몸을 돌려 그녀의 여성이 그의 얼굴에 닿게 했다.

"빨아줘요."

이런 자세는 결혼 후에 처음이었다. 오늘 은수가 그를 죽이려고 작정을 한 모양이었다. 그동안 은수의 말대로 방치를 한 그에게 복수를 하는 것 같았다.

"은수야."

"어서요."

그녀의 말에 그는 은수의 작고 귀여운 엉덩이를 잡고는 그의 입으로 은수의 여성을 빨기 시작했다. 서로의 것을 열정적으로 빨고 있는 그들은 진짜 짐승이 된 것처럼 거친 숨을 내뱉고 있었다.

그때였다. 완벽하게 그를 리드하고 있던 은수가 자신의 몸의 방향을 바꿔 이번에는 그의 페니스를 질 안에 밀어 넣었다.

"으윽."

"아아앙."

서로 가쁜 숨을 내쉬며 몸을 동시에 움직이기 시작했다. 그의 위에서 리듬을 타는 은수의 몸놀림이 예사롭지가 않았다.

"은수야."

"태식 씨."

서로의 이름을 부르며 그들은 본능의 리듬에 몸을 맡기고 있었다. 은수의 가슴을 타고 땀이 흘러내렸다. 그녀의 땀이 달빛을 받아 마치 별빛처럼 반짝였다. 은수는 그에게 하늘 같은 존재, 사랑한다는 말로는 부족한 감정이었다.

아이를 낳고 난 후에 그녀는 더 자극적으로 변해 있었다. 그런 그녀에게 온 정신이 팔린 그는 조금의 거리를 두려 한 것뿐인데 은수는 그것마저 그에게 허락하지 않았다.

은수가 움직일 때마다 그녀의 가슴이 황홀할 정도로 움직이기 시작했다. 더 이상 참을 수 없는 그가 은수와 위치를 바꾸었다. 그리고 그의 페니스를 은수의 깊숙한 곳까지 밀어 넣었다.

퍽퍽퍽!

오늘따라 요란한 소리가 수영장을 울리고 있었다. 한여름 밤의 열기가 한동안 계속되었다. 온몸이 땀으로 뒤덮인 그가 은수의 몸 위로 부서져 내렸다.

"헉헉헉."

둘의 거친 숨소리가 정적을 깨우고 있었다.

"난 은수가 매일 짐승처럼 달려드는 내가 싫을 줄 알았어."

"설마요."

"그래서 출장도 가고 했던 거야. 그리고 너무 짐승같이 구는 내 자신도 싫었고."

"난 당신의 관심을 받고 싶어요."

"그 말 후회하게 될 거야."

그가 은수를 안고 안으로 들어갔다. 그들의 침실엔 달빛이 은은한 조명이 되어주고 있었다.

"사랑해."

"저도 사랑해요."

그의 긴 입맞춤이 끝을 모르고 이어졌다. 사랑하는 사람을 곁에 두고 싶어 하는 건 당연한 일이었다. 태식은 은수에게 지나친 배려를 했던 자신의 생각이 짧았음을 알게 되었다. 은수는 짐승같이 구는 그도 사랑하고 있었는데 말이다.

태식의 손이 은수의 얼굴을 쓰다듬었다. 매일같이 그녀를 사랑할 생각을 하니 벌써부터 페니스가 단단해지고 있었다.

"내일부터 휴가야."

"진짜요?"

"응, 은수와 떨어져 있고 싶지 않아."

"저도요."

"기대해. 앞으론 은수가 날 받아들이려면 체력을 길러야 할 거야."

"기대할게요."

은수의 손이 그의 페니스를 잡았다.

"이러면 곤란해."

"떨어지고 싶지 않다면서요."

그녀의 뜨거운 손길에 태식은 미칠 것 같았다. 은수는 요물이 분명했다. 그의 모든 걸 홀리는 요물 말이다. 그들은 그렇게 온 밤을 불태우며 서로를 탐했다.

온몸이 두들겨 맞은 듯이 아팠다. 은수는 신랑을 부추긴 결과로 격렬한 섹스를 선물 받고 부록으로 몸살을 얻었다.

"손가락 하나 못 움직이겠어요."

"이래서 내가 거리를 둔 거야."

그가 그녀를 자신의 품 안에 안으며 말했다. 그의 손이 위험스럽게 또 그녀의 가슴 위를 배회하고 있었다.

"진짜 안 돼요."

"안 되는 게 어딨어."

그는 이불을 머리 위로 덮더니 그녀의 가슴을 빨기 시작했다.

"엄마."

아들 녀석이 타이밍을 아주 잘 맞추었다.

"어."

그녀는 이불 위로 고개를 내밀고는 아들을 보았지만 태식은 여전히 그녀의 가슴을 빨고 있었다.

"안녕히 주무셨어요."

"그래."

"아빠는요?"

"주무셔."

현욱이 침대를 힐끔 쳐다봤다.

"아빠는 아기가 아닌데……."

"어?"

"그런데 왜 엄마 찌찌 먹어요?"

"아니야."

"맞는데……."

현욱의 말에 귀까지 빨개진 은수였다. 현욱이 나가자 은수가 이불 속의 태식을 밀어냈다.

"내가 미쳐."

"우리 아들이 눈썰미가 좋아."

"당신은 아들한테 들키는 게 좋아요?"

"이런 게 다 살아 있는 성교육이야."

"뭐라고요? 진짜 창피해서 못살겠어요."

"어제는 마음껏 표현하라고 해놓고선……."

그녀가 침대에서 내려가려고 하자 그가 은수를 다시 침대에 붙들었다.

"어딜 가려고."

"이거 놔요."

"둘째는 만들고 가야지."

"황태식 씨!"

그녀의 반항에도 그는 기필코 모닝 섹스에 성공했다. 은수는 다리에 힘이 풀려서 도저히 서 있을 힘도 없었다. 하지만 그때 그들의 소식을 들은 시아버지가 아침부터 그들의 집을 찾으셨다.

"아버님."

"볼일은 다 끝난 거야?"

"네?"

"나랑 현욱이는 아침 먹었다. 너희 둘만 먹으면 돼."

현욱이와 시아버지는 참 죽이 잘 맞았다. 이 집의 남자들은 다

한통속이었다.

"딸을 셋은 낳을 거야."

"찬성."

얄밉게 그녀의 말에 동조를 하는 남편이었다.

"세쌍둥이를 낳으면 편해질 것 같아. 일타 삼피지."

"태식 씨!"

아버지와 현욱이 정원으로 나간 사이에 은수가 태식에게 소리를 질렀다.

"그게 편한 거 아냐?"

"세쌍둥이가 말이 돼요?"

"하긴 우리 집엔 쌍둥이가 없어. 당신 쪽은?"

"우리도 없어요."

"아쉬운데?"

하여튼 둘이 밥을 먹는 내내 태식은 쌍둥이 타령이었다. 밥을 먹은 그들은 시아버지와 현욱이가 놀고 있는 놀이터로 향했다. 넓은 정원에 할아버지와 손자는 마치 어린아이들처럼 신나게 놀고 있었다.

"아이들이 4명은 있어야 할 것 같아."

"나도 아이가 많은 게 좋지만 키우다 보니 하나도 힘이 들어요."

"하긴. 그래도 하나는 더 낳자."

"알았어요."

현욱이 멀리서 그녀에게 손을 흔들었다.

"아버님도 현욱이가 사랑스러우신가 봐요."

"내리사랑이니까. 아버지, 현욱아."

태식이 할아버지와 손자 사이에 눈치 없이 끼겠다고 달려갔다. 이 모습을 은수는 흐뭇하게 바라보았다. 언젠가 더 많은 식구들이 이 정원을 가득 채우길 바라면서 말이다.

에필로그

졸린 눈을 비비며 최 실장은 서울로 향하고 있었다. 요즘 소영과 한창 데이트를 하고 있었다. 몇 년 전부터 그의 마음에 들어왔던 소영은 그가 총각이라는 이유 하나만으로 밀어냈었다. 하지만 지난번 혜민이가 아팠을 때 그가 그녀의 옆에서 든든한 버팀목이 되어준 이후에 그들의 관계는 급속도로 가까워졌다.

"여보세요?"

[어디예요?]

"양평인데 서울로 가고 있어."

[해외 출장 갔다 온다고 하지 않았어요?]

"갔다가 회장님 별장에 모셔다 드리고 가는 길이야."

[어디쯤이에요?]

"반쯤 왔어."

[쉬어요.]

"장소영!"

그는 화가 났다. 해외 출장을 다녀왔으면 보고 싶다거나 뭐 이런 말을 할 줄 알았는데 들어가서 쉬란다.

"사람이 출장을 다녀왔으면 잘 다녀왔는지 뭐 그런 거 물어봐야 하는 것 아니야?"

[그러네요.]

"사람이 왜 이렇게 냉정해?"

[밥은요?]

"안 먹었어."

그는 진짜로 화가 났다.

[배고프겠네요.]

"약 올려?"

[아뇨, 된장찌개 끓여놨으니까 빨리 와요.]

순간 소영의 말을 이해하지 못한 최 실장이었다.

"어딘데?"

[당신 집이요. 혜민이는 향기 씨한테 부탁했어요. 아까부터 기다리고 있는데 왜 이렇게 안 와요?]

"어? 갈게. 빨리 갈게."

갑자기 마음이 눈 녹듯이 녹았다.

[위험하니까 천천히 와요.]

"알았어."

전화를 끊고 나서도 최 실장은 심장이 두근거렸다.

"너무 여우 같아."

소영은 최 실장을 제대로 요리하는 것 같았다. 그녀를 볼 때마다 자신이 너무 빠져드는 게 아닐까 걱정스러웠다.

그의 아파트에 도착한 최 실장은 단번에 6층까지 뛰어 올라갔다. 엘리베이터를 기다릴 시간이 없었다.

디리릭—

비밀번호를 누르고 안으로 들어가자 매번 홀아비 냄새가 나던 집에 음식 냄새가 가득했다.

"왔어요?"

주방에서 그녀가 나오자마자 그는 소영을 끌어안고는 깊은 키스를 했다.

"으으음, 숨 막혀요."

뭐든 불만인 소영이지만 싫으면 진짜 목에 칼이 들어와도 안 하는 걸 안 지금은 이 정도의 투정은 아무렇지도 않았다. 소영이 그를 다년간에 걸쳐 길을 들인 것 같았다. 그리고 키스도 어찌나 잘하는지 매번 그를 정신 못 차리게 만들고 있었다.

아직 소영과는 키스 이외의 진도를 나가지 못한 그였다. 오늘은 기필코 소영을 자신의 여자로 만들고 싶은 최 실장이었다. 키스를 하면서 가슴은 가끔 만졌지만 그 이상은 시도조차 할 수가 없었다.

항상 혜민이가 걸렸기 때문이었다. 하지만 오늘은 소영이 혜민이 핑계를 대고 그에게서 벗어나지 못할 상황이었다.

그가 소영의 티셔츠를 벗겨냈다. 항상 티셔츠와 청바지 차림의 소영이었다. 다음번엔 진짜 예쁜 옷을 사줘야겠다고 마음먹었다.

티셔츠를 벗기자 소영의 풍만한 몸매가 그대로 드러났다.

"티셔츠만 입고 다녀."

"네?"

"다른 놈들이 보는 게 싫어."

왜 남자들이 자기 여자들이 짧은 치마를 입는 걸 싫어하는지 오늘 뼈저리게 느끼는 최 실장이었다.

"왜 그래요?"

"너무 예뻐서 남들이 보는 게 싫어."

"호호호."

이런 중요한 말을 하는데 웃는 소영이었다.

"웃지 마."

"알았어요."

그를 마치 아기처럼 생각하는 것 같았다. 최 실장은 소영을 단번에 안아 자신의 침실로 데리고 들어갔다.

"최 실장님, 난……."

그녀의 입을 입술로 막았다. 오늘은 전쟁이 일어나도 꼭 거사를 치르겠다는 다짐을 한 그였다. 그의 침대에 그녀를 내려놓고 청바지를 벗겨 버린 그는 나머지 속옷도 단번에 벗겨냈다.

"그만해요."

그녀가 말했지만 거부의 뜻은 아니었다. 그는 그녀의 아름다운 가슴에 입을 맞추었다. 미칠 것 같았다. 왜 진작 이렇게 쓰러트리지 않았을까 하는 후회가 몰려왔다. 그는 단번에 그녀의 앞에서 옷을 모조리 벗었다.

요즘은 운동을 해서 배도 많이 집어넣었다. 식스 팩은 아니어도 봐줄 만한 몸매가 된 그였다. 그가 당당히 그녀 앞에 서자 소영이 마른침을 삼켰다.

"마음에 들어?"

"아주."

"그럼 오늘은 안 자는 걸로."

그의 말에 소영이 웃었다. 최 실장은 생각했다. 이 여자를 평생

이렇게 웃게 해주기로 말이다. 그들의 밤은 뜨겁게 타올랐다.

오늘도 상다리가 휘어지게 아침상이 차려져 있었다. 세 명의 메이드가 그들의 시중을 들었다. 아버님의 아낌없는 지원과 남편의 극성이 더해져서 그녀는 언제나 최고의 대우를 받았다.

하지만 이런 것도 가끔은 부담스러울 때가 있었다. 오늘처럼 몸이 좋지 않은 날은 특히 더 말이다.

"욱!"

아침부터 속이 메슥거리기 시작했다. 원래 소화기가 약하기도 했지만 이건 진짜 너무한 것 같았다.

"왜 그래?"

"몰라요."

"엄마, 어디 아프세요?"

모두 한마디씩 하는데 은수의 귀에는 들리지 않았다. 무조건 음식에서 나는 냄새가 역하게 느껴지는 은수였다. 은수는 도저히 아침을 먹지 못하고 거실로 향했다.

"커피 한잔 부탁해요."

메이드에게 커피를 부탁한 은수는 그대로 소파에 누웠다.

"괜찮은 거야?"

"……."

"박 원장님 부를까?"

그녀의 안색이 조금이라도 나쁘면 해성병원의 원장을 집으로 불러들이는 태식이었다. 진짜 원장님 얼굴 보기가 미안할 지경이었다.

"아뇨, 커피만 마시면 괜찮을 것 같아요."

"그래?"

"네."

메이드가 가져온 커피가 세상 그 무엇보다도 맛있었다.

"오늘 커피향이 너무 좋아요."

"매일 드시던 거예요."

메이드가 한 말은 거짓말 같았다. 오늘의 커피는 여태까지 그녀가 먹어본 커피 중에 단연코 최고의 맛이었다.

"체한 거 아니야?"

"그건 아닌 것 같은데 이따가 소화제 먹을게요."

"저기 사모님."

현욱이의 유모가 그녀를 불렀다.

"네."

"혹시 임신을 하신 게 아닌지……."

가만히 생각을 해보니 지난번에 생리를 건너뛰었다. 하긴 그녀는 생리주기가 워낙 불규칙해서 확실한 건 아니었다.

"괜히 약 드시지 마시고 검사부터 해보세요."

현욱이가 4살인데 아직 둘째가 없었다. 매번 혹시나 하는 마음에 테스트를 해보면 아니라서 실망이 더 컸다. 하긴 이번엔 좀 의심이 가긴 했다. 지난번에 별장에 갔을 때 그들은 진짜 수없이 많은 섹스를 했었다.

임신을 안 하는 게 오히려 이상한 일이었다.

"집에 임신 테스트기 있어?"

"있어요."

"그럼 한번 해봐."

기대에 찬 얼굴로 태식이 그녀를 바라보았다.

"아니면 진짜 실망할 것 같아서 무서워요."

"그래도 괜찮아. 그러니까 편하게 생각하고 한번 해봐."

"알았어요."

그녀는 임신 테스트를 위해 화장실로 갔다.

"후~"

심호흡을 한 그녀는 소변으로 임신테스트를 했다. 시간이 지나고 조금씩 선이 보이기 시작했다. 완벽한 두 줄이었다.

"캬악!"

그녀가 소리를 지르자 태식이 화장실 안으로 들어왔다.

"임신이에요."

"진짜야?"

그가 그녀를 안아 올렸다.

"사랑해. 진짜 사랑해."

그도 아기를 기다린 모양이었다. 그의 모습을 보니 마음이 뭉클했다. 이렇게 좋아하는 사람에게 현욱이가 생긴 걸 숨기고 몰래 낳았다니 미안한 마음이 생겼다.

"미안해요."

"뭐가? 이렇게 잘해놓고."

"현욱이 때 알리지 않은 거요."

그녀는 진심으로 사과했다.

"정말 미안해요."

"아니야, 괜찮아. 다 지난 일이야."

태식이 그녀를 품 안에 안아주었다. 하지만 은수는 미안한 마음을 금할 길이 없었다.

"병원에 가봐야 할 것 같아."

"오늘 일요일이에요."

"난 병원을 가지고 있어."

그녀의 만류에도 불구하고 그는 기어이 해성병원에 그녀를 데리고 갔다. 초음파를 선생님이 한참을 보고 계셨다.

"아닌가요?"

불안한 마음에 은수가 물었다.

"아뇨, 임신은 맞습니다."

"그런데 뭐가 잘못됐나요?"

"애기집이 세 갭니다."

"네?"

농담 삼아 말했던 세쌍둥이가 현실이 되고야 말았다.

"여자아이들이어야 좋을 텐데 말이죠. 남자가 넷이면 좀 시끄럽지 않을까요?"

의사선생님은 농담을 던졌지만 그녀는 웃을 기분이 아니었다.

"진짜 세쌍둥이인가요?"

"네."

하늘이 노랗게 변하는 기분이었다.

"인상 푸세요. 아기들에게 안 좋아요."

태식의 말에 은수는 인상을 간신히 풀고 있었다.

"이게 다 당신 때문이라고요."

"맞아. 나 때문이야."

그가 순순히 인정을 하자 싸울 수도 없었다.

집으로 돌아가는 내내 그녀는 우울했다. 말이 세쌍둥이지 어떻게 키울까를 생각하니 기가 막힐 노릇이었다. 그가 집으로 안 가고 다른 방향으로 향했다.

"어디 가는 거예요?"

"경과 보고."

"다음에 가요."

강원도의 아버님 댁에 가는 것 같아서 은수는 속상했다. 지금 속도 울렁거리고 마음도 울렁거리는데 그는 뭐가 좋다고 아버님께 가는지 화가 나기 시작했다. 그래서 은수는 눈을 감고 도착할 때까지 자기 시작했다.

사실 졸음이 미친 듯이 쏟아지고 있었다. 한참을 그렇게 자고 나니 목적지에 도착을 했다.

"여기는……."

양평의 납골당이었다. 은수의 눈에 눈물이 고였다.

"태식 씨……."

"어머님께 인사는 드려야지. 세쌍둥이 감사하다고 말이야."

은수가 울자 그가 은수를 말없이 안아주었다.

"우리가 얼마나 사랑하며 사는지 알려 드리자."

"네."

두 손을 꼭 잡은 부부는 엄마가 편히 쉬는 곳으로 갔다. 앞으로도 서로를 사랑하고 예쁘게 살겠다는 다짐을 하면서 말이다.

"그래도 엄마, 세쌍둥이는 너무했어."

"아닙니다. 감사합니다. 장모님."

그들은 엄마의 위패 앞에서도 철없이 투닥거렸지만 하늘에서 엄마는 분명히 그들을 예쁘게 봐주고 계시리라 믿었다. 이렇게 은수는 매일같이 사랑을 받으며 산다고 엄마에게 말하고 있었다.

THE END